二見サラ文庫

小樽おやすみ処 カフェ・オリエンタル

～召しませ刺激的(スパイシー)な恋の味～

田丸久深

| Illustration |

水溜鳥

C O N T E N T S

1章　優しさのジンジャー・チャイ

小樽メルヘン交差点の蒸気時計が、午後二時を告げた。

それに合わせるように、仁志日向のお腹の虫がぐうと鳴る。

「……おなかすいた」

つぶやきが交差点の喧騒に消えた。肩からずり落ちたバッグをかけなおし、日向は汽笛の余韻を残す蒸気時計を見上げる。

石畳の道が続く小樽堺町通り商店街は、土産物店や人気スイーツ店が一堂に会す北海道でも屈指の観光地である。観光客は国内だけでなく海外からのインバウンドも多く、ここが日本であることを忘れそうになるほど多国籍の言葉が飛び交っていた。

小樽オルゴール堂前にある蒸気時計は、カナダ・バンクーバーの時計職人が一九九七年に製作したもの。世界にふたつしかない貴重な時計は十五分ごとに蒸気を上げ、汽笛が英国ビッグベンの鐘のメロディを奏でる。

分針が動くのを待たず、またお腹が鳴る。すれ違うカップルにくすくすと笑われ、日向は逃げるように観光街を離れた。

観光名所はたくさんの人で賑わう小樽だが、一歩道を外れれば地元の人々が住まうおだやかな日常が流れている。坂道に息が切れるが、ＪＲ南小樽駅のこぢんまりとした駅舎が見えると、ふらついていた足にも力が戻った。

三月末。暦の上では春を迎えているが、北海道ではまだ冬の終わりのころ。今年は雪解けが早く道路は乾いてるものの、朝から雪催いの雲が薄くたちこめていた。冬用のコートを着ているはずだが、海から吹き付ける風が容赦なく体温を奪っていく。

「……雪だ」

天気がもたず、ついに雪が降ってきた。大粒の牡丹雪がコートにやわらかく降り積もり、視界の先に古びた石造りの建物が見えた。

古くから商業の街として栄えた小樽にはレンガや石造りの建物が多く、小樽市指定歴史的建造物に指定されているものも少なくない。その建物は灰褐色のレンガのひび割れ具合に年季を感じたが、『cafe Oriental』と書かれた木製の看板だけがやけに真新しかった。

入り口にはランチメニューの書かれた黒板が置いてある。降りだした雪に濡れ、イーゼルの木の色が変わっていた。

『雪が解けるまであたたまっていってください』

丁寧に書かれた文字に興味を引かれた。ランチはどれも手ごろな値段だが、あいにく二時で終わってしまったようだ。ため息が白く染まり、マフラーのなかでくぐもる。

見知らぬ小樽の地で、日向は空腹に倒れそうになっていた。

「――こんにちは」

かわいらしい鈴の音とともに扉が開き、カフェから男性が現れた。深緑のエプロンをした彼は、立ち尽くす日向に愛想よく挨拶をする。

こんにちは。そう返すより早く、お腹の虫が鳴った。

恥ずかしさに、顔が赤くなるのを感じる。男性はきょとんと目を丸くしたが、笑うことなく日向に問うた。

「お腹が空いているんですか？」

「……朝からなにも食べてなくて」

笑う力も弱々しく、日向はお腹を押さえる。扉の隙間から店内の香りが外へとあふれ出し、そのおいしそうなにおいに胃がわななくのを感じた。これ以上我慢できそうにない。

「……あの、ランチの時間はもう終わっちゃいましたよね？」

「まだ看板を片付けてなかったので、大丈夫ですよ」

そう言って、彼は黒板を軽々と持ち上げた。

「どうぞ、入ってください」

招かれるままに、日向はその扉をくぐった。

「――ごちそうさまでした！」

ラーメン屋よろしく、日向は両手を合わせて空になった器を拝んだ。

カウンター席に座った背中に、他の客の視線が突き刺さる。日向は恥ずかしさに、巻いたままのマフラーに顔をうずめた。

「……食べるの早いですね」

目をぱちくりとさせながら、男性が言う。

「とてもおいしかったです」

「それはよかった」

お冷のおかわりをもらい、日向はひと息に飲み干す。招かれるままカフェの扉をくぐり、朦朧とした頭のまま店のカウンター席に座ると、注文せずともすぐに料理が出てきた。コートを脱ぐのも忘れてかきこんだため、嚙まずに飲みこんだ料理がいまも胃のなかで熱を放っている。

「いまの、なんていうメニューですか?」

「ごめんね。実はあの料理、僕のまかないだったんだ」

「まかないであんなにおいしいんですか!」

空になった器を見て、日向は感嘆の声をあげる。その反応が意外だったのか、彼はまた目を丸くした。

「あまりにお腹が空いてたみたいだったから、一から作るのは時間がかかってかわいそうかなって思って」

「だから牛丼並みに早く出てきたんですね」

出された料理を何の確認もせず食べた自分も自分だが、夢中だったためどんな料理だったかつぶさに思い出せない。濃厚な牛乳の味が舌に残っているが、果たしてあれは何だったのか。グラタンか、ドリアか、ホワイトソースにしては舌触りが軽かった。

「まかないってことは、メニューには載ってないんですよね。おかわりしようと思ったんですけど……」

「もしかして、足りませんでしたか?」

「ちょっと……物足りないです」

お腹を押さえて言う日向に、彼が拍子抜けするのは三度目だ。「けっこうボリュームあったはずなんだけど」と言う口ぶりは心底驚いているようだ。

空腹が落ち着き、日向は改めて彼の顔を見た。

年のころは三十前後といったところか。長身にほどよくついた筋肉と、短く切った髪が爽やかな印象を与える。涼しげなまなざしがまっすぐに日向を見つめていた。

「小さいのによく食べるんですね」

彼もまた日向を観察していたのだろう、その視線に厭味はない。

「よかったら、他の料理を作りましょうか。その黒板に書いてあるものなら何でもできますから」

「……さっきと同じ料理はだめですか?」

おずおずと尋ねる日向に、彼がまたぱちくりと瞬く。一拍間を置いて、ぶはっ、と盛大に噴き出した。

口元にこぶしをあてながら、彼は懸命に笑いを噛み締める。ずっと我慢していたのだろう、他の客がいる手前大きな声こそ出さないが、目尻に涙がにじんでいる。

「あの、他の料理が嫌っていうわけじゃないんです。大急ぎで食べたからちゃんと味わいたいっていうか、とてもおいしかったんです。おいしかったんですけど、何が入ってたのか覚えてなくて。家で作れたらいいなって思って、その……」

しどろもどろになって話す日向に、彼は笑いの波をしずめようと唇を真一文字に引き締める。よほどツボに入ったのか、口を閉じても肩が小刻みにふるえていた。

「かしこまりました。では、お作りしましょう」

大きくうなずき、彼は調理台の上にまな板を置いた。カウンター席から見ると、目の前で調理する姿が見える。自然、彼の手さばきに目が行った。

「調理の仕事を長くやってるけど、こんな注文が来たのははじめてだよ」

その口ぶりはとても嬉しそうだ。長身の彼は腕も長く、千手観音さながらに各所から野菜や調味料を集めている。その背後にある木製の棚からなにかを取り出したのが見えて、日向は身を乗り出した。

「……その大きな棚、なんですか？」

天井に届かんばかりの大きな箪笥が、壁一面を埋めている。衣類を収納するものと違い、引き出しはひとつひとつが小さい。金属製の黒い取っ手が桐の箪笥を思い起こさせ、深く色付いた木目が使い込まれた年月を感じさせた。

「これは百味箪笥といいます。なかに調味料を入れてるんですよ」

引き出しのひとつを外し、彼はなかを見せた。入っているのは何の変哲もない業務用の塩コショウだ。

「収納としても便利だし、これがあると雰囲気があっていいかなと思って。この店は先代から受け継いだものなんですが、改装工事をしたときにこの箪笥を中心にしてデザインしてもらったんです」

真新しい看板がかかっていたカフェ・オリエンタルだが、内装は石造りの外観にあわせて骨董物の調度品が使われていた。吹き抜けの天井は開放感があり、二階にも部屋があるようだが、そこに人が出入りしている様子はない。

「南小樽にこんなお店があるなんて知らなかった……」

「年明けにオープンしたばかりなんです。小さな店なのであまり宣伝もしていなくて。僕は店主の吾妻旭といいます」

涼しげな目元は凪の海のような静けさをたたえているが、笑うたびに目じりがやわらかく波打つ。その表情の豊かさに、日向は緊張していた気持ちが緩んでいくのを感じた。

お冷を飲み、あらためてランチメニューを確認する。食事はハンバーグや魚のムニエル、オムライスなどのプレート料理で、サラダとスープのセットで八百円。ドリンクは別料金だが、食事と一緒に頼むと割引になるセット料金があった。

店内は席数が少なく、四つのテーブル席にはまばらに座る客の姿があった。真空管ラジオから流れるローカルトークに耳を傾ける人が半分、読書など目をいそしむ人が半分。手入れの行き届いた清潔な調理台から、野菜を刻む音が静かに響く。とんとんとん、と正確なリズムで刻まれた玉ねぎを、旭はオリーブオイルを熱したフライパンで炒める。ほどよく火が通ったところで加えるのは、キャベツとハム。火の通った野菜が色付き、硝子のように透き通る玉ねぎの色になじんでいく。

日向が待ちきれない思いで覗き込むと、彼はフライパンに生米を加えた。火加減を弱めると、木べらでかきまぜ野菜になじませていく。米粒が油を吸ってはじけるかと思ったが、おとなしくフライパンのなかにおさまっていた。

オリエンタルを訪れる客は圧倒的に女性が多いだろうと思う。彼の精悍な顔立ちは集中するとさらに引き締まる。火加減を調節するそのまなざしは瞬きひとつしない。

思わず見とれていると、旭がふいにこちらを見た。

「すみません、つい料理に集中しちゃって」

「全然、いいと思います」

「調理の経験は長いんですが、接客は慣れていなくて。本当は作りながらお話しできたらいいんですけど……」

はにかむ表情がかわいらしい。そう言われたらいくらでも待ってしまいそうだ。

油を纏った米粒が透き通ったところで、スープを少量ずつ加える。米が水分を吸うとスープをつぎ足し、水気がなくなるまで煮て、また加える。火力はあくまでも控えめに、根気強く木べらでかき混ぜると、米のひと粒ひと粒がスープを吸って膨らみはじめる。

袖をまくった腕にはたくましい血管が浮かんでいるが、絶えずかき混ぜる手つきは幼子を撫(な)でるような優しさがある。唇は微笑みをたたえ、子守唄を歌いだしそうだった。

お米がふっくらと炊(た)きあがった鍋に牛乳を加えると、でんぷんとあいまった甘い香りがカウンターに広がった。日向はそれを胸いっぱいに吸い込む。

「お待たせしました、まかないのミルクリゾットです」

ふんわりとあがる湯気とともに、白い器がカウンターテーブルに置かれた。

器のなかのリゾットはキャベツとハムの色合いがやわらかく、長く煮込まれても溶けずにそれぞれのかたちを残している。米粒がほどよく膨らみ、照明を受けて輝きを放っていた。

「いただきます」

木の匙(さじ)ですくうと、目の前で湯気が揺れる。屋外で吐く息と違い、ぬくもりが鼻先をかすめる。唇をすぼませ、息をふきかけながら口に含むと、牛乳の甘みが舌の上に広がった。

「……おいしい」

まかないと言いながらも、彼は本格的なリゾットを作っていた。口に入るたびに感じる米粒はすこし固めだ。キャベツを噛み締めると甘みがじゅわっと染み出るが、ハムの塩味が全体を引き締めている。味の変化が楽しくて、夢中で口に運んだ。

「身体があたたまりますね。これ、キャベツとハムの他になにが入ってるんですか？」

「生姜(しょうが)です。家にある材料で簡単にできますから、ぜひ作ってみてください」

そう言って彼はレシピを話しはじめた。

「リゾットは冷やご飯からでも作れます。フライパンで具材を炒めた後、お好みのスープを入れ、水で軽く洗った冷やご飯を加えます。沸騰したら牛乳を入れて煮込むだけ。もし可能なら、生姜は生のものを使ってください。皮ごと使うのがポイントですよ」

香りが濃いのはそのせいか。生姜はいつもすりおろしたチューブのものを使っていた。スーパーでかたまりの姿を見てはいたが、手に取ろうと思ったこともない。

日向はあっという間にリゾットを食べ終え、その早食いをまた笑われた。冷え切っていた身体にあたたかな血がめぐっていくのを感じ、着込んでいたマフラーとコートを脱ぐ。

他の客たちがちらほらと帰っていき、店内は日向と旭のふたりだけになった。

「どちらからいらしたんですか？」

「あ……札幌です」

札幌から小樽まではＪＲの快速で三十分ほどの近さだ。日帰りで訪れる人も多く、旭は珍しがる風でもなく調理台を片付け始めた。

「学生さん？　それともお仕事かなにかで？」

「これは……」

日向は自分の身体をまじまじと見下ろす。コートの下はリクルートスーツ姿だった。短大の入学式のときに買ったスーツはすこし大きく、小柄な身体では服に着られているように見えてしまう。就活中の学生なら決まって黒髪のポニーテールだが、日向はあごのラインで切りそろえた栗色（くりいろ）のショートボブだった。

「観光っていうか、失踪っていうか」

「失踪？」

「午前中に札幌で仕事の面接があって、終わった後にそのまま小樽行きのＪＲに飛び乗ったんです」

　ハローワークを通して履歴書を送った企業から、書類選考を通過した旨の連絡があった。一次面接は朝の十時からであり、昨夜は緊張して寝付くのが遅くなってしまった。結果、寝坊ぎりぎりの時間に飛び起き、そのまま面接会場へと向かったのが空腹の原因だ。

「感触はどうでしたか？」

「……たぶん、だめだったと思います」

　応募したのはショッピングモール内にある輸入雑貨店の販売員だった。求人票には未経験可とあったが、面接官の女性は履歴書を見ると、はじめにひとつの質問をした。

『最初の会社を一年も経（た）たずに退職していますが、それはなぜですか？』

　それはどの企業の面接でも訊（き）かれることだった。

「今年の二月に、新卒で入社した会社を辞めました。それからずっと就活してるんですが、なかなか決まらなくて……」

　面接よりも履歴書を送り返されることのほうが多い。運よく面接まで進めても、面接官は決まって前職の退職理由を訊（たず）ねた。いつも当たり障りのない理由を探して答えるのだが、不採用の理由はおそらくそれが関係しているのだろう。

さらに、今日の面接では決定的なひと言を告げられてしまった。

『あなた、接客業は向いていないんじゃない？』

面接官の鋭い言葉を思い出すたび、いまも胸が痛む。

「いま、辞めた会社の社宅に住んでるんです。残りふた月の間に退去しないといけなくて、でも次の仕事が決まっていない状態だとそれも難しくて」

「お友達に手伝ってもらえば、引っ越し費用も節約できるんじゃないですか？」

「社宅は家財が全部そろっていたんです。短大のときも学生会館に住んでいたから、引っ越したらいろいろ買い揃えないといけなくて……」

「それは再就職も焦りますね」

一年も経たずに退職してしまったため、失業保険を受給することもできない。少ない給料でぎりぎりの生活をしていたため貯金も心もとなく、一日でも早く新しい仕事に就かなければと思っていた。

「本当は小樽に来る交通費も惜しいくらいなんです。でも、今日の面接で疲れちゃって」

「お金を節約したい気持ちはわかるけど、食事はちゃんと摂らないとだめですよ。声をかけたときに、顔色が悪いなって心配してたんです」

ただの挨拶だと思っていたが、彼ははじめから日向の様子を気にしていたらしい。お腹に食べ物が入ったおかげで、徐々に体温が上がっていくのがわかる。旭は調理台の片付けを終えると、カウンターにひとつのカップを置いた。

「サービスです。しっかりあたたまって、小樽を満喫していってくださいね」

なかに入っているのは何の変哲もないミルクティーだ。日向はカップで指先をあたため、そっとひと口、紅茶を飲んだ。

「……あったかい」

「顔色がすこし良くなりましたね」

砂糖がたっぷり入っているが、くどくはない。身体がほんのりと汗ばむのを感じて、日向はワイシャツのボタンをひとつ外した。

「就活に焦る気持ちもわかるけど、気分転換も大事ですよ。小樽は近いからすぐに来れるし、交通費もバスを使えば安くなりますから」

「そうですね。小樽に来ると、頑張らなきゃって思えるから」

「なにか思い出があるんですか？」

カフェのなかは暖房が効いているが、外に出れば冷たい風が待っているのだろう。汗が冷えると風邪を引いてしまいそうで、日向は店を出るタイミングを失っていた。

「……実は、捜している人がいるんです」

紅茶のぬくもりに誘われるまま、日向はぽつぽつと話し始めた。

○

日向が大学在学中に内定をもらったのは、全国にチェーン展開する化粧品会社の『Onyx（オニキス）』だった。

美容部員として採用され、三カ月の研修で商品知識や接客のノウハウを叩（たた）きこまれた。けれど実務は店舗で異なるところも多く、それは配属された先で教わることになっていた。

研修を経て札幌市の大通（おおどおり）にある百貨店に配属され、店頭に立つ毎日が始まった。会社は基礎化粧品からメイク用品、サプリメントなど幅広く販売している。訪れる客の悩みにこたえるため、商品知識のみならず皮膚科学など様々な勉強をする必要があった。

「教えるの面倒だから、早く仕事覚えてよね」

配属初日から、指導係の先輩社員にそう言われた。

「なんで同じミスを何度も繰り返すの？　何回も言わせないでよ」

業務の説明だけはあったが、早口で理解する前に終わってしまうことが多かった。確認のために先輩に質問すると、そのたびにきつい言葉が飛んだ。

「間違えないで」

「一回で覚えられないの？」

「なんでこんな子採用したんだろう」

研修期間にお世話になったトレーナーは『わからないことがあったら質問して』『わからないことをそのままにしてミスになるほうが危ない』という考えだったため、指導係の一度で終わらせようとする姿勢に戸惑った。

店舗はチーフと呼ばれる女性がまとめていた。彼女は全国ランキングでもトップの売り上げを誇る人物であり、他のスタッフたちと比べ年齢も経験も頭ひとつ抜き出たベテランだった。

訪れる客の肌悩みの原因を導き出し、的確なアドバイスをする彼女を指名する人は多い。陰で女王様と呼ばれることもあったが、日向はその凛とした姿に尊敬の念を抱いていた。指導係とチーフは馬が合わないのか、業務に関する会話以外でコミュニケーションをとっていなかった。一見華やかに見える美容業界だが、その実、女の園の激しい人間関係が渦巻く場であることを日向は目の当たりにした。

店舗では定期的にチーフとの面談があった。仕事での悩みがないかと訊かれ、日向は素直に指導係とのことを話した。

「大変だと思うけど、結果を出せば周囲も納得してくれる。早く仕事を覚えるしかないわ」

そう言われ、日向は寝る間も惜しんで勉強をした。先輩の指導は相変わらず厳しかったが、チーフが接客の際に行うメイクやマッサージを目で盗んで覚えた。その成果が出たのか、半年後には全国の新入社員対象の売り上げランキングで表彰されるまでに成長した。

しかし、日向の成長は先輩の嫉妬の種になり、次第に職場の人間関係がぎくしゃくし始めることとなった。

掃除などの雑用を押し付けられるのは新人ゆえしかたないと思っていたが、ほこりをわざとチーフの私物にふりまき、掃除をしていた日向の不注意だと彼女に叱られることがあった。先輩に挨拶をしても返事はなく、仕事道具を隠されるのは日常茶飯事だった。

そんな子どもじみたいじめに耐えきれず、日向は勇気を出してチーフに相談した。

「相手が変わることはないから、自分が変わるしかないわよ」

その言葉に、日向は自分が我慢するしかないと思った。

前にも増して仕事を身につけようとしたが、入社一年目ではやれることにも限界がある。誰にも相談できず、日毎表情が暗くなっていく日向に転機が訪れたのは、クリスマスの限定商品が発売されたころだった。

定期的に行われるチーフとの面談の他、本部の男性マネージャーとの面談が設けられたのだ。

「店舗内の空気が悪いように思うのだけど、大丈夫？」

クリスマス商品は予約販売にノルマがあり、日向ひとりだけが達成することができなかった。成績の悪い社員には面談があり、店舗を管理するマネージャーに呼び出されたが、彼は職場の空気の悪さを敏感に感じとっていたらしい。

表彰されるまでに至った成績が著しく低下したのは、同僚たちが結託して日向を指名する顧客を奪ったためだった。予約商品の担当者を書き換えられたことも一度や二度ではない。しかし日向はそれを誰にも相談できぬまま、じっとひとりで耐えていたのだった。

「ほかにも困ったことがあったら相談して。話しづらいのなら外でも構わないよ。店舗内の情報を知りたいから、今度ご飯にでも行こう」

日向が特別扱いされるといやがらせも悪化する。それを懸念しマネージャーは水面下で動いてくれていたが、やがて彼の気遣いが職場内に知られてしまった。

「仁志日向がチーフの婚約者を奪った」

年明けにその噂が流れたとき、日向ははじめて、マネージャーとチーフが付き合っていたことを知った。誓って彼とは何もなかったが、噂には尾鰭背鰭がつき、日向がマネージャーに取り入ったように仕立て上げられたのだ。

二月になるころには職場で完全に孤立し、地獄のような日々が続いた。

通勤ラッシュの地下鉄に乗る足取りは重く、あれだけ好きだったはずの食事も喉を通らなくなっていた。連休になるとさっぽろ雪まつりの影響で観光客が増えたが、すぐそばにあるはずの大雪像を見に行く余裕すらなかった。

繁忙期を乗り越え、ようやく訪れた平日休み。日向は小樽行きのJRに飛び乗っていた。

休日は一日中寝て過ごすつもりだった。連休中は日々の疲れが溜まってミスを連発してしまい、チーフから厳しく叱られたことが頭を離れなかった。

『やる気がないなら辞めていいのよ』

海が見たかった。JRの車窓から広がる景色を食い入るように見つめた。朝から雪が降り、鈍色の水面が暗く波打っていたが、内陸部で育った日向にとって海は見るだけで新鮮だった。シート席の車内は観光客の姿はあれど、通勤ラッシュのような混雑はない。真向かいに座る老婦人がうとうとと舟をこいでいた。

やがて南小樽駅に到着し、老婦人がそこで降りた。ドアが閉まる寸前、日向は彼女がお菓子のロゴが入った紙袋を忘れていることに気付き、慌てて後を追った。

南小樽駅で下車すると、ホームを渡るために階段をのぼらなければならない。エレベーターはなく、古びた階段の手すりが心もとなかった。彼女はゆっくりとした足取りで階段をのぼっていたが、途中で身体が大きく傾いだ。

「——危ない！」

日向が追いつき、すんでのところでその身体を支えた。階段にこびりついた雪で足を滑らせてしまったらしい。幸いどこもけがはなく、彼女の荷物を持って一緒にホームを渡った。

観光客のほとんどは小樽駅で下車するのか、ひとつ手前の南小樽駅は人の姿もまばらだった。老婦人はニット帽から覗く髪が雪のように白く、帽子もダウンコートもすべて白で統一され雪だるまのようだった。忘れ物の紙袋を手渡すと、彼女は待合室の椅子に座って休み、日向にも座るよううながした。

「孫の好きなお菓子を買ってきたの。どうもありがとう」

「追いかけてよかったです。あのまま階段から落ちていたらと思うと……」

日向が彼女を支えたのは火事場の馬鹿力のようなものだった。いまさらながら手がふるえ、それに気付いた老婦人が鞄から水筒を取り出した。

「今日は寒いわね。これを飲むとあたたまるわよ」

蓋がわりのコップを受け取ると、彼女はそれに水筒の中身を注ぐ。寒い駅舎内で真っ白な湯気が上がると、それをなぞるように甘い香りが広がった。

「冷めないうちにどうぞ」

日向はおずおずとコップに口をつける。冷えた鼻先に、湯気のぬくもりがくすぐったい。水筒の中身は、砂糖のたっぷり入った生姜湯だった。

「……おいしいです」

いつも飲んでいる生姜湯より、舌に広がる辛さが強く感じられる。けれどその辛みがあるからこそ、身体の隅々まで熱が染み渡っていくようだった。両手でコップを持ち、ひと口ひとくち大切に味わう日向を見て、彼女は小さく微笑む。

「あなたのその顔、うちで飼っている犬にそっくりだわ。いつもそうやってご飯を食べるんだけど、かわいくてついついあげすぎちゃうのよね」

褒め言葉なのだろうが、日向は恥ずかしくてマフラーのなかに頬をうずめる。

「……たまに飲む生姜湯より、香りがずっと濃いです」

「私の手作りの生姜シロップなの。電車のなかでずっと外を見ていたから、具合が悪いのかと心配していたのよ。顔色が良くなって安心したわ」

真正面に座っていた彼女は、日向のことを覚えていたらしい。生姜湯のあたたかさが染み渡り、口からため息ともつかない吐息がこぼれた。

「あたし、この駅で降りてよかったです」

「どこか行きたいところがあったんじゃないの?」

「ただなんとなく、海が見たいと思っただけなので……」

心が緩んだのか、日向は小樽行きの経緯をかいつまんで話した。

「あのまま電車に乗り続けたら、仕事に行かなくてよくなるかなって思って」

JRは小樽行きだったが、乗り換えでさらに先に進むこともできた。電車を乗り継ぎ、どこまでも移動して――札幌に帰れないほど遠くに行きたかった。

しかし、南小樽で降りたことで、その気持ちが急速にしぼんでいた。

「お仕事が辛いこと、ご両親には相談した?」

「苦労して短大まで出してくれたのに、仕事の悩みなんて話せませんよ」

日向の地元は北海道のなかほどにある小さな村であり、過疎が進んだ斜陽の地だった。けっして裕福とはいえない家庭で、両親は日向が安定した仕事に就けるようにと札幌の短大に進学させてくれた。割高である学生会館に住まわせたのも、ひとり娘が心配だったからに違いない。

年末年始の休暇で帰省した際、両親から仕事のことを訊かれた。新入社員で表彰された話をすると、母は我が事のように喜んだ。同居の祖母は親戚中に孫の仕事を話して回るだろう。田舎の濃い人間関係では、孫の勤め先ですら見栄の種になるのだ。昔気質の父は酒を飲みながら若いころの苦労を語り、『どんなに辛くても三年は我慢して働きなさい』と言った。『三年黙って働けば周囲も認めてくれるようになる』と。その言葉を信じて頑張っているが、三年後が途方もなく、遠い。

「せっかく小樽に来たんだから、今日は気分転換に観光して帰るといいわ。明日の仕事なんて忘れて、日が暮れるまで遊んでいきなさい」

彼女は水筒を鞄のなかにしまい、ゆっくりと立ち上がった。

「私はこれから用事があって、小樽を案内できないのが残念だけど。今日なら夜の小樽運河がおすすめよ」

名前を聞かぬまま彼女と別れ、日向は小樽の街を散策することにした。

南小樽駅から小樽運河まで距離はあるが、堺町通り商店街を通ると飽きることがなかった。日の短い季節はあっという間に暗くなってしまったが、日向は老婦人のアドバイスを守り小樽運河を目指して歩いていた。

札幌と交通アクセスのよい小樽は、札幌市民が気軽に遊びに行ける観光地だ。しかし、日向は生まれてから一度も小樽の地を訪れたことがなかった。はじめて見た小樽運河に、寒さも忘れ立ち尽くしていた。

偶然にも、『小樽雪あかりの路』が開催されていた。運河の水面は明かりが等間隔に浮かび、石造りの倉庫群がライトアップされている。運河沿いの散策路には雪のオブジェが並び、キャンドルと外灯の明かりが運河を縁取るように照らしていた。

幻想的な雰囲気を見に、たくさんの観光客が訪れていた。昼間とは比べものにならない人混みに圧倒されながらも、日向は明かりの灯る道を歩いた。

キャンドルは小樽運河ほか、小樽駅近くの旧手宮線でも灯されていた。会場沿いの店がホットドリンクを提供し、観光客の身体をあたためる。雪で作られた滑り台では、子どもたちがゴムタイヤのチューブに乗って楽しそうに遊んでいた。

明かりを灯す器は氷やろうで作られたワックスボウルなど様々なものが使われ、紙コップの器を作る体験ブースもあった。たくさんの団体客とすれ違い、ハート形のモニュメントではカップルが記念撮影をしていた。

いつもなら気にもならないはずの孤独が、ひどく身体を冷やす。生姜湯のぬくもりはとうに冷め、老婦人と話した時間が遥か前の出来事のように感じられた。

この美しい景色を、誰かと分かち合いたいと思った。

その気持ちが職場での毎日と重なる。同僚たちとはもう何週間も口をきいていない。まるで自分が透明人間になったかのように、誰からも無視されて働いていた。

小樽の地でも、自分は透明人間になってしまっている。

その孤独が、たまらなく胸を締め付けた。

「……もう、ひとりは嫌だ」

つぶやきとともに、日向の目から大粒の涙がこぼれた。

あふれる涙が頬を冷し、何度もそれを拭う。道行く人々は誰も日向に気付かない。気持ちが落ち着くまで、ただひたすら、涙を流し続けた。

翌日。腫れた目のまま出勤し、日向はチーフに退職の旨を伝えた。

「……新人で引き継ぐような仕事もなかったので、退職の日はすぐに決まりました」

話し終えた日向は、空になったティーカップを両手で握りしめた。

「次の仕事を早く見つけたいんですが、履歴書を送ってもすぐに返されることのほうが多くて。ハローワークに行っても、職員の人にうまく相談できなかったり……」

職業相談に行くと、女性の職員が対応することが多かった。チーフや年上の同僚たちと同じ年ごろの職員を前にすると、身体がすくむ自分がいた。それは面接でも同様で、面接官が女性だと緊張しすぎて言葉が出なくなったこともある。

調理の最中でなければ、旭は話し相手になってくれた。愚痴をこぼしても嫌な顔ひとつせず、日向の気持ちが落ち着くまで静かに耳を傾けていた。

「今日、リゾットで使ったのは雪の下キャベツなんですよ」

洗い物の手を止めず、彼はそんな話を始めた。

「雪の下に埋められて冬を越したキャベツは、自分が凍ってしまわないように糖度を増して身を守るんです。もとは豊作で余ってしまったキャベツを畑に放置したことからうまれたもので、冬の寒い季節にだけ食べることができる貴重な味なんですよ」

雪の下キャベツは雪が解けると市場に出回らなくなる。日向が食べたのは、今年最後の冬の味だったらしい。

「次の仕事が見つからなくて焦る気持ちもわかるけど、雪の下キャベツみたいに、力をたくわえながらじっくり探したほうが良いときもあります。仕事もそのおばあちゃんも、ご縁があればきっとまた会えますよ」

あのときの生姜湯のぬくもりが、たまらなく恋しかった。

○　○

送り返される履歴書、面接官の忌憚(きたん)なき質問、届くお祈りメール。うまくいかない就活にくじけそうになるたびに、日向は小樽を訪れていた。

交通費を節約するため、移動手段は高速バスに変えた。回数券を購入すればさらに節約になる。片道で一時間かかるようになったが、浮いた交通費でお茶だけでなく、ランチを毎回食べられるようになった。

彼の作る料理は何を食べてもおいしく、他のメニューも試したが、あのリゾットの味が忘れられなかった。勇気を出して注文をしたことがあったが、雪の下キャベツが出回らなくなり、作っても味が変わってしまうからと断られたことがある。

「日向ちゃん、就職活動はどう?」

「……微妙です」

食後のミルクティーを飲みながら、日向は顔をしかめた。スーツ姿のまま訪れると、彼も気になって仕方ないらしい。

「今回はどんな面接だったの？」

「今日は面接じゃなくて、転職サイトが主催の企業説明会でした。ハローワークだけじゃなくて、転職サイトの求人にも応募してみようと思って」

説明会は企業説明の他、その場で軽い面接をすることもある。即採用とはならないが、履歴書を送り返されることの多い日向にとって、現場の人と実際に話せるのは貴重な機会だった。

「アルバイトとか派遣とか、選ばなければ仕事はたくさんあるんです。でも、正社員はなかなか厳しくて……」

面接までこぎつけても、社会人経験の浅い日向は即戦力になれず、経験者優遇の募集では勝ち目がなかった。何度繰り返しても面接には慣れることがなく、不採用の連絡が来ると落ち込んで一日中家から出られないこともあった。

一向に決まる気配のない就職活動に、気持ちは不安定になるばかりだ。希望の職種もなく、片っ端から履歴書を送っていた。

「就職もご縁だからね。焦って変なところに入ってしまっても後で困るだろうし」

焦って就職し、失敗したのは大学時代の自分だ。就活に明け暮れて第一希望も第二希望もすでに惨敗した後だった。企業から内定をもらったときは跳び上がらんばかりに喜んだ。けれど、いま思えばもっと腰を据えて仕事を探すべきだったと思う。ただ内定を得ることが目的で、仕事の向き不向きも何もわかっていなかった。

だからいまも、自分は何がしたいのかを考え続けている。

若いのだから何でもできると言われるが、やりたいことが見つからないと転職の的も絞れない。出世したいという欲もないし、自分が生活できるだけの収入があればそれでよいと思う。食べることに関して以外は、欲などなかった。

「僕も料理の勉強をするために何度か転職したけど、次を決めずに仕事を辞めるのは不安があったよ。なかなか次が決まらないと生活も苦しくなるし」

転職するなら次を決めてからがベストだろう。けれど日向はそれをしなかった。

「でも、日向ちゃんには不安があってでも退職した勇気があるんだよ。なんだかんだ理由をつけてずるずると働き続ける人もたくさんいるなか、すごいことだと思う。だからきっと、いい仕事が見つかると思うよ」

なぜだろう、ハローワークの職員に言われるよりも、旭の言葉が胸に沁みる。それは転職を経験してきた者だからか、見えない説得力が彼からにじみ出ていた。

「日向ちゃん、地元に戻ろうとは思わないの？」

「それは考えてないですね。札幌のほうが仕事あるので」

「ご両親は仕事を辞めたこと知ってる？」

「まだ、話してないです」

両親はいまも札幌で頑張っていると思っている。日向が地元に戻ろうものなら、親戚から根性なしの娘が出戻ってきたと言われるだろう。世間体を気にする祖母から、どんな厳しいことを言われるかもわからない。

古い建物であるオリエンタルは隙間風が入るのか、日向は寒さを感じた。四月半ばに入り外の景色も春めきはじめていたが、風の冷たい日が続いている。

「今日の説明会で話を聞いた会社と、明日、もう一度面接をする予定なんです。最近できたばかりのベンチャー企業なんですが、業務拡大で人を増やしてるみたいで」

その会社は転職サイトにも求人を公開していた。日向がスマートフォンの画面を見せると、旭は興味深げに内容を読む。募集していたのは広報担当だった。

「WEB販売がメインの化粧品会社なんです。これなら前の会社の経験も活かせるし、面接でもうまくアピールできるかなって」

「未経験歓迎で、お給料もずいぶん良いんだね」

「毎月これぐらいもらえたら、いまの貯金を引っ越し費用にあてられるし、家具家電もすこしずつ買い足していけるかと思って」

ベンチャー企業ゆえか、給料は美容部員のときよりも高かった。社会保障完備、福利厚生あり。WEBの求人情報は魅力的な内容に満ちている。

「……でも、試用期間中は契約社員の扱いになるんだね」

「試用期間は時給の会社も多いし、求人には正社員登用が前提って書いてあるので」

「そっか。いいご縁があるといいね」

いつもはオリエンタルに長居してしまうが、明日に備えて早めに帰ったほうがいいだろう。鞄のなかの財布を探ると、突然、スマートフォンが着信を告げた。

「出なくていいの？」

「いいです。母からなので」

無機質なバイブレーション音が響く。日向はそれに応えぬまま鞄に戻した。


四月も下旬になると、北海道にも春の便りが届き始める。道南の函館市では桜の開花宣言が報じられていた。ゴールデンウィークには見ごろを迎え、桜の名所である五稜郭公園はたくさんの観光客で賑わうことだろう。

桜前線は今年も順調に北上している。函館で桜が咲けば間もなく札幌でも開花する。小樽を訪れる観光客の服装も、やわらかな色あいのスプリングコートがほとんどだった。まだ上着がないと寒いが、陽射しも日増しにあたたかくなり、季節は着々と進んでいる。

けれど日向は、厚手のコートを手放せずにいた。

日が傾き、オリエンタルの石造りの壁が夕日を受けて燃えるように色付いていた。日向は店の扉にかかる『close』の札を見つめながら、小さなため息を落とした。

今日は水曜、店は定休日だった。小樽に来ても旭に会うことはできない。到着した時間も遅く、もうすぐ日が落ちてしまうだろう。滞在できるのもわずかな時間であり、交通費が無駄になってしまった。

それでも、ここに来たいと思う自分がいた。ぼんやりと店の外観を眺めていると、二階の窓に何やら動くものが見えた。

何かが、こちらを見ている。目を凝らすと、それがぴょんと跳ねた。

ワン、と、鳴き声がひとつ。日本犬だろうか、三角形の目のなかにあるつぶらな瞳が日向を見下ろしている。その愛らしさに手を振っていると、ふいに店の扉が開いた。

「日向ちゃん、どうしたの？」

なかにいたのは旭だった。犬の鳴き声で気付いたらしい。エプロンはつけておらず、ラフなパーカー姿だといつもと印象が違った。

「こんな時間に来るなんて珍しいね」

「今日はお昼まで仕事だったので……」

「面接の結果が気になってたんだ。仕事ってことは、決まったんだね？」

おめでとう、と言う声が明るく、日向は力なくうつむいた。

「……今回は、三日も続きませんでした」

自嘲気味に笑い、日向は肩に提げたバッグを握り締める。気温はさほど低くないはずだが、冷えた指先に感覚がなかった。

「立ち話もなんだし、なかで話を聞くよ」

扉を大きく開き、旭が言った。

「今日はお休みじゃないんですか？」

「休みっていっても、新メニューの研究で毎日店にいるんだ。あたたかい飲み物でも飲んでいきなよ」

招かれるまま、日向はオリエンタルの扉をくぐった。

休日は暖房を控えているのか、店内はひんやりと寒い。ラジオの音も何もない世界が静かだが、吹き抜けを見上げると先ほどの犬が手すりの間から顔を出していた。

「お店に犬がいるんですね。はじめて知りました」

「いつもいるわけじゃないよ。看板犬にしたいんだけど、好奇心は強いくせに照れ屋だから二階から降りてこないんだよね」

「名前は？」

「テルだよ。やんちゃ盛りの男の子」

テルは茶色の毛並みをした柴犬(しばいぬ)だった。舌を出した口もとは常に笑っているように見え、額の模様がマロ眉毛のようで愛嬌(あいきょう)がある。日向が呼ぶとくるんと巻いた尻尾をぶんぶん振るが、決して下には降りてこようとしなかった。

いつもの席に座ると、旭はホーロー製のミルクパンを取り出し、火にかけた。

「……本当は、次にここに来るときは、仕事が決まったって報告したかったんです」

鍋にはすこしの水しか入っていない。すぐに沸騰し、細かな気泡が上がる湯に旭は茶葉を入れた。

「面接をした日に採用が決まって、『明日から来てください』って言われました。最初の三日間は研修で会社のことを勉強したんですが、そのときに雇用条件の話になって……」

『うち、有休ないから』

人事担当だと思っていた男性の面接官は、ベンチャー企業の社長だった。彼は研修の合間の休憩時間に、コーヒーを飲みながらそう言った。

『土日祝休みってことにしてるけど、実際に休みなのは日曜と年末年始だけ。土曜日は有休として消化するけど、週休二日なら問題ないでしょ？』

日向の前職はシフト制だったため、毎週二連休があるだけで嬉しかった。

『求人サイトで公開してた給料は残業代も込みであの数字だから』

あらためて基本給を聞くと、最低賃金と同じような低さだった。

『契約社員から正社員になるまでの期間は、仕事の様子を見て決めるから。早い人なら三カ月で正社員になれるけど、仕事の覚えが悪い人は一年くらいかかることもあるから』

すなわち、必ず正社員になれるわけではない。契約社員には賞与がなく、残業をたくさんしなければ生活費を稼ぐことができない。

販売している化粧品も大半が海外の安価な商品であり、以前勤めていた会社とは品質に大きな違いがあった。ＷＥＢの宣伝も過大広告されたものばかり。その内容は、雑誌の巻末にあるような類に似ていた。

研修三日目に、日向は社長に採用の辞退を申し出た。

「……なんだか、怪しいにおいがぷんぷんしていて」

ミルクパンのなかでぐらぐらと煮え立つのはいつもの紅茶だ。湯のなかで踊る茶葉を見つめる旭のまなざしは真剣そのものであり、湯を吸って開く茶葉のひとつひとつを見逃すまいと、神経を集中させている。

「お給料は振り込みじゃなく手渡しらしくて、なんだか学生のアルバイトみたいで……」

「振り込みにすると通帳に金額の履歴が残るからね。手渡しなら、その後いくらでも帳簿をごまかせるんだよ」

ミルクパンから視線を外さずに、旭は言った。

「僕もいろんな会社で働いたけど、インターネットの求人サイトはハローワークで受理できないような仕事も掲載されるし、条件も都合よく書いてあることが多いよ。広告料を払えばずっと検索トップに表示されるところもあるしね」

ベンチャー企業は、いつも検索の上位に掲載されていた。業務拡大のためと銘打っていたが、その実、人が集まらないからこそ常に募集をしていたのかもしれない。

「変だなって思う会社に入っても、うまくいかないことが多いよ。採用辞退なら履歴書にも書く必要もないから心配しないで」

「でも……辞退して本当によかったのか、悩んでます」

一日も早く仕事を決めなければ、貯金を食いつぶす生活から抜け出せない。明日からまた履歴書を送る日々が待っていると思うと、どっと疲れが押し寄せた。

「怪しい会社だと思っても、とりあえず仕事をして、落ち着いてから就活したほうがよかったかも……」

「でも、次に履歴書を送られた会社としては、うちに入社してもまた別の会社に行くのではって思うんじゃないかな？」

優しい口調ながらも、その声は低く耳に響く。鍋の取っ手を握る手は大きく、ミルクパンがおもちゃのように小さく見えた。

「日向ちゃんは、本当にその会社に入りたいと思っていたの？」

「……え？」

聞き返す日向に背を向け、旭は百味簞笥から何かを取り出す。茶葉とは違う木の実のような粒をぱらぱらと加え、たっぷりの砂糖を加えると調理台から甘い香りが立ち昇った。

「社会に出て働く以上、自分の好きな仕事ができるとは限らない。でも、日向ちゃんが自分らしくいられることを考えたほうがいいんじゃないかな。僕の作った料理をおいしそうに食べるのを見てると、日向ちゃんってもっと明るい子なのかなって思うよ？」

彼は鍋から視線を離さない。コンロの上から刺激的な香りが漂いはじめ、日向は吸い寄せられるように身を乗り出した。

「……いいにおい」

「もうすこしでできるよ。何が入ってるか、見てみる？」

旭は鍋の中身をカウンター越しに見せる。ぐつぐつと煮立っていた紅茶は火から離れると気泡が消え、店の照明を受けてつるりと光った。

カップのなかの紅に、日向の顔が映る。

「……あたし、毎日こんな顔してたんですね」

それは真実を映す鏡だった。

「こんなぼろぼろの顔してたんじゃ、面接しても採用されるわけないです」

痩せこけた頬がまるで亡霊のようだ。就活のストレスで肌が荒れてしまっている。唇は色を失い、表情に生気というものが感じられなかった。

毎日鏡で見ていたはずの自分は、こんなにひどい顔をしていたのか。

「全然、気付かなかった。次の仕事を見つけなきゃって焦ってばかりで……」

頬に手をあてても、骨が当たるだけ。それは顔だけでなく、胸や腰も同じだった。着込んだ服の袖から覗く手首は異様に細かった。

自分の身体があげる悲鳴に気付かないほど、日向の心は麻痺してしまっていたのだ。

歴代の面接官が日向を見て眉をひそめたのは、その異変に気付いていたから。小枝のように細い身体では体力仕事も続かない。笑みを浮かべたところで、生気のない顔では不気味にしか見えない。そんな人間をわざわざ採用しようとする会社は、よほど人手が足りないか、あるいは会社の都合よく動く駒を探しているか、だ。

「頑張りたい気持ちはわかるけど、休めるときに休むことも必要だよ」

鍋をコンロに戻し、旭はたっぷりの牛乳を加えた。

温度の下がった鍋を再び熱し、スプーンでかき混ぜる。その手つきははじめて店を訪れた日のリゾットのように、優しく、そして繊細だった。

「焦らないで、日向ちゃん。自分に合う仕事は必ず見つかるはずだから」

鍋が沸騰する直前で、彼は火を消した。

マグカップに茶こしをセットし、鍋の中身を高い位置から注ぐ。細く長い滝のように落ち、紅茶は寸分の狂いもなくカップのなかにおさまった。

「お待たせしました、ジンジャー・チャイです」

カウンターの上に置かれたカップは、表面がきめ細やかな泡に包まれている。まるで繊細な砂糖菓子を見ているような気持ちになるが、鼻腔(びこう)をくすぐる香りは紅茶の華やかさだけではない。それを探すように、日向はカップを手に取った。

「冷めないうちにどうぞ」

いただきます、と日向は小さくつぶやく。口をすぼめて息をふきかけると、泡の合間から濃厚なミルクティーが見えた。口に含むと、舌の上にぴりりと刺激が乗る。

「……これは、何が入ってるんですか？」

「カルダモン、クローブ、ローリエ、シナモン。それと、ショウガがたっぷり」

旭は背を向け、百味箪笥の引き出しを外してその中身を見せた。

「ショウガは漢方の世界では『生姜(ショウキョウ)』といって、中国では生のショウガを生姜(ショウキョウ)、乾燥させたものを乾姜と言うんだ」

引き出しのなかにはおがくずのような木のかけらが入っている。旭が木の匙でそれをすくってみせると、ショウガの香りがした。日本人なら誰でもわかる代表的な薬味だ。

「チャイに使われる代表的なスパイスだけでも効果はあるけど、生姜を入れることでさらに身体があたたまるんだ。ショウガは古くから薬用・香辛料として用いられていて、辛み成分のジンゲロンとショウガオールには解熱、鎮痛、鎮咳、鎮吐などの作用のほか、発汗作用や胃液の分泌をうながして消化吸収を高める働きもある」

突然飛び出した呪文のような言葉に、日向は旭を見上げる。彼は知らない言葉があるとわかっていながら、そのまま話し続けた。

「ショウガの独特な香りは、ジンゲロール、ジンギベレン、フェランドレン、チトラール、シトラネオールなどの精油成分で、これらの成分が血行を良くして発汗をうながし、食欲を増進させるんだ。飲むと身体があたたまるでしょ？」

無邪気に解説を続ける彼に圧倒されるまま、日向はチャイを飲む。舌を心地よく刺激するスパイスが胃に入ると、それが身体の内側からあたためていくのを感じた。冷え切った指先に体温が戻り、そのちりちりとした感覚がくすぐったい。

「この百味簞笥に入っているのは、漢方薬で使われる生薬なんだ。料理のスパイスとしても使えるから、うちの料理には必ず何かしら入れるようにしているんだよ」

「スパイスって、カレーに入ってるような刺激の強いものばかりだと思ってた」

「香辛料として使われることが多いから、そういうイメージがあるよね」

熱さに負けずごくごくと飲む日向を見て、旭が微笑む。

飲めば飲むほど、身体の芯からあたたまっていく。春を迎えても寒くてたまらなかったのは、痩せた身体が熱を蓄えづらくなっていたからだった。

南小樽駅で飲んだ、あの生姜湯を思い出す。このジンジャー・チャイとは違うものであるはずなのに、あのときの老婦人の顔が浮かんだ。

それはなぜだろう。その考えを遮るように、日向のスマートフォンが鳴った。

母からだ。その着信を、自然と受けていた。

『――もしもし、日向?』

久しぶりに聞く母の声だった。

『全然連絡よこさないで、元気にしてるの?』

スマートフォンの向こうから聞こえる優しい声。耳になじむ聞き慣れた声が、チャイのぬくもりのように、胸の奥に深く染み渡っていくのを感じる。

「……あたしね、仕事辞めちゃった」

『そっか、頑張ったね』

日向の予想と違い、電話越しの母は安堵（あんど）したように息を吐いた。

『こないだ帰ってきたときに、様子が変だったでしょ。お父さんったら、日向が札幌に帰ってからずっと心配していたのよ』

　父はひとり娘の日向を溺愛していたはずだが、あの日だけはとても冷たかった。古い時代の価値観を残す父は、働く者に優しい言葉をかけることができなかったのかもしれない。けれど、本当はとても日向のことを想っていると、わかっていたはずなのに。

『お母さんは、無理して日向がおかしくなるくらいなら、さっさと辞めて新しい仕事を探せばいいと思ってたのよ』

「でも、仕事を辞めたって知ったらおばあちゃんがなんて言うか……」

「ばあちゃんの言うことなんて無視よ無視。結婚してからずっと専業主婦をしていた時代の人だもの、働くことの大変さなんてわかってないんだから」

　母のあっけらかんとした言葉に、口から小さな笑いがこぼれる。

『よけいなことばっかり気にして、ずっと言えなかったんでしょ？　日向ったらいつもそうなんだから。すこし家に帰ってきてゆっくりしなさい』

　その優しい声音に、鼻の奥がツンと熱くなった。

　自分がかたくなに意地を張っていただけで、家族はいつも日向のことを気にかけてくれていたのだ。

　溶けだして行き場のなくなった気持ちが、次から次へとあふれ出す。頬を伝う涙を何度拭っても止まらず、旭がティッシュの箱を置いた。

　ジンジャー・チャイの湯気の向こうに見える彼の微笑みが、また涙を誘う。母との電話を切ると、日向はこらえきれず嗚咽を漏らした。

旭は日向が泣きやむまで、ずっと、そばにいてくれた。

○　○　○　○

「この間はありがとうございました」

暦が五月に変わったばかりのころ、日向は再びオリエンタルを訪れていた。

「ゴールデンウイークに、実家に帰ってリフレッシュしてきました」

いつものカウンター席に座り、旭と話す。五月の限定メニューに『春キャベツのミルクリゾット』が加わっていた。雪の下キャベツの季節は終わったが、かわりに春キャベツが市場に出回るようになったのだ。

凍てつく寒さに葉が締まった雪の下キャベツと違い、春キャベツはやわらかな歯触りが特徴だ。夢中になって食べる日向を見て、旭はくすりと笑った。

「日向ちゃんって、テルに似てるよね。ごはんを食べるときの、ほっぺのふわふわ感がそっくり」

「……実家で太って帰ってきたの、バレましたか？」

「それくらいがちょうどいいよ。前は頬がこけていたから心配だったんだ」

ランチを食べ終えると、旭は食後のお茶を淹れようとお湯を沸かす。いつものミルクティーを待っていると、来客を告げるベルが鳴った。

旭が「いらっしゃいませ」と声をかける。逆光で顔がわからないが、女性のふたり連れだ。老齢の女性が手に持つリードに、一匹の柴犬がつながれていた。

その姿を見て、日向はごしごしとまぶったをこすった。

「おばあ、今日は来れないんじゃなかった？」

旭が声をかけたのは、南小樽駅で会った老婦人だった。

隣に並んだ髪の長い女性が、鞄から取り出したタオルで柴犬――テルの足を拭う。テルは尻尾を振りながら階段を駆け上がっていき、それを見送った彼女はカウンターの一番奥の席に座った。

「病院が思ったより早く終わったからね。混んだのかい、手伝うよ」

慣れた様子でカウンターのなかに入り、老婦人は白い割烹着を着る。洗ったグラスが水切り籠に積まれていた。それを片付けようと手を伸ばし、彼女はようやく、ぽかんと口を開ける日向に気がついた。

「あら、まあ、久しぶりね」

「……あたしのこと、わかりますか？」

「もちろんわかるわよ。階段で助けてくれた、命の恩人だもの」

久しぶりに会った彼女はなにも変わっていなかった。ダウンジャケットから割烹着に変わっても、その雪だるまのような雰囲気は変わらない。笑うといっそう目じりのしわが深まるが、まあまあまあとあげる声には張りがあった。

「おばあ、日向ちゃんと知り合いだったの？」

旭は彼女のことを「おばあ」と呼んだ。

「駅の階段から落ちそうになったときに、助けてくれた子なの。あんまりに寒そうだったから生姜湯をあげたのよ」

「……生姜を？」

彼が小さく反応する。目の前で繰り広げられる会話に、日向は交互に見つめることしかできない。ずっと探していた人が突然現れたことと、それが旭の知り合いだったことに二重で驚いた。

「……どういうことですか？」

絞り出すように訊ねた日向に、旭が隣に立つ彼女を手のひらで示した。

「オリエンタルは先代から受け継いだ店だって、前に話したよね。カフェになる前は、おばあが営む漢方薬局だったんだ」

「吾妻薬局って小さな店だったんだけどね。私もこの齢で身体がきつくなったから、孫の旭に譲ることにしたのよ」

茶葉を入れぬままぐらぐらと煮え立つお湯を見て、旭は冷蔵庫から瓶に入った液体を取り出した。

琥珀色に輝く液体にはとろみがあり、スプーンですくうと蜂蜜のように細く落ちる。旭はティーカップにお湯を注ぎ、その液体を加えてかきまぜた。

「どうぞ、飲んでみて」

彼にうながされるまま、日向はカップに口をつける。

「……生姜の味がする」

その香りの強さは、あのとき飲んだ生姜湯と同じだった。

「僕のジンジャー・チャイは、おばあに教わった生姜シロップからヒントをもらったんだ。うちでは風邪の引きはじめに必ず生姜湯を飲んでいたからね」

「なあに？　旭もこの子に同じことしてたの？」

奇しくも日向は、ふたりから同じスパイスを通して元気をもらっていたのだった。

「この店は生薬を使う東洋医学と、おばあの名前の織江から、オリエンタルって名前にしたんだよ」

旭と織江が並ぶと身長差があるが、笑った雰囲気はそっくりだ。どうしていままで気付くことができなかったのか、探し人はすぐそばにいた。

「あたし、あのときのお礼を言えないままで」

「私は別に、自分のするべきことをしたまでよ」

その飾らない姿が懐かしい。あのころは冬の最中だったが、外の景色はすっかり春めいていた。小樽にも桜前線が到来し、花盛りの季節を迎えようとしている。

「あの、お元気でしたか？」

「店を譲ってからはもっぱら隠居生活でね。旭の店をもっと手伝ってあげたいんだけど、やっぱり齢かしら、身体が思うように動かなくて」

オリエンタルは春先から客足が伸びたのか、店内は満席だった。溜まっていた洗い物を片付ける旭は、鼻の頭に泡をつけていることに気付いていない。

「そうだ、おばあ。実はアルバイトを雇おうかと思ってるんだ。ランチの時間が混むようになって、さすがにひとりじゃ大変だよ」

「そうね。旭は接客が下手だし、良い子が来てくれるといいんだけど」

「――あの、それじゃあ、あたしを雇ってください！」

日向はカウンターから身を乗り出した。その勢いに、鼻に泡を乗せたままの旭が怯む。

「社宅の退去期限が迫っているから、すぐにでも引っ越さなきゃいけないんです」

「でも、札幌からだとお金がかかるんじゃないかな」

「家具も家電も備え付けだったので、大きな荷物はありません。身体ひとつで引っ越せるので、小樽で安いアパートを探します！」

「うちはアルバイトとしての給料しか出せないから、ひとり暮らしもカツカツになっちゃうよ？」

「それは……」

冷静な指摘に日向が言葉を詰まらせると、やりとりを見守っていた織江がぱちんと手を合わせた。

「部屋なら、二階が空いてるじゃない」

「……二階？」

日向は吹き抜けを見上げる。テルが手すりの隙間から顔を覗かせていた。

カフェの二階に部屋があるのは知っていたが、客を入れている様子はない。日向と同じく天井を仰ぎ、旭は小さく唸る。

「本当はうちの店、カフェと一緒に宿泊所を営業する予定だったんだ。事情があってしばらくはカフェのみの予定だから、二階は使っていないんだけど……」

「家って、人が住まないと傷んでいくじゃない？　どうせ空き部屋なのは変わらないんだし、住んでもらって他の部屋にも風を入れてもらえばいいのよ」

織江の提案に、旭はしばし無言で考える。やがて鼻に乗った洗剤に気付いたのか、恥ずかし気にそれを拭った。

「毎月、給料から家賃を二万円天引きするかたちでどうかな？　水道光熱費も込み。次の仕事が正式に決まるまでうちで働きながら就活すれば、引っ越し費用も貯まるだろうし」

「そんなに安くていいんですか？」

「日向ちゃんは接客の経験もあるし、面接をしなくても人柄はよくわかっているからね。明日から来てくれてもいいくらいだよ」

旭は言いながら、織江と顔を見合わせて笑う。二階の手すりの隙間から、テルが尻尾を振りながら「ワン」と鳴いた。

ぬるくなった甘い生姜湯が、日向の胸を優しくあたためていた。

2章　ぜんざいの甘い雨

札幌を出発したときはうす曇りの天気だったが、小樽の空は大粒の雨を落としていた。北海道には蝦夷梅雨と呼ばれる長雨の季節があり、近ごろはずっと雨の日が続いている。この時期は底冷えするような寒い年もあれば、降ったり晴れたりを繰り返して蒸し暑い年もある。今年のそれは後者であり、外を歩くと肌がじっとりと汗ばんだ。

目的の店にたどり着き、壬生二葉は玄関ポーチの下で傘を閉じる。石造りの建物は重厚な印象を与えるが、道路に面した大きな窓が採光の役割を果たしている。店内を覗くと、ランチタイムが終わってもそれなりに客が入っているようだった。

鼻先をくすぐる芳ばしい香りに誘われるように、二葉は扉をくぐる。

「――いらっしゃいませ」

軽やかなベルの音とともに、雨に溶け込むようなやわらかい声が届いた。

JR南小樽駅から徒歩五分。石造りの建物が味のある『café Oriental』は、今年オープンしたばかりの新しい店だった。店主とおぼしき男性の長身が、カウンターの向こうからでもよく目立っている。

「お好きな席にどうぞ」

うながされ、二葉はカウンター席に座る。テーブル席にもぱらぱらと客の姿があるが、店内はおだやかな空気に包まれていた。

「痩身茶をください」

メニューも見ずにそう告げた二葉に、店主がきょとんと目を丸くする。

「かしこまりました」

お冷も出ておらず、せっかちな客だと思われただろう。店主は気を悪くすることなくカウンターにグラスを置く。きんきんに冷えた水を期待していたが、氷は入っていなかった。

グラスを両手でもてあそび、二葉はカウンターのなかできびきび動く店主を見つめる。彼は鉄製のやかんに水を汲むと、火にかけてお湯を沸かしはじめた。

店の情報はあらかじめグルメサイトで調べていた。レビューの数こそ多くはないが、評価の点数はとても高い。熱心な常連客らしき人が店内のメニューをアップしており、二葉はケーキセットやお茶の単品価格などもすべて把握していた。

お湯が沸くと、店主の吾妻旭は百味箪笥の引き出しから小さな包みを取り出した。その中身をガラスの急須に移し、お湯を注ぐ。すこし時間を置いて蒸らし、彼はそれを二葉の前に置いた。

「お待たせしました、痩身茶です」

ガラスのなかで、お湯を吸って膨らんだ茶葉がゆらゆらと泳いでいる。薄く色付いたお茶のなかに赤い実が二、三個浮かんでいた。

「その赤い実は枸杞子といって食べることができますので、飲み終わった後にこのスプーンでどうぞ」

「……いただきます」

小さなスプーンを受け取り、二葉は急須からお茶を注いだ。

カップは急須と同じガラスだった。それを手に取り、まずは香りを嗅いでみる。ほうじ茶のような芳ばしさを感じたが、ほかに特徴的なものはない。口に含むと中国茶かなと思ったが、それ以外は特別感じるものがなかった。

「このお茶、何が入ってるんですか？」

二葉が訊ねると、旭は百味簞笥のなかから一枚のメモを取り出した。

「ウーロン、プーアル、ハトムギ、シャクショウズ、クコです」

ひと息に言って、彼はひとり納得するようにうなずいた。

「さすがおばあ、このブレンドは何年経っても変わらないな」

「……え？」

「すみません。このお茶のレシピは僕じゃなくて先代が作ったものなんです」

眉根を下げ、申し訳なさそうに彼は言う。ほどよく筋肉のついた長身がこちらを見下ろすが、不思議と威圧感はない。

「痩身茶はこの店が薬局だったころから売っているお茶なんです。ティーパックの販売もしてるので、ご自宅でも飲むことができますよ」

彼が指差す先、レジの周囲には手作りの菓子やお茶が販売されていた。痩身茶のほか、健康茶や疲れ目に効くお茶など、どれもオリジナルのブレンドらしい。

カウンターのなかでは大きな鍋が火にかけてあり、彼はそれをこまめにかき混ぜている。時おりまなざしが鋭く光り、その真剣な表情に二葉はどきりとしてしまう。

「痩身茶のことはどこで知ったんですか？　うちは宣伝をしていないので、はじめてのお客様でこのお茶を注文される方は珍しくて」

「知人からティーパックをもらったんです。美味しかったのでまた飲みたいと思って」

「ありがとうございます。気に入っていただいて、先代も喜びますよ」

お茶はカップで二杯分だろうか、飲み終えるまでたっぷりと時間がある。茶葉のほんのりとした苦味に甘いものがほしくなり、二葉は急須のなかの赤い実を食べる。けれどさほど味は感じられず、気を紛らわそうと旭がかきまぜる鍋を覗き込んだ。

「何を作ってるんですか？」

「餡子（あんこ）です。メニューに和菓子を入れようと試作中で……甘いものはお好きですか？」

「ダイエット中なので控えてます」

「もうすぐ薄着の季節ですからね。僕も冬の間に蓄えた脂肪をどうにかしないと」

鍋のなかでは小豆がくつくつと煮込まれていた。餡子になるにはまだ遠いようで、水分が多い。一から餡子作りをしている人を、二葉ははじめて見た。

「餡子ってどうやって作るんですか？」

二葉が何気なく訊ねると、旭の瞳がきらりと輝いた。

「餡子作りは手間がかかりますが、作っている間は時間を忘れるくらい楽しいですよ」

そう言って、彼は餡子づくりの手順を話しはじめる。

「まずは小豆に傷や汚れがないか寄り分けるところから始まります。ひと粒ひと粒確認するのは時間がかかりますが、悪い豆が混じっているとやわらかく炊き上がりません。水にひと晩浸してたっぷりと水分を含ませることも大切で、すぐに火にかけてしまうと小豆がふっくら仕上がらないんです」

水を吸った小豆を火にかけ、一度ゆでこぼしてえぐみを取る。水を取り替えもう一度煮た後に、水気を切って鍋に戻し、そこでようやく砂糖を加えて水分を飛ばす。つぶ餡はそのまま煮詰めるだけだが、こし餡の場合は豆を裏ごしする作業が必要だった。

素材の味が生かされるものほど手間暇がかかる。彼はそれをまる一日かけて作っていたらしい。餡子の味を想像してこみあげる唾液を、二葉はお茶とともに飲み込んだ。

「痩身茶って、どのあたりに痩身効果があるんですか？」

「身体に溜まった悪いものを出す作用がありますが、脂肪を燃やす効果はありませんよ」

「じゃあ、劇的に体重が落ちるわけではないんですね」

落胆の気持ちを隠せず、二葉はため息をつく。すぐに痩せないと意味がない。

「そんなに急いでダイエットをする必要があるんですか？」

「今月の末に、会社の同期の結婚式があるんです」

なるほど、と旭がうなずく。

「今年の三月に、札幌駅から大通の店舗に異動になったんです。あまり親しくない同期なんですけど、仕事の付き合いもあるから出席しないと」

「女性はパーティードレスを着るから、結婚式前にダイエットをする人が多いですよね。この時期になると、ランチでもご飯の量を減らしてほしいとよく言われます」

女性の心理に詳しいのはカフェの店主という仕事柄だろうか。恵まれた体格からスポーツマン然とした青年に見えるが、小豆のゆで加減を確かめる手つきはとても優しい。

「そんなにダイエットが必要なようにも見えないけど……」

ちらと二葉を見て、彼は言った。

「女性はすこしふっくらしていたほうがいいと言うと、みんな怒るんですよね」

数々の経験が物語るのだろう、つぶやくまなざしは遠い。

「わたし、子どものころからずっとこの体型なんです。ストレスが溜まるとヤケ食いしちゃうから、ダイエットしてもリバウンドばかりで」

減量すればするほど逆に太っていく気がする。それに気付いてから体型を気にしないようにしていたのだが、結婚式がきっかけでダイエット魂に火がついてしまったのだった。

「お仕事はなにをされてるんですか？」

「ビューティーアドバイザーです。美容部員って言ったほうがわかりやすいかもしれないですね」

「化粧品のカウンセリングやメイクをする人のことですよね」

物わかりのいい旭に、二葉は面食らう。普通の男性ならぴんとこない職種のはずだ。

「うちのスタッフが、その仕事をしていたことがあるんです。新商品を自分で試したり、皮膚科学の勉強をしたりと大変なんですよね。お客さんの見本として店に立つから、肌の手入れや体型維持に苦労したと言ってました」

ぽっちゃり体型の二葉の武器はきめ細やかな肌だった。多少サイズオーバーでも、肌が綺麗なら訪れる客も納得してくれる。肌の白きは七難隠すと言われているが、それが幸いして仕事の成績も上々だった。

けれど最近は、その肌も荒れ気味だ。

『壬生さんって、いま流行りのマシュマロ女子って感じですよね』

異動になった職場で、二葉は同期からそう言われた。

同じ年に入社し、ともに研修を受けたその同期が今回の結婚式の花嫁だ。店舗が違えば仕事で関わる機会も少なく、久しぶりに会った彼女は痩せて綺麗になっていた。

「新しい人間関係にうまくなじめなくて、そのストレスでよけい食べるようになっちゃったんです。最近は肌荒れもひどくて、店に立つのが苦痛で」

結婚式の招待状を渡されたときから、二葉のダイエットがはじまった。けれど食事制限はストレスばかり溜まり、それが顕著に肌に出てしまったのだった。

「……ところで、その美容部員をしていたスタッフって仁志さんですよね？」

初対面の人に愚痴をこぼすのもためらわれ、二葉は話を切り上げる。

「日向ちゃんの知り合いですか？」

「同じ会社で働いてました。小樽に引っ越すって言ってたから、様子を見に来たんです」

「いま、買い出しに行ってもらってるんです。もうすぐ帰ってくると思いますよ」

タイミングを計ったかのように、来客を告げるベルが鳴る。旭とともに振り向くと、両手に買い物袋を提げた女性が扉をくぐった。

レインコートのフードを外すと、前髪が濡れていた。仔犬のように首を振ってしずくを払い、彼女は顔をあげる。

「ただいま戻りました」

「おかえりなさい。足もとが悪いのに、行ってもらってごめんね」

「小降りになってきたので、そろそろやむと思いますよ」

旭からタオルを受け取り、女性はレインコートを拭う。やがて二葉に気付くと、彼女は丸く大きな瞳をこぼれんばかりに見開いた。

「壬生さん！」

「……久しぶりね、仁志さん」

彼女——日向こそが、二葉が店舗を異動するきっかけになった人物だった。

「急に辞めたと思ったらばたばたと引っ越していって、心配してたのよ」

「壬生さんにはいろいろお世話になったのに、相談もせずすみませんでした」

日向は二葉と同じ化粧品会社『Onyx（オニキス）』で働く後輩だった。働く店舗は異なっていたが、社宅の隣の部屋に住んでいたため、顔を合わせれば挨拶をする仲だった。生活リズムがずれたのか顔を合わせることもなくなり、春先になって急に彼女が二葉の部屋を訪ねた。

店舗の異動が決まった際、二葉はようやく彼女の退職を知った。

『明日、部屋を出ることになりました。短い間でしたがお世話になりました』

荷造りの気配ですら感じなかった。突然の挨拶に戸惑う二葉に、彼女は律儀に挨拶の品を差し出した。

『南小樽のカフェで働くことになったんです。小樽に来ることがあったら、是非寄ってください』

そのときに渡されたのが、オリエンタルで扱うブレンド茶のセットだった。仕事中に何気なく飲んでいたが、痩身茶の味のよさとその名前が気になり、二葉は休日を利用して小樽を訪れたのだった。

「突然、小樽に引っ越すって聞いてびっくりしたわ。ここの社員になったの？」

「いえ、アルバイトです。でも、どうしてもこのお店で働きたかったんです」

日向は二葉の隣に座り、半分残っていた痩身茶を飲んだ。旭が気をきかせて時間をくれたのだ。オリエンタルは制服らしい制服が決まっていないのか、深緑色のエプロンを外すと他の客に溶け込んで違和感がなくなる。

「まさか壬生さんが来てくれるとは思わなくて、びっくりしました」

「もらったお茶が美味しかったから、買って帰ろうと思って」

「ここのブレンド茶おいしいですよね。あたしも毎日飲んでます」

話す声は鈴の音のようにかわいらしい。しかし、その瞳は落ち着きなく泳いでいた。

「仁志さんが辞めて人手が足りないから、わたしが大通店に異動になったの。臨時の予定で、今年入った新入社員の研修が終わったら元の店舗に戻るけどね」

「壬生さんにまで迷惑をかけちゃったんですね。本当に、ごめんなさい」

隣に座っているせいもあるだろうが、なかなか目が合わない。その口ぶりから、前の職場の人が来ることを歓迎していないとわかった。

「辞めた会社の人に会うなんて、気まずいよね。ごめんね」

「とんでもない！　むしろ、会えたのが壬生さんでよかったです」

以前の彼女はこんなにおどおどした子ではなかったはずだ。話せばころころと変わる表情が愛らしかったのに、いまはその影も薄くなってしまっている。

「顔色が明るくなってほっとしたわ。最後に会った時なんて頬もこけてたじゃない？」

「……実は最近、太っちゃって。夏に向けてダイエット中なんです」

日向は両手で頬をおさえる。長袖のカットソーから覗く手首は細く、自分より痩せている日向が体型について話すと、心のなかをもやもやとした気持ちが渦巻く。

「仁志さん、何のダイエットしてるの？　食事制限？」

「あたしは大食いなので、食事制限が苦手なんです。仕事を辞めたときに激痩せしたんですけど、いまはその反動で食べ過ぎちゃって」

二葉の視線を感じたのか、彼女は服の上から二の腕をつまんだ。

「痩せたときに筋肉が落ちたみたいなんです。知ってますか？　筋肉と脂肪は同じ重さでも、脂肪のほうが体積が多いんですよ。筋肉が落ちると脂肪も燃えにくくなるから、いまは筋肉を増やすために筋トレがメインです。買い出しもいい運動になるし」

小柄な日向は別段太っているわけではない。頬のハリは若さゆえだ。彼女は顔まわりをマッサージしながらカウンターのなかにいる旭に声をかける。

「最近は、旭さんの作るお菓子を我慢するのが切ないです」

「だめだよ。甘いものを控えるって、僕と約束したでしょう？」

「目の前でおいしそうなにおいがするのに食べられないのって、ストレスですよ」

カウンターに突っ伏す日向に、旭は苦笑を浮かべる。食器棚から湯飲み茶わんを取り出すと、鍋の中身をお玉ですくった。

「そこまで言うなら、これを飲んでみる？」

湯飲み茶わんは二葉の前にも置かれた。小豆の姿はなく、なかに入っているのは煮汁のみ。禍々しいほどの赤黒さに怯みながらも、二葉は湯飲み茶わんを手に取った。

「……おいしくない」

先にそうつぶやいたのは日向だった。

煮汁を飲み、二葉もまた顔をしかめる。お汁粉のような味かと思っていたが、甘みはなく渋みが強かった。

「なんていうか、えぐみがありますね」

「それは小豆の外皮から出ているんです。餡子作りではえぐみを取り除くために煮汁を捨てる渋切りという作業があるんですが、栄養価が高いのでそのまま使いたいと思っていて……」

飲めないことはないが、これに砂糖を加えた味を想像できない。日向は顔をしわしわにして煮汁を飲んでいた。出されたものは決して残さないあたりに、彼女の食べ物への執着のようなものを感じる。

「いま、日向ちゃんと約束をしてるんです。夏の新メニューが完成するまで、甘いものを我慢するって」

「そのかわり、新メニューのスイーツを最初に食べさせてもらう約束をしてるんです」

まだ熱さの残る煮汁を飲み干し、日向は大きく息をついた。

「あたしが太った原因は、甘いものの食べ過ぎなんです。ごはんの後にチョコレートひと箱とか、寝る前に菓子パンとか、そんな生活をしてたら一ヶ月で三キロも太りました」

チョコレートは一箱で三〇〇キロカロリー近くある。菓子パンにはたっぷりの砂糖やバターや含まれているため、ものによっては五〇〇キロカロリーを超えてしまうものもある。ごはん一膳がおよそ二五〇キロカロリーであり、そんな食生活を続けては太るのも当然だ。

「もとからたくさん食べる子だったけど、僕がもうすこし早く気付いてあげればよかったね。甘いもの中毒になっちゃうと、そこから抜け出すのは大変だから」

「甘いもの中毒？」

反応した二葉を見て、旭は二杯目の煮汁を日向に渡した。

「イライラしたときって、無性に甘いものが食べたくなるでしょう？　あれは砂糖の甘さを感じることで脳が幸せホルモンのセロトニンを分泌するからなんです。その効果が切れるとまたイライラしたり気持ちが落ち込んだりする。それを解消しようとしてまた甘いものを食べて、イライラして、また食べて……と、悪循環に陥っちゃうんです」

まるで自分のことを言われているようで、二葉は湯飲み茶わんを握り締めた。

「甘いものを控えるといっても、人間が活動するためには糖質のもとである炭水化物も必要です。だから三食しっかり食べて間食を控えるのが日向ちゃんとの約束なんですよ。実際、僕のまかないを食べていて、物足りないと思うことってある？」

「菓子パンを三つ食べていたときより、旭さんのご飯のほうがお腹いっぱいになります」

日向の言葉に、旭は満足げにうなずく。

「わたしも甘いもの中毒かも。ダイエットのためにも何とかしないと」

そのやりとりを見て、二葉はため息をついた。

「ふたりでやってみたらいいんじゃないですか？　こういうのはひとりでやるより、誰かと一緒のほうが続くものですよ」

「いいですね、それ」

日向はすぐさま同調し、はたと二葉を見る。

「すみません。嫌だったら断ってもらっていいので……」

「そんなことない。一緒に頑張れる人がいると、わたしもやる気が出るよ」

はじめは強いえぐみを感じた煮汁だが、慣れてしまえばお茶と変わらず飲むことができる。二葉はそれをひと息に飲み干した。

○

休みの日になると小樽を訪れるのが、二葉の習慣になった。

異動したばかりのころは慣れない環境に疲れ果て、休日も家に引きこもっていることが多かった。時間をもてあませば口に何かを入れてしまう。無駄な食費と増えていく脂肪を思えば、小樽を往復する交通費のほうが安かった。

二葉がカフェ・オリエンタルを訪れるのは、ランチタイムのピークが過ぎたころ。そこで朝食兼昼食を食べると、日向の仕事が終わる。二葉が来る日は旭が気をきかせて早めにあがらせてくれるのだった。

「まさかこんなに頻繁に小樽に来るようになるとは思わなかったわ。小樽観光なんて、小学校の修学旅行ぶりかも」

「二葉さんの学校の修学旅行は小樽だったんですね。いいなあ」

日向の仕事が終わると、ふたりで小樽観光にくり出した。オリエンタルからメルヘン交差点を目指して歩き、そこから堺町通り商店街を散策する。最後は小樽駅で解散し、札幌行きのJRに乗るのがいつもの流れだった。

「バイト、早くあがって大丈夫なの？　ランチの片付けが残ってるんじゃない？」

「今日は織江さんが来てくれたから大丈夫ですよ。あたしも帰りにおつかいを頼まれているし、夜の仕込みとか朝の掃除とかでなんだかんだ働いてますし」

店の近くにアパートを借りていると思っていたが、彼女はオリエンタルの二階に住み込みで働いていると言う。仕事とプライベートの区別がつかないのではと思うが、二葉の心配をよそに日向はその生活を気に入っているようだった。

「いま使わせてもらってる部屋は旭さんが住んでいた管理人室だったので、必要なものは全部揃っていて不便はないです。旭さんも特別用事がないかぎり二階に上がってくることもないし、プライバシーは守られてますよ」

「逆に、夜に古い建物でひとりぼっちっていうのもこわくない？」

「旭さんは翌日の仕込みで遅くまで残ってるし、朝も早くから出勤してるから、ひとりでいることってそんなにないですよ。テルが泊まっていくこともあるし。ね？」

日向が握るリードの先で、柴犬がとことこと歩いている。名前を呼ばれると、テルは振り返って「ワン」と鳴いた。二葉たちの観光に、いつも彼がついてくるのだった。

日向が仕事を終えるころ、店にひとりの老女が現れた。「おばあ」「織江さん」と親しまれている彼女こそが、吾妻薬局を営んでいた先代らしい。彼女はいつもテルとともにやってきては店の手伝いをし、日向が買い出しがてら散歩を引き継いでいるそうだ。

「あたしはアパートでひとり暮らしをするより、誰かと一緒にいるほうが好きみたいです。はじめは新しい部屋に慣れなくて部屋に引きこもって、夜は自炊もせず菓子パンばっかり食べてましたけど……だから太ったのは自業自得なんですよ」

二階にはトイレとシャワーがあるが、炊事に関してはカフェの厨房(ちゅうぼう)を使うらしい。食費を節約しようと思うと、安い菓子パンでお腹を膨らませるのが簡単だった。

平日の小樽は修学旅行生が多く、制服姿の子どもたちがテルを見てはしゃいだ声をあげる。本人は恥ずかしがり屋なのか、声をかけられると日向の足の間に頭を突っ込んで隠れてしまった。

「二葉さん、入りたいお店があったら言ってくださいね。テルは外で『待て』できますから」

「ありがとう。でも、テルのおかげでお店に入らなくて済んでるわ」

観光街は土産物店が多いが、それ以上に飲食店がひしめいている。小樽を代表するチーズケーキのお店はあちこちに店舗をかまえ、入口では盛んに試食を配っていた。テルの存在がストッパーになっているが、ひとりで歩いていればこうはいかないだろう。

「探してるお店があるんだけど、どこにあったか思い出せないのよね……」

「どんなお店ですか？」

「万華鏡のお店なの。そこでシャボン玉の万華鏡を見たはずなんだけど」

堺町通り商店街には、オルゴール堂やガラス工房など店ごとに商品を決めていることが多い。万華鏡を専門に扱っている店はなく、日向も心当たりがないようだった。

「修学旅行のときに入ったお店だから、もう潰れているかもしれないね」

小学六年生から十年以上は経過している。観光街も真新しい看板の店が目立ち、あのころとは雰囲気が変わって見えた。自分自身、昔のことで記憶も曖昧になってしまっている。

「いまも憶えてるなんて、素敵なお店だったんですね」

「それ以外は散々な思い出だったけどね」

修学旅行生とすれ違い、二葉は乾いた笑みを浮かべた。

『――こっち来んな、ブタバ!』

子どものころから、二葉はぽっちゃり体型だった。ぽっちゃりと言えば聞こえはいいが、端的にいえば肥満児童だ。同級生の男子にはいつも『ブタバ』と呼ばれていた。

持ち物を隠されるだとか、暴力を振るわれるだとか、そういった直接的ないじめはなかった。しかし、クラスのリーダー格の男子は常に二葉をからかい、他の男子もそれを真似、女子たちはくすくすと笑って見ているだけだった。

修学旅行では、小樽で自主研修をした。くじ引きで決まった班ではリーダー格の男子と一緒になってしまったが、コース決めの話し合いは順調に進み、二葉はみんなと仲良く回れると楽しみにしていた。

しかし。

『ブタが一緒だと暑苦しいんだよ!』

『こんな子と同じ学校だなんて思われたくない』

『どっか行け、ついてくんな!』

自主研修がはじまるやいなや、班のメンバーは二葉を追い出してしまった。

班の女子のひとりが、リーダー格の男子を好いていたらしい。そしてなにかとちょっかいを出される二葉にやきもちを焼き、他の女子と話し合って二葉を追い出すことに同調した――と、後で知った。

『時間になったら集合場所に来てよね。絶対ついてこないでよ』

見知らぬ土地にひとり放り出され、二葉は涙をこらえながら小樽の街を歩いた。時おり他のチームのクラスメイトを見かけたが、仲間外れにされたことを知られるのが恥ずかしく、隠れてやり過ごした。

「そのときに万華鏡のお店に入ったはずなんだけど、どこにあったのか思い出せなくて」

あっけらかんと話す二葉に対して、日向はいまにも泣き出しそうな顔をしていた。

「ひどい。そんな思い出、悲しすぎます」

「小学校を卒業するころには、そういうのはなくなったんだよ。だから中高の記憶は楽しいものだし、大人になってから似たようなことをされてもやり過ごせるようになったしね」

足もとのテルが不穏な会話を察したのか、しきりに身体を擦(こす)りつけてくる。その頭を撫(な)

で、二葉は顔を上げた。

「わたし、いまの店舗にはなじめずにいるの。臨時の異動だからか、仲間に入れてもらえないっていうか……」

『壬生さんって、いわゆるマシュマロ女子ですよね』――修学旅行の苦い思い出に、同期の言葉が重なる。

「なにか嫌がらせとかされてるんですか?」

「そこまではひどくないよ。でも、札幌駅の店舗と全然違う。みんなぴりぴりしているし、チーフも店のなかの空気が悪いの知っていて放置してるみたいだし」

仕事のストレスを解消するため、二葉は甘いものばかりを食べていた。たまの贅沢と思っていたコンビニスイーツが毎日になり、日に日に買う品物の数が増えていった。それをひと晩で食べてしまい、罪悪感に苛まれ断食しようと思うが、結局お腹が空いて食べてしまう。暴飲暴食の末に至ったのがこの身体だ。

「うちの会社って、季節に合わせて限定のコフレを出すじゃない? 異動になったばかりだから新しいお客様を獲得できなくて……自分がとったはずの予約を同期にとられちゃったりしてね。今回の成績は散々だったわ」

他にも、同期には常々思わされるものがあった。表面上こそ大きな対立はなく、仕事上必要なことはする。けれど、わかりづらいところで二葉に何かを仕掛けてくるのだった。

飲み会のとき、盛り上がる同期たちの輪に入ろうとしても、二葉の言葉はスルーされた。

それが無視だと気付くまでに時間はかからず、同期からは業務中も同じことをされるようになった。

ほかの人の前でなら、朝の挨拶もちゃんとする。けれど、二葉と一対一では無視をする。仕事が忙しくなると機嫌が悪くなり、狭い店内動線ですれ違う際に、聞こえるか聞こえないかの大きさで『邪魔』と言われるようなことも多々ある。『何か言った?』と聞き返してみても『なにも言ってません』と返されて終わりだ。

彼女のしていることは、修学旅行で仲間外れにした女子たちとなんら変わりない。

「……最近、昔のことを思い出すことが多くて」

泣きながら歩いた小樽の街。大人になっても、そのことを思い出すと胸が苦しくなる。甘いものが食べたい。ふと、そう思う。子どものころから、甘いものだけが二葉の心を癒していた。チーズケーキの試食が食べたくて仕方ない。店に入って、ホールのケーキをまるごとひとつ食べてしまいたい。

「そのお店、探しましょう」

けれどいま、二葉の隣には日向がいた。

「万華鏡屋さん、いまもあるかもしれませんよ。ふたりで行って、子どものころの悲しい思い出を上書きしましょう」

彼女は二葉を見上げ、そう意気込む。テルがその背を押すように「ワン」と鳴いた。

「ただいま、旭さん」

軽やかなベルの音とともにオリエンタルの扉をくぐると、甘い香りがふわりと身体を包み込んだ。

「おかえりなさい。今日は二葉さんも一緒に帰ってきたんですね」

旭は二葉が店に戻ってきたことに驚いたようだが、口元の笑みは崩れない。織江の姿はすでになく、閉店時間が近付く店内はいつもより静かだった。

「オリエンタルと小樽駅を往復すると、けっこうな距離になりますね」

「たくさん歩いて疲れたでしょう。雨が降らなくてよかったです」

今日の天気予報には雨マークが入っていたが、空は最後まで持ちこたえてくれたようだ。

カウンター席に座ると、旭はいつものようにお冷を置いた。

「よければ晩御飯を食べていきませんか？　まかないも多めに作ってあるので」

「すみません。明日の仕事に備えて、今日は帰ります」

たくさん歩いたせいで、脚がぱんぱんに張っていた。旭は二葉の断りに気を悪くするでもなく、壁に貼ったJRの時刻表を確認する。快速は先ほど出てしまったばかりのようで、次の電車まで時間があった。

日向はテルの足を拭いて店のなかに入れた。彼は散歩の疲れもないのか、尻尾を振りながら二階への階段を駆け上がる。その元気な足音に、旭は吹き抜けを仰いだ。

「テルも満足したみたいですね。今日はどこを散歩してきたんですか？」

「小樽駅まで行って帰ってきました。いろいろ見て回ったら時間がかかっちゃって」

日向とふたりで、万華鏡の店を探し歩いた。修学旅行の記憶が曖昧になっており、しらみつぶしに店を見て回った。土産物の売店はどこも似通っていたため飛ばしてしまったが、万華鏡を売る店はついぞ判明しなかった。

「小樽って、道にそれぞれ名前がついてるんですね。今日は駅前の都通りを歩いてみたんですけど、おいしそうなお菓子屋さんばっかりで我慢するのが大変でした」

「あの通りには、和菓子屋さんもケーキ屋さんもパン屋さんもありますからね」

旭に聞けば万華鏡店の手がかりが見つかるかもしれない。けれど、自分の足で探し当てたいと思ってしまう。日向も同じ気持ちなのか、彼に話題をふることはなかった。

「旭さんの試作品は順調ですか?」

「それが、なかなか納得のいく味にならなくて」

彼は今日も鍋の前にいた。その中身を湯飲み茶わんに入れ、ふたりに手渡す。

たくさん歩いて汗をかいたが、身体が冷えてきたようだ。湯飲みを持つ手があたたかい。

日向は唇をすぼめ、湯飲みに息を吹きかけてふうふうと冷ました。

二葉もそれを真似て、ひと口。いつもと違う味を感じて顔を上げると、旭が苦笑した。

「今日は砂糖を入れてみたんです。でも、いい味にならなくて」

日向がまたしても「おいしくない……」とこぼす。

「やっぱりえぐみを感じますね。あと、甘さが舌に刺さる感じがします」

「砂糖の種類がいけないのかと思って、いろいろ試しているんです。でも、どの砂糖を使っても似たような味になってしまって……やっぱり煮汁は捨ててしまうしかないのかな」

旭には完成のビジョンが見えているようだが、思うような味に近付かないらしい。調理のときに見せる凛々しい表情よりも、眉間のしわが目立っている。

「これならいつも飲んでる煮汁のほうがいい。変な甘さなんていらないです」

日向はあれから毎日煮汁を飲まされているらしい。忌憚なき意見に、旭は「僕もそう思うよ」と同調する。

「身体に良いものが必ずしもおいしいとは限らないけど、食べやすい味にしたいんだ。これから夏になると暑さで食欲が落ちる人もいるし、メニューも工夫したいんだけど、なかなかうまくいかないものだね」

旭は湯飲みを持て余す二葉に「残してもいいですよ」と言う。しかし、出されたものを残すのは気が引ける。すこしずつ味わっていると、隣の日向がひと息に飲み干した。

「二葉さん。あたし最近、ニキビが減ったんですよ。甘いものを我慢しているおかげですかね?」

ニキビといえば思春期のイメージが強いが、日向のように大人になってからも悩む人は意外と多い。甘いものすべてが原因になるわけではないが、お菓子に含まれている脂肪分などは、皮脂の分泌を増やすため肌荒れを引き起こしてしまう。

「でも、しつこく残るニキビがあるんです。昔は薬を塗ったらすぐに治ったのに」

「大人ニキビなら、夏に出る薬用のスキンケアシリーズがおすすめだよ。試供品持ってるから、使ってみて」

二葉が取り出したサンプル品を見て、日向が目を丸くした。

「二葉さん、いつも仕事道具持ち歩いてるんですか？」

「たまたま仕事用の鞄に入ってただけ。わたしも結婚式までに肌荒れを治したいから、いろいろケアしてるの」

化粧水のサンプルを受け取り、日向が嬉しそうに笑う。二葉がオリエンタルに通うようになってから、彼女もすこしずつやわらかな表情を見せてくれるようになっていた。

○　○

朝から土砂降りの雨が降り、オリエンタルを訪れるまでに靴が水没してしまった。

「いらっしゃいませ。ご注文はなににしますか？」

カウンター席に座った二葉に、お冷を置いたのは織江だった。店内は満席に近く、旭は調理台で料理を作り続けている。日向も注文や給仕で忙しいのか、小さな身体で店内を走り回っていた。

タイミングが悪いときに来てしまったらしい。ランチメニューを見つめ、二葉は見慣れないものを見つけた。

「……お粥セット？」

「今日だけの限定品なの。胃に優しくていいんだけど、なかなか注文が入らないのよね」

頬に手を当て、織江が嘆息する。食べごたえのあるプレート料理が多いオリエンタルで、お粥と言われてもピンと来ない。「いかが？」とうながされ、二葉は首を横に振った。

「ごめんなさい、今日は痩身茶だけで」

「かしこまりました」

稼ぎ時のランチタイムにお茶だけ頼むのは迷惑かもしれない。しかし織江は何も言わず痩身茶を淹れた。もとは彼女の作ったブレンド茶だけあって、茶葉を扱うのも手慣れている。

蝦夷梅雨はなかなか明けず、今日は雨もやみそうにない。観光客も外を歩くのをあきらめたのか、食事を終えても席でおしゃべりをする人が多かった。

「あなたが痩身茶をご贔屓にしてくれているお客様ね？」

割烹着に身を包んだ織江は、笑った顔が旭にそっくりだ。うなずくと、彼女はおもむろに二葉の手をとった。

「あなた、冷え性ね」

肌に触れるなり、織江はそう言った。

まるで手相を見るように、彼女は観察する。その手は年齢を感じさせる無数のしわが刻まれているが、肌はやわらかかった。戸惑う二葉に、織江は親指の付け根を指さす。

「ここの皮膚が青く見える人って冷え性なのよ。ちょっと舌を出して見せてくれない？」

「舌？」

「べろを出して。あっかんべーって」

言われるまま、二葉は舌を出す。それを見て、織江はなるほどとうなずいた。

「舌の縁がぎざぎざしてる。それは舌が浮腫(むく)んで歯の痕がついているからなのよ。つまり、水の代謝がうまくいっていないってこと」

ほんのわずかな情報から、織江は二葉の体質を導き出した。

「わたし、病気なんですか？」

「別に病気ってほどじゃないわよ。でも、見た感じで水のめぐりが悪そうだなとは思うわ。お腹を叩(たた)いたらぽちゃぽちゃ水っぽい音がしない？」

「……します」

脂肪のついたお腹を叩いても、タヌキの腹太鼓のような小気味よい音は鳴らない。むしろ贅肉がふにゃふにゃと揺れる様は、水たまりにできた波紋を思わせる。

「ついでに、お腹を触ってみると冷たく感じない？」

「冷たいです」

「手で触ってわかるほどって、そうとう冷えてるのよ。脂肪は水分を貯(た)め込むから触ると冷たいけど、あなたの場合内臓からの冷えもあるかもしれないわね」

すらすらと言いあてていく織江に、知識の深さを感じた。

「日向ちゃんとダイエットしてるんでしょ？　今朝は何を食べたの？」

「今日は、うちの会社で販売しているスムージーを」

「それだけ？　お昼も食べないつもりなの？」

「置き換えダイエットをはじめようと思ってて……」

旭にも会話が聞こえているに違いない。フライパンを振る彼から、かすかな視線を感じる。甘いものを控えるよう言われているが抜けという指示は受けておらず、置き換えダイエットは二葉が勝手に決めたことだった。

「いままで我慢できていたのに、仕事のストレスで甘いもののドカ食いが復活しちゃったんです。昨日も遅くまで食べちゃって……もう結婚式まで日がないのに」

「そんなダイエット方法で痩せたとしても、身体はぼろぼろになっていくわよ。若い身空で病気になったらどうするの」

二葉の手をぎゅっと握りしめ、織江が言う。まっすぐに見つめられ、視線を逸らした先に髪の長い女性が座っていた。いつもカウンター席の端で座っている彼女のことを、二葉はひそかに気にしていた。

「……でも、どうしても痩せたくて」

彼女は常連客なのか、店の混雑も気にせず本を読んでいた。鼻梁の通った美しい横顔や、華奢な身体が纏う静謐な空気が、その一角だけを特別な場所へと変えていた。柳のような美女と喩えたくなるような姿に、痩せるなら彼女のようになりたいと思っていた。

「同期の結婚式だけは、痩せた身体で出席したいんです」

痩せなければ、結婚式には出たくない。

「お仕事で、なにか嫌なことがあったの？」

「……上司から呼び出しがあって、当面の間、いまの店舗に残るように言われたんです」

二葉にとっては異動はあくまでも臨時であり、研修を終えた新入社員が配属されると札幌駅の店舗に戻れる予定だった。けれど辞令がなかなか下りず、ついに延長を申し渡されてしまった。

早ければ夏には職場のストレスから解放されると思っていたため、予期せぬ通達に心が折れてしまったのだ。

夏には新商品が販売される。その時には販売ノルマが発生し、客の取り合いが始まるだろう。職場の空気がまた悪くなり、それに耐える日々が始まる。退勤後、二葉の足は帰宅途中のコンビニへと向かっていた。

久しぶりに食べたロールケーキ、シュークリーム、ティラミスにプリンアラモード。食べても食べても満たされず、口に押し込む手が止まらなかった。チョコレートや菓子パン、ポテトチップスに、飲み物はコーラや苺ミルク。果てはアイスをひと箱食べつくした。

朝から胃がむかむかしている。けれど、なぜか甘いものを食べたいと思う自分がいる。家にいてはまた何かを口に入れかねない。今日は小樽に来るつもりはなかったのだが、逃げるようにＪＲに飛び乗っていた。

「仁志さんの仕事が終わるまで、ここで待っていてもいいですか？」

「もちろんよ。もうすぐ落ち着くと思うから、ふたりでお出かけしていらっしゃい。帰ってくるころにはいいものができていると思うわ」

「いいもの？」

二葉は訊ねたが、旭が料理を作り終えたタイミングと重なった。織江は意味ありげに笑いながら給仕に向かってしまい、二葉はひとり、カウンター席に残されたのだった。


日向の仕事が終わっても、雨はいぜん降り続いていた。

叩きつけるような雨音に外出をためらうほどだったが、織江は追い出すように二葉たちを見送った。すこし歩いただけで靴のなかが水浸しになってしまい、日向が苦笑する。

「今日はあまり散策しないで、旭さんに内緒でスイーツでも食べませんか？」

彼女は織江との会話を聞いていたのかもしれない。お菓子のドカ食いで自己嫌悪に陥っている二葉に気を遣っているようだが、言葉少ない声に違和感があった。

「仁志さん、声、どうしたの？」

「……実は最近、風邪を引いて寝込んでたんです」

季節の変わり目は体調を崩しやすい。熱こそ下がったようだが、若干鼻声だった。

「今日のランチにお粥があったのは、旭さんがあたし用に作ってくれたからなんです。でも量が多くて食べきれなくて、それでお店にも出してみたんです」

日向の大食いを察して、大量のお粥を作った旭が目に浮かぶ。しかし、彼女も体調が悪いときは食欲が減退するようだ。突然の新メニューの謎がようやく解けた。

「それなら、無理して出かけなくてもよかったじゃない。ぶり返したら大変よ」

「……あたし、二葉さんと一緒に小樽散策するの、いつも楽しみにしてたんです」

叱られた仔犬のように、日向はしょんぼりと首を垂れる。雨がやむ気配はなく、濡れた足先から身体が冷えてしまうかもしれない。けれどオリエンタルを出てからだいぶ歩いた後だったため、これから戻るにも時間がかかるだろう。

「……雨が落ち着くまで、どこかに入ろうか。今日は散策はなしね」

自分を慕ってくれる日向を思うと無下にもできない。メルヘン交差点にさしかかると、蒸気時計の鳴る時間だった。

何度もこの道を歩いているが、蒸気時計の時刻に重なることがなかった。学校のチャイムと同じメロディで、嫌でも学生時代の記憶がよみがえる。

そういえば、修学旅行のときもこの音色を聞いたな。

班のメンバーに仲間外れにされながらも、二葉はひとりで小樽散策をしていた。話し合いで却下され、行けなかったお店にも立ち寄ることができた。ひとり行動も楽しいなと思いはじめたころ、メルヘン交差点から汽笛の音が聞こえた。

そして、班のメンバーが蒸気時計を見ていることに気付いた。

計画したコースに蒸気時計は含まれていなかったはずだが、たまたま時間が重なったらしい。仲間外れにした二葉が近くにいると知れば、またどんな罵声を浴びせられるともわからない。二葉はとっさに、近くの土産物店に入った。

「——あ」

突然声をあげた二葉に、日向が振り向いた。

「どうしたんですか？」

くるりと踵を返し、歩き出した二葉を日向が追う。赤信号にも構わず道路を渡ると、タクシーの運転手がクラクションを鳴らした。

目指すは、メルヘン交差点のそばにある土産物店だった。

交差点の周辺にはオルゴール堂やチーズケーキ店など有名どころが立ち並んでおり、そこにばかり気が向いて土産物店には立ち寄っていなかった。店の外から見える商品も、「白い恋人」など王道の土産物ばかりで惹かれるものがなかったというのもある。

自動ドアをくぐると、二階に上がる階段が見える。二葉はそれをひと息にのぼった。

「このお店に入るの、はじめて」

後ろをついてくる日向がそうつぶやく。二階は一階の売店と雰囲気が変わり、落ち着いた内装にオルゴールのBGMが流れている。二葉は導かれるように店の奥へと進んだ。

そこには、たくさんの万華鏡が展示されていた。

「……あのときのお店は、ここだったんだ」

万華鏡博物館と銘打たれたコーナーには、アンティークの万華鏡や、世界各地で活躍する作家の作品が展示されていた。そのどれもが非売品であり、なかを覗くためにはスタッフに声をかけなければならない作品もある。

普段見慣れた筒状のものではなく、芸術作品のような大型の万華鏡ばかりだ。二葉はそれらをひとつひとつ確かめ、目的の万華鏡を探した。

万華鏡は筒のなかで複数の鏡を組み合わせ、互いを映し合い無限に広がることで複雑な模様ができあがる。なかに入れたオブジェクトにより模様が異なり、筒の先にビーズやガラス片を入れたチェンバータイプが一般的だ。博物館の作品には、巨大な筒のなかをオイルで満たし、そのなかを流れるオブジェクトを眺めるワンドタイプや、スコープの先に車輪のような円盤をとりつけ、それをまわすことで絵柄が変わるホイールタイプもあった。万華鏡の世界はひとつとして同じものがなく、その様を見ているだけで時間を忘れそうだった。

あのときも、二葉はここで万華鏡の世界に浸っていた。

覗くたびに、修学旅行の記憶がよみがえる。同級生の輪に入れなかった寂しさが、無限に広がる美しい世界に癒されるようだった。

同級生も先生も誰も知らない、自分だけの宝物。この世界は自分ひとりだけのもの。

「――二葉さん、シャボン玉の万華鏡、ありましたよ!」

日向に呼ばれ、二葉は顔を上げた。

彼女が手招く万華鏡は博物館の隅にあった。見た目は大きな顕微鏡のようだが、オブジェクトを収める位置に球体のガラスがついている。白熱灯がオブジェクトを照らし、なかの模様がはっきりと見えるようになっていた。

「あたし、てっきり飛んでるシャボン玉を万華鏡で覗くものだと思ってました」

日向は二葉よりひと足早く、その万華鏡を楽しんでいた。

万華鏡の先にあるガラスの球体のなかにはシャボン液が入っており、レバーで丸い輪の形をした器具をくぐらせ、そこに張られた膜を覗くつくりになっている。

「先に見ちゃってごめんなさい」

はたと気付き、日向が顔を離す。彼女にうながされ、二葉も万華鏡を覗いた。

シャボンの膜は時間が経つごとに青色やオレンジ色へと姿を変え、やがて膜が薄くなるとはじけて消えてしまう。それを万華鏡で覗くと、ビーズやガラス片のオブジェクトとは違った、やわらかな色あいの世界を作り出す。消えては新しい膜を張り直し、消えてはまた新しい膜を。わずかな時間しか見られない儚い模様に、二葉は夢中になっていた。

このままずっと、万華鏡を見ていられたらいいのに。仕事も嫌なことも全部忘れて、ずっとこの場所にいられたらいいのに。

子どものころの自分も、そんなことを思っていたはずだ。

「……こんなに綺麗な万華鏡を見たの、はじめてです」

日向の声とともに、シャボンの膜がはじけた。

「二葉さんがいなければ知らない世界でした。教えてくれてありがとうございます」

「わたしこそ、またこれを見られると思わなかったわ」

彼女は二葉がシャボンの世界に浸っている間、他の作品を鑑賞していたらしい。その瞳はきらきらと輝き、まるで新しいおもちゃを手に入れた子どものようだった。

博物館の隣には売店があり、そこで様々な万華鏡を販売していた。有名な作家の作品は軽く十万を超え、それを見た日向は伸ばしかけた手をひっこめる。二葉はまだ博物館を見ていたかったが、彼女をひとりにすると商品を壊してしまいそうでひやひやした。

「二葉さん、これ、見て見て」

高価な商品が多いなか、日向が手に取ったのはテレイドタイプの万華鏡だった。筒の先に水晶玉のようなレンズをはめ、覗き込んだ景色がそのまま万華鏡になる。安価な値段設定が日向も手に取りやすかったのだろう。

「見たものが万華鏡になるなんて、面白いですね。これ、買っちゃおうかな」

彼女は筒の先を二葉に向け、顔がたくさん見える様子を笑っている。テレイドタイプは見る景色によってがらりと模様が変わるため、テレビに向けるだけでも面白いだろう。

「これで小樽の街を見たら、もっともっと綺麗に感じるのかな」

「仁志さん、本当に小樽が好きなんだね」

「大好きです。毎日が万華鏡みたいに、きらきら輝いて見えるんです」

そう語る表情は、いままで一番の笑顔だった。

「あのとき、小樽に引っ越すって決めてよかった。札幌で再就職していたら、きっと、またすぐにだめになっていたと思います」

日向がうらやましいなと、二葉は思った。

仕事を辞めて新しい世界に飛び込んだ彼女と、いまも同じ環境でストレスを溜めている自分。日向のように退職する勇気もなく、かといって現状を変えようとも思っていない。いつも、現実から目を背けてばかりいた。

「仁志さんと、ここに来られてよかった」

子どものころは、万華鏡の世界は自分だけの宝物だった。けれどいまの自分には、その宝物を分かち合う相手がいる。

自分が綺麗だと思ったものを、同じように綺麗だと言ってくれる人がいる。

ひとりぼっちで小樽の街を歩いた小学生の二葉が、大人になった自分を見て微笑んでいるような気がした。

万華鏡博物館を出ると、いつの間にか雨がやんでいた。

結局お茶をすることはなく、風邪が治りきっていない日向を気遣い早めにオリエンタルに戻った。雲の隙間から陽の光が差し込み、街路樹や電線に残った雨粒がそれを反射してきらきらと輝く。万華鏡の余韻がいつまでも心に残っていた。

「おかえりなさい、二葉さん。お昼はおかまいもできず、すみませんでした」

店内は人がおらず、昼間の混雑が嘘のようだ。織江は帰宅したのか、旭はひとりカウンターのなかでグラスを磨いていた。

「日向ちゃん、今日はどこに行ってきたの？」

「万華鏡博物館です。いろんな万華鏡があって綺麗でした」

「そんな所があるの？」

地元民の旭が目を丸くする。日向は購入したテレイドタイプの万華鏡を取り出したが、彼に見せる途中で小さなくしゃみをした。やはり身体が冷えてしまったらしい。

「日向ちゃん、今日はもうあたたかくして休んだほうがいいね。ぶり返したら大変だ」

旭がコンロの上に乗った土鍋の蓋を開ける。また小豆の煮汁が出てくるのかと身構えたが、カウンターに置かれた湯飲み茶わんはいつもと違う色をしていた。

色が白い。湯気とともに鼻先をくすぐる香りが、どこか懐かしい。二葉はその香りを確かめるように唇を寄せた。

白い液体にはとろみがあり、つぶつぶとしたものが混ざっている。息を吹きかけてもなかなか冷めず、火傷するのを覚悟で口をつけた。

「……甘い」

ほうっと吐息を漏らした二葉に、旭がにっこりと笑った。

「これって、甘酒ですか？」

冬になると飲みたくなる甘酒。けれど、いつも飲んでいるものとは風味が違うように思う。首をかしげる二葉に、旭が百味箪笥の引き出しから小さな袋を取り出した。

「甘酒は作り方が二種類あるんです。ひとつは酒粕をお湯で溶いて砂糖を加えたもの。今回僕が使ったのは、この米麹です」

　彼が見せた袋には、漬物を仕込むときに使う米麹が入っていた。

「酒粕と比べると時間はかかりますが、僕はこの甘酒が好きでよく作っているんです。白米でお粥を炊いて、米麹を入れて一定の温度に保つだけ。砂糖は一切使っていません」

「お砂糖がなくてもこんなに甘いんですか？」

「この甘酒は、麹菌がお米のデンプンを糖分に変えているんです。酒粕で作った甘酒にはアルコールが含まれているけど、米麹の甘酒なら妊婦さんや子どもでも安心して飲むことができますよ」

　驚き、二葉は湯飲みを見つめる。チョコレートやケーキの甘みは脳天に響くような鋭さがあるが、甘酒は舌を包み込むようなやわらかさがあった。

「日向ちゃんに作ったお粥が余っちゃったからね。毎日小豆を煮るのに飽きていたし、気分転換にちょうどよかったよ」

「あたしだって風邪のときは食欲も落ちるんですよ」

日向が甘酒を飲みながら唇を尖らせる。おかわりをねだるところを見ると、食欲はもとに戻っているようだ。

「だからこそ甘酒にしたんだよ。飲む点滴って呼ばれるくらい栄養豊富なんだから」

「甘酒ってそんなに栄養があるんですか？」

日向が目を丸くする。二葉も同じ表情をしていたのか、旭が小さく咳ばらいをした。

「甘酒にはアミノ酸やビタミンB群、ミネラルなどが豊富に含まれていて、その成分は点滴と同じなんです。麹菌には肌の働きを整えるビオチンも含まれているので、飲む美容液といっても過言じゃないんですよ」

美容の仕事をしているが、甘酒の効果は初耳だった。日ごろのストレスで肌が荒れている二葉にはとてもありがたい。

「二葉さんも、おかわりはいかがですか？」

「いいえ、これだけで大丈夫です」

いつもなら甘いものを食べると次々と止まらなくなってしまうが、この甘酒は不思議と少量で満足できた。

「日向ちゃん、夜ご飯もお粥だからね。今日は夜更かしせずに早く寝るんだよ」

「もう、旭さんってば、お母さんみたい」

日向が熱を出している間も、旭がかいがいしく看病したのだろう。ふたりには仕事仲間よりも深い絆がある。それを感じ、二葉の口から自然と言葉がこぼれていた。

「……楽しそうな職場で、いいな」

言って、はたと我に返る。旭はぱちくりと瞬き、やがて二葉を見つめた。

「二葉さんだって、日向ちゃんと仲良しじゃないですか」

「……え？」

「いつも、いいなって思ってたんですよ。僕もひとりで店をやっていた時期があるから」

いまでこそ日向や織江が手伝っているが、以前は彼ひとりでオリエンタルを営んでいたそうだ。それは自由であり、けれど孤独でもあったと旭は言った。

○　○　○

同期の結婚式は六月の最終週に開かれた。

結婚式はあっけなく終わった。チャペルの挙式には呼ばれていなかったため、披露宴が終わるとすぐに解散になった。同期と仲のいい同僚たちは二次会にも参加したらしく、しばらくは職場でもその話題が続いていた。

同期は結婚式の翌日から新婚旅行に旅立ったため、残されたスタッフはその穴埋めで出ずっぱりだった。閑散期の店内は客足もまばらで、什器(じゅうき)の掃除に明け暮れていた二葉に声をかけてきたのはチーフだった。

「壬生さん、今度発売になる薬用スキンケアシリーズのことなんだけど」

大通店を取りまとめる彼女は、体型や肌の手入れに一分の隙も無い。女性にしては高い身長と、しっかりとした肩幅がタイトな制服をモデルのように着こなしている。化粧にも妥協は許さず、長年第一線で活躍しているこの店の女王様だった。

「夏は皮脂の分泌や日焼け止めの洗い残しでニキビが増えるでしょう。それに合わせて薬用シリーズをリニューアルしたんだけど、その販売研修の選抜スタッフに壬生さんを推薦したいと思うの」

三十代も半ばを過ぎたはずだが、その肌つやから実年齢よりも若く見える。彼女がスタッフに声をかけると店内の空気がはりつめ、他の人は巻き込まれないようにと距離を置くのだった。

「研修で学んできたことは、店舗のみんなに壬生さんから伝えてください。私もこのシリーズについてはあなたに教えてもらうつもりだから、しっかり勉強してきてね」

女王の決定には誰も逆らえない。しかし、選抜スタッフは売り上げの成績が良い社員が選ばれることが慣例だ。前回の成績を考えると、二葉よりも新婚旅行中の同期のほうがふさわしいはずなのだが。

「わたしが行っていいんですか？」

「何か問題でも？」

アイラインできりりと引き締められた瞳から、鋭い視線が飛ぶ。他の社員は素知らぬ様子でそれぞれの仕事をこなしているが、耳をそばだてて会話を聞いているようだった。

「壬生さん、最近吹き出物がひどかったじゃない。それが良くなったってことは、スキンケアを見直したんでしょう？」

「ええ、まあ……」

「薬用シリーズは肌荒れを経験している人のほうがわかることが多いと思うわ。もともとあなたは札幌駅店で一番の成績優秀者だったんだから、研修に行かないほうが不思議なのよ。じゃあ、そういうことでよろしくね」

掃除用のはたきを持ったまま、二葉は立ち去るチーフの背中を呆然と見送った。

「壬生さん、やりましたね！」

物陰に隠れていた社員が、ひょっこりと顔を出す。いつも同期にくっついていた取り巻きのひとりだった。

「新商品の販売研修なんて、そうそう行けるものじゃないですよ。頑張ってきてくださいね」

彼女は結婚式でも二葉の隣の席に座り、料理や飲み物など何かと気を遣ってくれたが、普段はあまり話すことがなかった。

「壬生さん、本当にお肌が綺麗になりましたよね。スキンケアのこといろいろ教えてもらえませんか？」

屈託ない話しかたがどこか日向を思い出させる。今日の彼女は、同期についてまわっていたときよりのびのびと働いているように見えた。

「よかったら一緒にランチ行きませんか？　ずっと壬生さんを誘ってみたかったんですけど、なかなか声をかけられなくて」

その勢いに押されるまま、二葉はうなずく。すると彼女は嬉しそうに「他の子たちも誘いますね！」と手を握った。

「──と、いうわけなんです」

「選抜メンバーおめでとうございます。やりましたね」

休日に、二葉はオリエンタルを訪れていた。

「なんか、いろいろ拍子抜けしちゃって」

「でも、いいことなんですよね？　日向ちゃんにも教えてあげなきゃ」

今日はランチタイムよりも遅い到着になり、店内はおだやかな空気に包まれていた。日向や織江の姿は見えず、片隅で本を読む女性もいない。カウンター席に座り、二葉は行き場のない気持ちを旭にこぼしていた。

「結婚式が終わってから体重計に乗ってみたんです。でも、思ったより減っていなくて。式の最中もみんな花嫁を見て、誰もわたしのことなんて気にしてなかったし……」

結婚式の主役は花嫁に決まっている。けれど、二葉は勘違いしていた。

痩せて綺麗になれば、同期も何かしら思うものがあると考えていた。しかし彼女は二葉に一瞥もくれず、自分の幸せを満喫していた。もとより彼女の眼中に二葉は入っていなかった。それはどんなに努力をしたところで変化するものでもないのだ。

それに気付いたとき、二葉の心に虚しさが残った。

「見返してやりたいっていう、マイナスの気持ちで頑張るとだめですね。結婚式が終わったら胸にぽっかり穴が開いたみたいで」

同僚に誘われたランチで、あらためて彼女たちと話をした。同期の結婚式も話題にのぼったが、その反応は二葉が予想していたものと違っていた。

『なんか、豪勢な式にするって言ってたわりには料理とかしょぼかったですね』

『引き出物も安物のカタログで、ご祝儀を新婚旅行の費用にあてようとしてたのが見え見え。前から思ってたけど、あの人けっこうケチですよね』

『わかる。飲み会で割り勘するときとか、一円単位できっちり刻んでくるし』

次から次へと飛び出す同期への陰口に、二葉は何も言えぬままパスタをつついていた。

『そもそもチーフの婚約破棄があったのに自分の結婚式の話ばっかりして、空気読んでないですよね』

『チーフが選抜メンバーに壬生さんを指名したのだって、きっとそれが気に食わなかったからですよ。身内だけでやるとか気を遣えばいいのに』

『旦那さんが大手企業の社員だから、向こうが上司や同僚を呼ぶのにこっちが呼ばないわけにいかないからじゃないですか?』

『そうだとしても、料理とか引き出物とか、ランク下げられるくらいならはじめから呼んでほしくなかったよね』

女子というのはなんと末恐ろしい生き物なのだ。お昼ご飯は味がしなかった。

自分がずっと入れずに悩んでいた輪だが、みな上辺だけの付き合いをしていたらしい。

スタッフにもめいめい意志があり、誰かがいなくなればここぞとばかりに陰口を言い合う。

これならはじめから知らないほうがよかったと思う。

自分が気に病んでいたことも、蓋を開けてみればとてもちっぽけなことだったのだ。

「わたしはいままで何を頑張っていたんだろう……」

「二葉さんの頑張りは、ちゃんと結果に出たじゃないですか」

力なくこぼした二葉に、旭が痩身茶のおかわりを注いだ。

「体重の変化は少なくても、二葉さんは間違いなく痩せましたよ。ずっと見ていた僕が保証します」

結婚式が終わってダイエットの必要もなくなったはずだが、自然と甘いものを控える習慣が続いていた。制服の胴回りに余裕が出て、立ち仕事でも以前ほど足が浮腫まなくなった自覚がある。もう小樽に通う必要もないのだが、痩身茶が残り少なくなるとこうして店を訪れてしまっていた。

「痩身茶に脂肪を燃やす効果はありませんが、身体のよけいな水分を排出する効果があるんです。おばあも言っていたけれど、二葉さんは水毒の気があるようだったので」

「水毒？」

「西洋医学と違って、東洋医学はその人の体質に合わせて『証』というものをたてるんです。冷え性の体質は『寒』。逆に身体の機能が高まりやすく、熱を産みやすいのが『熱』の体質です」

よどみなく旭が話しはじめる。彼曰く、人間には寒と熱を含め八種の体質があるらしい。

身体を動かす原動力である『気』が不足して疲れやすい『気虚』。
余分な『気』が滞ることでストレスなどを溜めこみやすい『気滞』。
身体に栄養を送る『血』の機能が低下している『血虚』。
『血』が滞り、血行不良でうっ血している『於血』。
身体を潤す『水』が不足して余分な熱がこもりやすい『陰虚』。
水分代謝が悪く、余分な『水』が溜まりがちな『水毒』。

「水毒の人は胃腸が弱い場合が多いから、健胃作用のある食材や利尿作用のあるもの、気のめぐりを良くするものを上手に摂るといいんですよ」

「その、気とか水って何ですか？」

「漢方の考え方の大きな柱として、『気血水』の考え方があります。『気』は精神的なものを指し、『血』は血液の流れ、『水』は体内の水分の流れを指す。二葉さんは水のバランスが崩れているから浮腫みが起こりやすく、一番関係のある臓器は腎、膀胱、心臓です」

いっぺんに話され、二葉は頭がパンクしそうになる。旭が呪文を唱えているようだった。

「他にも五行説とか五臓六腑の話があるんだけど——それはまた今度にしましょう」

「……それと、ダイエットがどう関係するんですか？」

「二葉さんの場合、甘いものの食べ過ぎで浮腫んでいたのもあるんですよ」

予想外のところで話が結びつき、二葉は首をかしげる。

「糖分には水分を蓄える性質があるんです。最近、糖質制限が流行っているじゃないですか？　あれの初期は糖質を断ったことで身体の水分が排出されて、それで体重が減るんですよ」

旭は鍋の中身をかき混ぜながら、続けた。

「日向ちゃんと小樽を散策したのはいい有酸素運動でした。身体の代謝が良くなるとお肌が綺麗になって、接客にも自信が持てるようになりますよね。選抜メンバーに選ばれたのは、二葉さんの努力の賜物（たまもの）ですよ」

漆塗りのお椀（わん）に、彼は鍋の中身をよそう。ふわりと上がる湯気を纏い、旭は二葉に向かってお椀を差し出した。

「今日は二葉さんのへお祝いです。試作品が完成したので食べてみてください」

目の前に置かれたお椀の横に、小鉢に入った塩昆布が添えられた。カウンターの上に並ぶそれを見て、二葉は彼が作り続けていたものが何だったのかをようやく知った。

小豆のひと粒ひと粒が輝く、艶のあるぜんざいだった。色が薄く、ひと口大の白玉が小島のように顔を覗かせている。

もう、ダイエットのために甘いものを我慢する必要もない。久しぶりの甘味に、二葉は木の匙（さじ）を持つ手がふるえた。

「……いただきます」

ぜんざいをすくうと、やわらかな湯気が上がる。口に含むと小豆がほろりと崩れ、薄皮の隙間からこぼれる豆の舌触りと、ほのかな甘みを感じる。

「おいしい」

吐息とともにつぶやく二葉を見て、旭がほっと胸を撫でおろした。

「よかった。なかなか味が決まらなくて、苦労していたんです」

「前のようなえぐみがないです。最初の煮汁は捨てることにしたんですか？」

「いいえ、そのまま使っていますよ」

しかし、その味はまったく感じられない。二葉はまじまじとお椀のなかを見つめた。

「以前作った麹甘酒を入れてみたら、そのまろやかさで小豆のえぐみがやわらいだんです。砂糖は一切使っていなくて、甘酒の甘みだけなんですよ」

あの日飲んだ甘酒の味が思い出される。ぜんざいは甘みがあるものの、次々食べたくなるような欲求は引き起こされない。ひと口ずつゆっくりと味わっていると、旭が百味簞笥の引き出しを抜いた。

なかに入っているのは材料となる小豆だ。「十勝(とかち)産のエリモショウズです」と彼は言った。

「小豆は赤小豆(しゃくしょうず)といって、れっきとした生薬のひとつです。赤小豆の利尿作用は外皮に含まれるサポニンによるものなので、煮汁を飲むと腎臓病や脚気(かっけ)による浮腫みに効果があります。痩身茶に入っているのは炒(い)った赤小豆でしたが、それでも同様の効果を得られるんですよ」

旭が二葉たちにおいしくない煮汁を飲ませていた理由が、ようやくわかった。あれは効能のある薬だったのだ。

添えられた塩昆布のからさがぜんざいの甘みを引き立てる。旭の丁寧な仕事ぶりが感じられるが、二葉にはひとつ心配なことがあった。

「……夏に冷やした甘酒を売っていたのは知ってるけど、どうしても、ぜんざいも甘酒も、冬の食べ物のイメージがあって」

季節はこれから夏を迎える。せっかくの新商品だが、これで人気が出なければ彼の苦労も水の泡になってしまう。しかし旭は、二葉の指摘にも表情を変えることはなかった。

「二葉さん、今日は名越の祓なんですが、知ってましたか？」

「ナゴシノハラエ？」

「六月三十日に、夏病みをしないよう神社で茅の輪くぐりをするんです。京都では六月になると外郎を氷に見立てた『水無月』という和菓子が作られるんですが、それもこの日に食べるといいと言われています。小豆には邪気を払う力があるとされているんですよ」

オリエンタルで本格的な和菓子は作れないため、ぜんざいを思いついたのだと彼は言う。

「甘酒は冬の飲み物だと思われていますが、俳句では夏の季語なんです。暑さで夏バテしたときに栄養価の高い甘酒を飲むのは理にかなっていて、暑いときに熱いものを飲んだほうが身体にいいんですよ」

そう説明しながらも、旭は「……ただ、それをわかってくれる人がいるかどうかは、僕も不安なんですけどね」とこぼした。

「このぜんざい、仁志さんも食べたんですか?」

「二葉さんが一番です。夜に一緒に食べようと思っていたので」

「本当に、ふたりは仲がいいんですね」

オリエンタルを訪れるたび、旭と日向の関係をうらやましく思う。二葉の何気ない言葉に、彼の微笑みがすこしだけ翳(かげ)った。

「……実は日向ちゃん、最初は二階の部屋から出てこれなかったんです」

彼女は以前、太った原因は甘いものの食べ過ぎだと言っていた。

「勇気を出して小樽に来たのはいいけど、環境の変化はどうしてもストレスを感じてしまうからね。僕もそっとしておいたんだけど、仕事以外は朝も夜もずっと部屋でパンやお菓子を食べてたなんて知らなかったんだ」

日向の体型の変化に気付いたのは織江だったらしい。男性はかねがね、そういったところに目が行き届かないものだ。

「日向ちゃん、ずっと、寂しかったんだろうね」

旭の言葉に、二葉はお椀にひとつ残る白玉を見つめた。

「前の仕事ではずっと孤立していたようだし、社宅ではひとり暮らしだったしね。このだだっぴろい建物でもひとり。甘いものを食べることで、自分の気持ちを紛らわせていたんだと思うよ」

その気持ちが、二葉には痛いほどわかった。

子どものころから、二葉はひとりでいることが多かった。お菓子を食べると気持ちが満たされ、ぽっちゃり体型のまま大人になった。いまもストレスを感じるたびに甘いものを食べてしまう。最たるストレスは職場の孤独感だ。

「それで、日向ちゃんと一緒にご飯を食べるようにしたんだ。どうせ僕は一日中店にいるようなものだからね。日向ちゃんも三食しっかり食べるうちに間食が減ったし、すこしずつ僕やこの店に慣れていったみたいで」

「仁志さんは、ここで自分の居場所を見つけられたんですね」

社宅時代、彼女とは挨拶をする程度の仲だった。しかし、日向は二葉と会うたびに嬉しそうな表情を浮かべていた。それが彼女の人恋しさのサインだったのだ。

「わたしがもっと気にかけてあげていたら、仁志さんも仕事を辞めずに済んだのかな」

「それは……」

旭が口を開きかけたが、それを扉のベルの音が遮った。

「ただいま戻りました」

現れたのは日向だった。どうやら買い出しに行っていたらしい。彼女には何も連絡していなかったため、二葉を見て目をまんまるに見開いた。

「二葉さん、来てくれたんですね」

買い物袋をカウンターに置き、日向は嬉しそうに笑う。もし彼女にしっぽがついていれば、ぶんぶんと勢いよく振っていたに違いない。

「新メニュー、できたんですね！」

彼女はぜんざいに気付いたようだ。ややあってから、思い出したように旭に抗議した。

「旭さん、最初の試食はあたしって約束したじゃないですか」

「ごめんごめん。でも、これは頑張ったふたりに食べてほしかったんだよ」

旭はすぐに日向の器を差し出した。彼が自分の分をお椀によそうと、店内に日向の「いただきます！」の声が響く。

彼女は白玉ごと木の匙ですくい、それをひと口で頬張った。すこしの沈黙が流れ、旭が緊張の面持ちでそれを見つめる。

「――――！」

声にならない「おいしい」を言い、日向は目を細める。やさしい甘みでとろけそうになる頬をおさえ、全身で称賛していた。それに旭が満足げな表情を浮かべる。

「ずっと我慢していたから、よけい甘さが引き立つでしょ？」

「今日はそれだけじゃないですよ」

得意げに言う日向に、旭が首をかしげる。

「みんなで食べるから、いつもより何倍もおいしいんです」

彼女のその言葉に、二葉は旭と視線を交わす。彼の瞳が揺れたことを見逃さなかった。

「……わたし、いまの店舗でもうすこし頑張ってみます」

木の匙の上の白玉に、二葉は誓った。

「ダイエットはこれからも続けます。でも、無理はしません。仕事も、自分の居心地のいい場所にできるようにもっとコミュニケーションをとってみます」

甘みを欲する原因が心の乾きだとすれば、自分が満たされるように変えていけばいい。

「これからもまた、このぜんざいを食べに来てもいいですか？」

「もちろん。僕も日向ちゃんも、オリエンタルで待っていますよ」

旭のまなざしが優しい。日向もぜんざいを頰張りながら満面の笑みを見せた。

「二葉さん、おいしいですね」

「そうね。また一緒に食べましょ」

日向ともっと親しくなりたいと、二葉は心から思った。

このひとときが、やわらかく、甘い。

3章　仲直りのスープカレー

消毒液のにおいが漂う待合室で、登坂美波は見知った顔を見つけた。

南小樽総合病院は朝から混雑している。いまだ美波が呼ばれる気配はなく、何気なく見遣った先に彼女はいた。

　ポロシャツとスラックスという動きやすそうなユニフォーム姿の女性は、小柄な身体を大きく使って窓ガラスを磨いている。おしりのポケットにはほこりを吸着するモップが刺さっており、動きに合わせてしっぽのように揺れていた。動くと汗がにじむのか、顔にはりつくショートボブの髪を耳にかける。ひと休みする間も与えず、彼女に声をかける人が現れた。

「すみません。お見舞いに来たんですが、病棟の場所がわからなくて」

「入院用の病棟は、外来とは別の棟ですよ」

　美波は過去に入院病棟に通っていたことがあり、同じように迷ってしまった経験がある。この病院は何度も増改築を繰り返しているため、館内が複雑なつくりになっているのだ。彼女は慣れた様子で入院病棟への道順を説明し、姿が見えなくなるまで見守っていた。

　その瞳が、待合室の椅子に座る美波に気付く。

「――美波、見てたなら声かけてよ」

その恨めしそうな視線に、美波はごめんと謝る。彼女は窓拭きが終わったのか、掃除用のクロス片手にこちらへと近づいてくる。

「日向(ひなた)、バイトにも慣れたみたいだね」

彼女――仁志(にし)日向は、病院近くにあるカフェ・オリエンタルのスタッフだ。夏ごろからアルバイトの掛け持ちをはじめ、美波と同じ南小樽総合病院で働いている。普段は勤務時間の都合で顔を合わせないため、彼女は美波が待合室にいる事に驚いたようだ。

「シフトは平日だけだけど、短時間でも時給がいいんだ。オリエンタルの開店時間までに終わるし、すぐ近くだと通うのも楽でいいよ」

壁の時計を見て、日向は「あっ」と声をあげる。時計の針は午前十時が迫っていた。頭に巻いたバンダナを外すと、制服のポケットに無造作に押し込んだ。

「やばい、もうあがらないと」

「そんなにたくさん働いて、身体は大丈夫なの？」

「元気だけが取り柄なの。オリエンタルのバイトだけじゃお金も貯(た)まらないしね」

慌ただしく掃除道具を片付け、日向は他の清掃スタッフに声をかける。この病院で働く清掃員は大きな子どもや孫をもつお母様たちが多く、若い日向は目立っていた。やがて彼女は姿を消したが、しばらくすると私服に着替えて美波のもとへと戻ってくる。

「そういえば美波、どこか体調悪いの？」

「ううん、今日はお母さんの薬をもらいにきたの。後でオリエンタルに寄るね」

「わかった、待ってる」

お互い慌ただしく挨拶をし、美波は名前を呼ぶ看護師のもとへと向かった。

南小樽総合病院とカフェ・オリエンタルは、徒歩で五分もかからない距離にある。調剤薬局で受け取った薬を鞄に押し込むと、美波は通い慣れた扉をくぐった。

「いらっしゃいませ」

ベルの音とともに挨拶をしたのが、店主の吾妻旭。彼はカウンターの背後にそびえる百味箪笥にも負けない長身だが、人好きのする笑みはいつもやわらかい。常連の名を覚えるのが早く、「美波ちゃん、こんにちは」と声をかけられるとくすぐったい気持ちになった。

土日は朝から混雑するようだが、平日は落ち着いた雰囲気が漂っている。美波はいつものテーブル席に座った。

「いらっしゃい、美波。けっこう時間かかったんだね」

お冷を運ぶのは病院で会った日向だ。掃除のときはすっぴんに近かったが、オリエンタルでは身だしなみにも気を使っているようだ。落ち着いたナチュラルメイクは、彼女が札幌のデパートで働く美容部員だったと言われてもピンと来ない。

「家族の薬をもらうだけで半日がつぶれちゃったよ。病院が終わった後、調剤薬局でもさんざん待たされるし」

午前中には終わると思っていた病院だが、オリエンタルの時計は十四時が近付いていた。

客が少ないのはランチタイムのピークが終わったのもあるだろう。空腹の胃にお冷を流し込み、美波は黒板に書かれたランチメニューを見る。

オリエンタルは月ごとに新メニューが登場する。七月の甘味『甘酒ぜんざい』が気になるが、まずは食事を摂りたい。

「今月はスープカレーなんだ」

黒板には一日限定十食と書かれている。限定という言葉に弱い美波はそれを注文しようとし——それを日向が遮った。

「ごめん、さっきのお客様で売り切れちゃったの」

「残念。せっかくのランチだから新メニューも気になったんだけど……じゃあ、いつものホットサンドで」

ランチの定番メニューは、ハンバーグあるいは魚のムニエルのプレートとオムライス。ホットサンドは軽食扱いになり、ランチタイム以外でも食べることができる。日向がオーダーを伝えに旭のもとへと戻っていくと、美波はぱんぱんに膨らんだ鞄からテキストとノートを取り出した。

ホットサンドはできあがるのも早く、すぐに日向が料理を運んでくる。テーブルいっぱいに勉強道具を広げる美波を見て、慣れたように隅に皿を置いた。

「美波のそれを見たら、学生時代を思い出すよ」

「たくさん並べると落ち着くの。テーブル席占領しちゃってごめんね」

「今日はピークも過ぎたから大丈夫だよ」

そう言う日向とは、短大時代からの付き合いだった。

小樽の高校を卒業し、札幌の女子短期大学に進学した美波は、大学近くの学生会館に入居した。寮母の作る食事がおいしいと評判だったが、そこで毎朝どんぶり三杯のごはんを食べていたのが、同じ学年の日向だった。

美波は健康栄養学部、日向は文学部と、学部は異なっていても同じ寮に住む者同士すぐに仲良くなった。一般教養の授業は共通のため、試験前には一緒に勉強したこともある。個室には勉強机の他に小さなちゃぶ台があり、台の上いっぱいにテキストを広げる美波を見て日向はいつも笑っていた。

「試験勉強、どう？」

「何度やっても同じ問題でつまずいちゃう。いまから対策しておかないと、一発合格はできないかも」

「管理栄養士の試験って、やっぱり難しいんだね」

短大で栄養士試験に合格した美波は、管理栄養士を目指して日々勉強していた。四年制の大学に通えば卒業と同時に管理栄養士試験の受験資格を得られるが、短大の場合は三年間の実務経験が必要になる。

「四大卒と比べると合格率は確かに低いよ。受験資格をもらうための三年間に勉強の感覚が鈍っちゃうのもあるから、いまから備えておきたいの」

「美波は目標があっていいね。あたしなんて、いまはフリーターだし」

短大卒業後、実家のある小樽に戻った美波と違い、日向は札幌に残っていた。こまめに連絡を取り合い近況報告はしていたが、彼女から小樽に引っ越したと連絡が来たときは驚いたものだ。

できたてのホットサンドのにおいに腹の虫が鳴り、美波はひとつ手に取る。オリエンタルでは直火式のホットサンドメーカーで焼いているため、パンの焦げ色も良い。二等分に切って出されるのが常だが、美波の皿に限り小さめに切り分けられている。それはいつも勉強しながらつまんでいることに対しての配慮であり、美波は旭に向かって小さく頭を下げた。

「いただきます」

小さくつぶやき、ホットサンドをかじる。パンの軽い歯ざわりとともに、熱でとろけたチーズがじゅわりとあふれ出た。チーズとハムの組み合わせは王道の味であり、何度食べても飽きることはない。焦げたチーズの香りが小気味よく鼻腔（びこう）を通り抜けた。

「いいな、あたしも食べたくなってきた」

日向の食いしん坊は変わっていない。彼女ならホットサンドも三皿は食べないと満足しないだろう。小柄な体型だが、その胃袋はブラックホールだ。

「うちのお母さん、パンが好きだから我慢するの辛（つら）そうなんだよね。低糖質のパンだとぱさぱさして美味しくないって言うし」

「お母さんの病気って、食事も厳しく制限されてるの？」

ホットサンドを咀嚼しながら唸る美波に、日向は素直に訊ねる。彼女には美波の家庭事情を話していた。

美波の父は幼いころに他界し、母は女手ひとつで短大卒業まで育て上げてくれた。保険の外交員は給料が良い反面ストレスの多い業種であり、家に帰ると毎夜ひとりで晩酌し、付き合いで飲みに出掛けることも多かった。休日出勤が当たり前のオーバーワークを続けた結果、美波が中学生になるころに健康診断で引っ掛かってしまったのだ。

下された診断結果はⅡ型糖尿病。血液中のブドウ糖が正常より多くなる病気であり、高血糖を放置すると徐々に血管や神経を傷つけさまざまな合併症を引き起こす。母は南小樽総合病院に入院し、療養のための指導を受けた。

血糖値をコントロールするためには日々の食生活が重要であり、栄養管理指導には美波も立ち会った。その指導にあたった管理栄養士に憧れたのが、その道を目指すきっかけだった。

「一日に決まった単位——カロリーみたいなものの食事を守ることが大事なだけで、その範囲におさまればパンも甘いものも食べられるんだよ。でも、お母さんは毎日晩酌してるし、飲み会も多いから血糖コントロールがうまくできなくて」

中高時代は美波が食事の管理をしていた。大学も実家から札幌に通うつもりだったが、通学に時間がかかるため学生会館に放り込まれた。同じ学部で栄養士になった同級生のほとんどは札幌の企業に就職し、美波も札幌のデパ地下にある惣菜店に内定が決まっていたが、母の体調が悪化して実家に帰ることに決めた。

幸いにも小樽で栄養士の仕事が見つかり、かつてお世話になった南小樽総合病院で働きはじめた。入院患者用の調理の仕事をしながら、試験のための実務経験を積んでいる。

母はいまも外来に通院しているが、仕事が忙しいと言い訳をしては美波に薬だけの受診を頼むため、休日でも病院に行くことが多い。試験勉強は家だと怠けてしまうので、たびたびオリエンタルを訪れてはテキストを広げていた。

ページをめくりながら、美波は新しいホットサンドを手に取る。問題文を見つめたままかじると、予想外の甘さに驚いて顔をあげた。

オリエンタルのホットサンドはハムチーズ一種類だ。しかし、旭は特別に蜂蜜バターを作ってくれたらしい。美波と目が合うと、彼は茶目っ気あふれる笑みを見せた。

「勉強するときは、頭が甘いものをほしがるでしょ？」

熱したパンに溶けたバターがしみこんでいる。ほのかな塩気と蜂蜜の甘さがたまらない。

「ありがとうございます。いつも入り浸っちゃってすみません」

日向が小樽に来るまで、美波は自宅と職場の往復の生活を繰り返していた。しかし最近は、オリエンタルでの時間がよい息抜きになっている。

「美波ちゃんには僕もお世話になってるからね。今日は日向ちゃんと女子会なんでしょ？楽しんでね」

彼が作り出すおだやかな空気がまた、この店の居心地のよさにつながるのだと美波は思う。

美波と日向のふたりだけの女子会は、夜のカフェ・オリエンタルで開かれる。

『家は人が住んでいないとすぐに傷んでしまうからね。個室のモニターってことで、泊まった感想を教えてくれると助かるよ』

旭はそう言って、二階の客室を提供してくれた。ベッドメイクや清掃は自分たちで行うのが宿泊料金のかわり。職場が目と鼻の先にあるため、女子会の翌日はオリエンタルから直接出勤していた。

「いつ来ても素敵な部屋だね。お客さんを入れてないなんてもったいないよ」

美波が泊まるのはツインベッドの部屋だった。糊(のり)の利いたシーツやガウンはおろしたてで、部屋は隅々まで掃除が行き届いている。シャワーを浴びて一日の汚れを落とすと、美波はふかふかのベッドに勢いよくダイブした。

布団はこまめに干されているのか、ほのかに太陽の香りがする。ベッドの上で大きく伸びをし、勉強で凝り固まった身体をほぐした。

「毎日カフェで暮らせるなんてうらやましいな。湯船がないのは残念だけど、シャワールームも水周りもみんな綺麗(きれい)だし」

「早くお客さんを入れられるようになるといいんだけどね。カフェの営業が落ち着くまでは、客室の営業はお休みなんだって」

今年は気温の高い日が多く、昼間は三十度超えの真夏日だった。石造りの建物は熱を遮るのか、夜になるとひんやりと涼しくなる。ベッドチェストでは日向が淹れたカフェオレが白い湯気をくゆらせ、コンビニで買ったスナック菓子やスイーツが並んだ。

「旭さん、明日は仕込みで早めに店に来るって。起こしたらごめんねって言ってたよ」

「そんなに早く店に来てるの？」

「スープカレーをはじめてから仕込みに時間がかかるみたいで、五時くらいに出勤する日もあるんだ」

日向が住む管理人室は、もとは旭の部屋だったと聞いている。彼は泊まり込みで仕事をする日も多かったのだろう。オリエンタルで提供される料理はどれも手間のかかるものばかりで、おいしい料理を届けようという姿勢には栄養士として頭が下がる思いだった。

「旭さんのスープカレー、おいしいんだろうな。一度は食べてみたい」

「あたし、店で出すたびに美波のことを思い出すよ」

よみがえる短大時代の記憶。そのなかにはいつも日向がいた。

学生会館で美波が住んでいた部屋は、窓が西向きだった。西日が入ると室温は三十五度を超え、窓がひとつしかないため夜になっても部屋には熱がこもっていた。

うだる暑さに食欲が失せ、寮母の作る食事を残してしまう日々が続いた。けれどある日、日向と買い物に出かけた際、たまたま通りかかったスープカレー店から漂う香りに足吸い寄せられた。

一般的なルウカレーの油は胃が受け付けなかったが、スープカレーはそのあっさりとした口当たりが食べやすかった。たっぷりの野菜にほろほろと崩れるほど煮込まれた鶏肉は栄養バランスもよく、夏バテで弱った身体にぴったりだった。

それからは日向とスープカレーめぐりにいそしんだ。スープカレー発祥の地である札幌にはたくさんの店があり、スープや具材の種類も豊富で食べ飽きることがなかった。

「店に来る日が決まってたら、美波の分を取り置きしてもらうよ？」

「ううん、それじゃあせっかくの限定品のおいしさが半減しちゃう気がする」

あくまでも偶然立ち寄った日に食べるのが理想だ。日向もそれをわかっているのか、無理にすすめようとはしない。猫舌の美波はカフェオレを飲むのもすこしずつで、日向はそれを見てパジャマのポケットからなにかを取り出した。

「ねえ、ちょっとマグカップ出して」

言われるままに差し出すと、彼女はカフェオレになにかの粉をぱらぱらと振りかけた。

「何入れたの？　砂糖？」

「いいから飲んでみて」

スプーンでかきまぜたが、表面にまだ茶色い粉が浮かんでいる。半信半疑のまま唇をつけると、コーヒーとはまったく違う香りが鼻先に届いた。

「なにこれ、チャイみたい」

濃厚なミルクティーに溶かし込まれたスパイスのような、魅惑的な香りが鼻腔をくすぐる。舌先にぴりりとした刺激が加わり、先ほどのカフェオレとは別物になっていた。

「ガラムマサラを入れたの」

「それって、カレーに使うスパイスだよね？」

食べ物に関する知識は美波だって負けない。しかし、ガラムマサラを飲み物に入れるなどはじめて知った。

「ガラムマサラは『辛いスパイス』って訳されることが多いけど、実際は香り付けが目的のミックススパイスなんだって。基本はシナモン・クローブ・ナツメグの三種類で、オリエンタルでは旭さんが自分で調合してるんだ」

オリエンタルの料理は先代から受け継いだ漢方知識を活かし、生薬をスパイスとして使用している。日向は熱心に旭のことを語り、その姿に美波はぽつりとつぶやいた。

「日向、旭さんとうまくやってるみたいだね」

「そうだね。店に住んでると、一日中一緒にいるようなものだし」

「嫌いな人とだったら、ずっと一緒になんていられないと思うよ？」

美波の言葉に、お菓子を食べようとしていた日向の表情がくもった。

「……旭さんには、夕さんがいるから」

夕さんとは誰か、すぐに思い当たった。店のカウンター席の端で、いつも物静かに本を読んでいる女性だ。旭と同じ年のころで、艶やかな黒髪が印象に残っている。

「織江さんと一緒に店に来ることが多いんだけど、吾妻家の一員って感じなんだ。あの輪には入れないなっていつも思う」

「でも、旭さんって独身じゃないの？」

「そのはずだけど、いつも夕さんのことを気にかけてるの。ふたりの世界があって、あたしはお邪魔かなって……」

カフェオレに浮かぶスパイスを見つめる伏し目がちな瞳。オリエンタルで見る彼女は、いつもまっすぐに旭を見上げていた。飼い主を慕う仔犬（こいぬ）のようだったが、単に懐いているだけなのかそれともそれ以上の何かがあるのか、美波が見る限りでは判断ができなかった。けれどいま、彼女の瞳に見え隠れする思慕の気持ちは限りなく乙女に近い。ガラムマサラが効いたのか、その頰はかすかに上気して見えた。

「アルバイトを始めてまだ数か月だしね。前の会社みたいに人間関係に巻き込まれるより、いまくらいの距離感のほうが楽かも」

日向は自分に言い聞かせるな口調で、まだ熱いカフェオレをひと息で飲み干した。

「ここで働くようになってから、チーフやマネージャーのことを思い出すことも減ったよ」

日向は美容部員として働いていたころ、上司である男性との関係が噂（うわさ）になったと聞いていた。本人があまり話さないので美波も詳しくは知らないが、彼女に泥沼の愛憎劇ができるとも思えない。旭のことを問われ頰を染める姿は、まるで中学生のような初々（ういうい）しさがあった。

「そういう美波はどうなの？」

「……そういえば、今日、病院で同級生に会ったよ」

日向がすかさず「男の子？」と訊ね、美波は首を横に振った。せっかくの女子会だが、このふたりだと恋愛に関する話題が膨らまない。

「日向と同じ清掃のバイトしてたんだけど、倉田和泉って知ってる？」

「昼のシフトの人だからあたしとは入れ違いだけど、挨拶はしたことあるよ」

病院で母が受診しないことを注意されつつ、受付で精算を待っていたとき。暇をもて余していた美波に声をかける人があった。

「同級生ってことは、高校時代の友達？」

「ううん、小中学校のときの。卒業してからずっと会ってなかったんだ」

「……そっか、美波って出身は小樽じゃないんだっけ」

美波が生まれたのは、小樽市から車で四十分ほどの距離にある赤井川村。冬は良質なパウダースノーを求めてたくさんのスキーヤーが訪れ、夏はメロンやスイカをはじめさまざまな農作物が収穫されるが、人口は千三百人ほどと少ない。美波が住んでいた地域はとくに子どもが少なく、小中学校の九年間を同じ学び舎で過ごした。

村には高校がないため、中学を卒業すると近隣の町や札幌の高校に進学する。美波は小樽の高校を受験し、進学を期に母と引っ越したため、同級生との関係もそこで途絶えてしまっていた。

『――もしかして、美波？　私のこと覚えてる？』

病院で声をかけてきた和泉は、かつて美波の家の近くに住んでいた。中学を卒業するまでの九年間、姉妹のように育った幼なじみだ。彼女は自宅から通える余市町の高校を受験し、そこで美波とは離れ離れになってしまった。

久しぶりの再会に感極まり、彼女は瞳をうるませていた。子どものころはお互い携帯電話を持っていなかったため、卒業後は手紙のやり取りをしていたが、やがて疎遠になってしまっていた。

『元気にしてた？　今度、お茶しようよ！』

勢いに気圧されるまま、連絡先を交換していまに至る。美波は定期的にスマートフォンを確認しているが、いまだ彼女からの連絡はなかった。

「日向、学生時代の友達といまも連絡とってる？」

「短大時代の子とはたまにメールするけど、小樽に来てからは会うこともなくなったな。札幌なんてすぐそこなのに、あたしが向こうに行かないと会えないっていうか」

「わかる。なんていうか、近くて遠いよね」

短大の仲間の大半は札幌に残っており、美波が地元に戻る際には『遊びに行くからね！』と送別会をしてくれたものだ。しかし、実際に小樽に来た友人はいない。

「みんな自分の生活で忙しいだろうし、たまに近況がわかればそれでいいかなって。あたしはオリエンタルや掃除のバイトで知り合いが増えたよ。前の会社の先輩もたまに遊びに来てくれるし」

「……日向、友達作るの上手だもんね」

美波のつぶやきが聞き取れなかったのか、日向があいまいに首をかしげる。それを「なんでもない」と濁し、美波は胸につかえた気持ちをカフェオレとともに飲み込んだ。

○

和泉から連絡が来たのは、日向との女子会から数日後のことだった。

「連絡するのが遅くなってごめんね。最近、忙しくて」

彼女に誘われ、休日に小樽駅の近くでお茶をすることになった。都通り商店街のなかに地元の人々から愛される洋菓子店があり、その二階に喫茶室がある。ベルベットのソファの肌ざわりが気持ち良い店内で食べるのは、一番人気のクリームぜんざいだった。

「美波も仕事忙しいんでしょ？　休みの日に呼び出してごめんね」

「今日はとくに用事もなかったから大丈夫だよ」

本当はいつも家にいるのだが、美波はわざと忙しい風を装う。クリームぜんざいは求肥が添えられた和風のパフェであり、たっぷり巻かれたソフトクリームを食べると頭がきんと痛くなった。

「この間、なんで病院にいたの？　どこか悪いの？」

「わたしじゃなくて、お母さんの薬をもらってたの」

「おばさん、中学の時に入院してたもんね。いまも良くなってないの？」

「糖尿病だからずっと薬を飲み続けないといけないの。わたし、お母さんの病気がきっかけで管理栄養士を目指してて……」

会えなかった時間を埋めるように、互いの近況報告が弾む。和泉との間に、時間という壁はないように思えた。子どものころは登校から放課後まで一日中一緒だったのだ。

「美波ってば、ひとりだけみんなと違う高校に進学してさ。成人式も帰ってこなかったじゃない？」

「成人式は札幌の会場に行ったからね。和泉はいま何してるの？」

「私は実家にいるよ。冬はスキー場の契約社員やってるけど、夏は小樽の友達のところに入り浸ってバイトしてるの。同級生もほとんど残ってなくて寂しいよ」

小中学校時代の同級生は十人にも満たない。家業を継ぐ者もいるが、地元に残った和泉は稀(まれ)な存在であり、大半が働き先を求め札幌や違う町で暮らしていた。

「美波はいいよね。小樽なら同級生もけっこう残ってるんじゃない？」

「そうだね、探せばいるとは思うけど……」

和泉に比べれば、小樽は地元に残る若者も多い。けれど同級生とは連絡を取っておらず、いまとなっては電話がつながるかも定かではない。あいまいに言葉を濁す美波に、和泉は察するものがあったようだ。

「高校で、友達できなかったの？」

「できたよ。でも、卒業してから疎遠になったっていうか」

小中学生の九年間は、同級生も他の学年の子どもたちも顔ぶれが変わらず、まるで学校がひとつの家族のようだった。しかし、小樽の高校に進学するとクラスメイトの数が増え、必死になじもうと努力しているうちに卒業してしまった。それは大学に進学しても同じであり、友達の作り方が大人になったいまでもわからない。

「じゃあさ、今度私たちの集まりに来てみない？」

軽い口調の誘いに、美波は求肥を咀嚼しないままごくりと飲みこんだ。

「うちの同居人、定期的にご飯会開いてるから、いろんな人が遊びにくるんだよね。年齢層も幅広いから齢(とし)の近い子も来るし、参加するなら伝えておくよ」

彼女も日向同様、友達を作るのが上手なタイプなのだろう。はきはきとした口調、常に上がった口角、相手の心を開く優しい声音。コミュニケーション力は昔から高かった。それなりの店で買ったとわかる服。手入れの行き届いた髪や爪紅(つまべに)。それらを身に纏(まと)う、自分への自信。美波が欲しいと思っていたものがそこにあった。

「……美波、聞いてる？」

声をかけられ、我に返る。美波はとっさに言葉を探した。

「和泉のピアス、かわいいなと思って」

彼女の白い耳たぶで、小さな青い石のついたピアスが輝いていた。その指摘に、彼女は髪をかきあげて見えやすくする。

「これね、私のお守りなの」

「パワーストーンみたいな？　いいな、わたしもそういうの欲しくて」

調理という仕事柄、美波はピアスや指輪などの装飾品を身に着けることができない。休日くらいかわいらしいアクセサリーをつけたいと常々思っていた。

「もしよければ、私の友達がやってるお店があるんだけど、今度一緒に行ってみない？　いきなり大勢の人と会うのは怖いかもしれないけど、少人数なら気持ちも楽でしょ？」

「行ってみたい」

「決まり。じゃあ、次の休みにしよっか」

とんとん拍子で話が決まり、和泉が嬉しそうに石の輝く耳朶を撫でた。

「――それで、帰りにうちに寄ってくれたんだね。ありがとう」

閉店間際のオリエンタルを訪れた美波に、日向はいつもの人懐こい笑みを見せた。

食事の提供はランチタイムのみであり、お腹に溜まるものはいつものホットサンドしかない。それをかじりながらため息をつく美波に、日向が心配そうな表情を浮かべる。

「何かあったの？」

「うん、ちょっと……」

　言いよどみ、美波はカウンター席から旭の様子をうかがった。彼はグラスをひとつひとつクロスで磨きあげており、美波の視線に気付くと「どうしたの？」と返した。

「旭さん、小樽駅の近くにある、ユア・ブライト・カンパニーっていうお店知ってますか？」

「ごめんね。僕、小樽を離れていた時期があるから、新しい店のことはわからないんだ」

「和泉さんと何のお店に行ってきたの？」

　名前だけでは店の種類がわからない。それは美波も同じであり、到着するまで雑貨店か何かだと思っていた。

「パワーストーンの話で盛り上がったから、てっきり似たような店に行くと思い込んでたの。でも……」

　待ち合わせはJR小樽駅。合流すると、和泉は行き先も告げずに歩き始めた。美波は土産物店や雑貨店の多い堺町（さかいまち）通り商店街に行くものと思っていたが、向かった先は駅の近くにある商業ビルだった。

「和泉、これから会う友達ってどんな人？」

「素敵な人だよ。私がいろいろ言うより、実際に会って話してみるのがいいと思う」

　彼女はそう言うだけ。ビルの一階には高級そうな美容室が入っている。和泉が二階へと続く螺旋（らせん）階段を上ると、レセプションに座った女性がこちらに向かって一礼した。

「予約していた倉田です。友人を紹介しにきました」

「かしこまりました」

女性に案内され、美波は店内に入る。今まで訪れたことのあるパワーストーンのお店とは明らかに空気が違った。指紋ひとつ残さず磨き上げられた自動ドアをくぐると、まるで美術館のような展示室に通された。

静謐な空気を纏う店内で、デコルテの辺りを切り抜いたトルソーがオブジェのように飾られていた。その胸元に輝くのは小さくシンプルな飾りのついたペンダント。ガラスのショーケースのなかには指輪やイヤリングが飾られている。

その値段を見て、美波は息を呑んだ。

「和泉、このお店って……」

「パワーストーンを売ってるんだよ。安心して、品質は保証するから」

品質も何も、この店の商品は本物のエメラルドやルビーだった。

振り向くと、レセプションの女性が美波の後ろにぴたりと張り付いていた。商品はどれも六桁以上の価格がつけられているため、万一のことを考えての行動なのかもしれない。

先ほどは気付かなかったが、彼女の白魚のような手にはエメラルドの指輪が輝いていた。

美波が思い描いていたパワーストーンは、観光街で売っているような安価な半貴石だった。店の奥から男性の従業員が現われると、和泉は親しげに挨拶をする。彼女は雰囲気に呑まれることなく堂々としており、美波だけが浮いているような気がした。

「……あの、和泉」

わたし、帰るね。美波が言うよりも早く、彼女が口を開いた。

「美波に見てほしいものがあるんだ。そんなに時間はかからないから」

引き際を逃し、美波は別室へと移動する。小さな会議室のような部屋は薄暗く、大きなプロジェクターが照らすスクリーンだけが煌々と光っていた。

椅子に座ると、プロジェクターから映像が流れ始める。それはユア・ブライト・カンパニーの商品PR動画だった。会社で扱う宝石の品質の高さと、それを限りなく低価格で販売できるよう努めていること。本物の宝石にはじめて触れる美波は、流れる動画に圧倒されるばかりだ。

『あなたは、水に含まれる波動をご存じでしょうか』

商品説明が終わり、女性のナレーションがそう言った。

スクリーン画面には、枯れかけた植物の鉢がふたつ映っていた。

水の入ったガラスのコップの片方に、宝石が浸されている。動画では普通の水と宝石入りの水それぞれを植物に与えていた。

『ユア・ブライト・カンパニーの宝石を浸した水を与えた植物は、普通の水と比べても成長スピードが早いのがおわかりいただけます』

ナレーションと共に、植物の成長過程が流れる。宝石入りの鉢は花をつけたが、もう一方の鉢はやがて枯れてしまった。

『これはユア・ブライト・カンパニーの宝石が良い波動を放っているためです。この宝石を身に着けると、ご自身のオーラが浄化され、波動が強くなっていきます』

やがて映像は、商品を購入した顧客のインタビューがはじまった。

『ユア・ブライト・カンパニーのネックレスを購入してから、反抗的だった息子の様子が変わっていきました。息子に指輪をプレゼントしたところ、いままでの態度が嘘のように学校に通いだし、大学に進学することもできました』

『ユア・ブライト・カンパニーの指輪を購入してから、仕事の人間関係が良好になりました。自分のオーラが輝いたことで良い波動を受け取れるようになり、長年の夢だった語学留学への道が開けました』

次々と流れる体験談。ちらと和泉を見ると、彼女は画面から目を離してスマートフォンを操作していた。

映像が終わると男性の従業員が戻り、美波たちを応接室へと案内する。展示室よりはこじんまりとしているが、ショーケースにはいくつかのペンダントや指輪が並んでいた。

「友達から連絡があって、夜にカレーパーティーをするんだって。美波も行かない?」

しきりに連絡を交わしていたのはそのためだったらしい。美波は応接室の雰囲気に呑まれ、すぐに返事をすることができなかった。

「和泉のピアスも本物の宝石なの?」

「そうだよ。これ、サファイアなの」

彼女の耳を飾る宝石を、美波はまじまじと見つめる。なまじ装飾品から離れた生活をおくっていたため、本物の宝石を見ても気付けなかったのだ。サファイアは小さいが、たしかに並みのパワーストーンとは違う輝きがあった。

「美波も後でオーラを視てもらえるよ。何の宝石を選んでもらえるか楽しみだね」

「オーラって、誰に？」

「ユア・ブライト・カンパニーのオーナーはオーラが視える人なの。買い付けで世界を飛び回ってるから滅多に会えないんだけど、美波は運がいいよ。今日、オーナーがいるみたいで、視てもらえるのは人生で一度きりって決まってるから」

オーナーの面談の後、自分に必要な宝石が決まるらしい。ショーケースにはダイヤモンドをはじめ、エメラルドやルビー、サファイアが並ぶが、どの商品も軽く五十万は超えている。なかには百万単位のものもあり、値札を見るだけでめまいがした。

男性従業員が飲み物を運び、美波はからからに乾いた喉を潤す。面談の前に商品について再度説明があるらしい。彼はショーケースのなかを指差しながら言った。

「はじめに当社の商品を買われるお客様には指輪をおすすめしております」

「わたし、調理の仕事をしているので指輪は……」

「では、こちらの商品あたりからはじめられるとよろしいかと」

うながされたのはトルソーにかけられたペンダントだった。宝石によって多少前後はするが、値段は八十万。脇の下を嫌な汗が流れる。

「当社ではローンの金利も可能な限り抑えております。分割も三十六回払いなら月々二万二千円ほどですが、月々の予算がおありでしたらご希望の金額で組むことも可能です」

男性の説明に、スマートフォンを操作していた和泉が加わる。

「私はあまり頑張らずに、六十回払いにしてもらったよ」

耳朶を飾る小さなサファイアを、彼女はじっくりと見せる。「体温で色が変わる気がするの。それで一日の体調がわかったりするんだよ」と、愛おしそうに撫でた。

「この宝石を買ってから、良いことがたくさんあったよ。だから効果は保証する。自分が良いものだと思ったから美波を連れてきたんだ」

まっすぐに見つめる瞳の強さは、子どものころよりも輝きを増したように思える。この宝石を買ったことで、彼女自身のオーラのようなものが強くなったのかもしれない。

「……でも、わたしには買えないよ。二万、三万ならまだしも、八十万なんて……」

「私も最初は悩んだよ。でもね、オーラが増幅するといろんなことが良い方向にまわるから、経済効果も上がるの。毎月なんだかんだ臨時収入があって、それでローンを払えているから、実質お金はかかっていないようなものじゃない？」

「お客様でしたら、五十万円台の商品もご紹介できますので」

立て続けに話され、美波は懸命に平静を保つ。目の前にあるのは本物の宝石なのだろうが、いかんせん額が高く、そう簡単に購入を決められるものではなかった。

「……一度、保留にしてもいいですか？　あらためて欲しくなったら来ますので」

角が立たないようやんわりと断る。いまは、はじめて間近で見る宝石に頭が興奮しているだけだ。自分に必要だと思うのなら、予算の目途がたってから買いに来ればいい。

美波はこれで帰れると思っていたが、商品説明にレセプションの女性が加わった。

「オーナーにお会いできるのは一生に一度だけ。お客様は今日を逃したら二度とこの宝石を買うことはできませんよ」

「でも、いきなり今日の今日っていうのは……」

「オーナーには購入を決めてからでないとお会いすることはできません。宝石の大きさはご予算に応じたものに変えることができます。でも、オーラを見てもらえるチャンスは今日だけ。面談なしでは、自分に合わない宝石を選ばれてしまうかもしれませんよ？」

「でも、予算が……」

「月々五千円のお支払も可能です。毎月五千円で、ご自身のオーラが輝くんですよ？　当社の商品はローンでお支払いいただく金額よりも大きな経済効果を運んできます」

「わたし、ローンを組むの苦手なんです。ボーナスでまとまったお金ができてから購入しますから」

「……そういう考え方をするご自分自身を、変える必要があるとは思いませんか？」

まっすぐに瞳を見て言われ、美波は押し黙った。

「目の前にチャンスがあるというのに、それがまたいつか巡ってくると思って見送ってしまうんですか？　人とのご縁も一緒です。また会えると思って別れた人と、再会できるとは限らない。一期一会のご縁を手放してしまっていいのですか?」

「それは……」

美波の人間関係は、いつもそれだった。

高校の入学式。隣の席のクラスメイトが話しかけてくれたが、緊張のあまりうまくしゃべることができなかった。明日は自分から話しかけよう。そう思って登校したが、その子は他のグループに誘われた後だった。

そういう人間関係を、美波は何度も繰り返していた。

この宝石を買えば、自分を変えることができるだろうか。オーラが輝いて、まわりに人が集まってくるだろうか。

自分にも、たくさんの友達ができるだろうか。

「ここの宝石を買うと、定期的に開かれているパーティーに招待されるの。オーラの強い人たちと知り合えるから、交遊関係も良いほうに広がっていくよ。私もピアスを買ってからやりたいと思ってたバイトが決まったし、私生活でもそういうことばっかり起きるんだよ」

和泉の生き生きとした表情も、宝石のお陰なのだろうか。

「もし、ご予算のことがご心配であれば、秋に発売予定の値段を抑えた新作をご紹介できますよ」

男性が新しいトルソーを取り出した。いままで見ていた八十万や百万のペンダントに比べると、宝石の粒が小さい。

「三十六万円でご案内できます。これなら、三十六回払いで毎月一万円ほど。七十二回払いなら月々五千円。六年ですべて完済できます」

三十六万円なら、ローンを組んでも返済できそうな値段だ。今後予定しているボーナスをすべて支払いにまわせば、返済のプレッシャーも少ないだろう。

「六年後の私たちって二十八歳だよ。それぐらいの齢になったら本物の宝石を持ったほうがいいし、若いうちからそれを持てるってすごくない？」

「……そうだね。本物の宝石ってなかなか手が出ないよね」

「六年後の美波はきっと、そのペンダントをつけて、管理栄養士になるっていう夢を叶えているよ」

「そうですね。宝石の効果で運気も向上するので、試験にも合格しやすくなりますよ」

男性の言葉が、美波の胸に引っ掛かった。

管理栄養士の試験は、宝石がないと受からないものなのだろうか？

自分がいま積み重ねている努力は、月々五千円の支払いで保証されるものなのか？

わたしは、ペンダントがなければ自分の夢を叶えることもできないのか？

「……必要ないです、宝石」

気付けば、その言葉が口をついていた。

美波が断ると思わなかったのだろう。女性の表情がすこしだけくもる。

「せめて面談をお受けになってから決めませんか？　オーナーに会えば考えも変わるかもしれませんよ」

「さっきまで、買うと決めるまでオーナーには会わせないって言ってませんでした？」

その指摘に、今度は彼女が黙る番だ。美波は場の空気を振り払うように立ち上がった。

「すみません、帰ります」

それ以上何も言わせず、出口へと歩く。男性は引き留めることなく扉を開けたが、美波を見下ろす瞳は冷ややかだった。

「本当にいいんですか？」

後悔しても知りませんよ。瞳がそう言っている。レセプションの女性も同じ反応で、なぜこの商品の価値がわからないのかと顔に書いてあるようだ。

この場で、自分ひとりだけがみなと違う価値観を持っている。揺らぎそうになる気持ちをこらえ、美波は首を横に振った。

「もしよろしければ、こちらのアンケートにご記入いただけませんか？　もしまたオーナーと面談できる機会があれば、ご連絡差し上げますから」

「いえ……いいです」

「そうですか」

男性が吐き捨てるように言う。笑みが消え、完全に興味を失ったようだった。店を訪れたときのような歓迎もなく、見送りはレセプションの前で立ち止まり会釈するだけだった。

和泉は別段なにかを言うわけでもなく、美波の後ろをついてくるだけだった。その手は相変わらずスマートフォンを持ち、やたらメッセージのやりとりをしている。美波が行くあてもなく小樽駅に戻ったところで、ようやく彼女が口を開いた。

「これからどうする？　すこし早いけど、友達の家でパーティーの準備手伝おうか？」

美波は、和泉にも聞きたいことがあった。

宝石を断った自分をどう思っている？　怒っている？　それとも呆れている？

なぜ自分をあの店に連れていったのか？　どうして前もって情報をくれなかったのか？

「……今日はお母さんに買い物を頼まれてるから、もう帰るね」

和泉とはそこで解散し、美波の足は自然とオリエンタルに向かっていたのだった。

「……というわけで、結局、ペンダントは買わなかったんだけどさ」

すべてを話し終えると、日向がその場にへなへなと崩れ落ちた。

「よかった。ローン組んじゃったかと思った……」

「まさか。うちは安月給だし、そんな余裕ないよ」

「もう、心臓に悪すぎるよ」

胸に手を当て、日向は気持ちを落ち着けようと深呼吸を繰り返す。旭が水を汲み、彼女はそれをひと息に飲み干した。

日向の反応を見て、美波はようやく、宝石店から気持ちを引き離すことができた。

「わたし、あの宝石買わなくて良かったんだよね？　頑張れば買えたかも……」

「三十六万円は大金だよ」

「でも、宝石を身に着けることで効果があるなら……」

「そりゃ、そんな効果があったらあたしだって欲しいと思うよ」

もごもごと口ごもる日向に、旭が二杯目の水を渡しながら会話に加わる。

「みんなが信じているものに自分だけが違う感想を抱くと、とても不安になるよね」

彼の言葉に、美波は素直にうなずく。旭はずっとグラスを磨いていたが、美波の話に耳をかたむけていたようだ。

「身に着ければ良いことがあるとか、経済効果があるとか、そういうものが自分の手に届きそうな値段だったら、迷う気持ちが出てしまうかもしれない。お店のなかという閉塞された空間で、自分ひとりだけが間違っているように扱われると自信がなくなるだろうし。美波ちゃん、よく断れたね」

宝石店の男性と旭は同じくらいの年ごろだった。しかし、旭の言葉は彼よりも深く心に沁みる。美波は身体の力が抜けるのを感じ、カウンターに突っ伏した。

「でも、和泉はあの宝石のこと信じてるみたいなんです。わたしが何か言っても、きっと聞いてくれないと思う」

宝石店での彼女は、購入したピアスを心から気に入っているようだった。宝石店に誘ったことも、パーティーを通して美波の交友関係が広がればと思ったのかもしれない。

なんと言えば彼女の目を覚ますことができるだろう。考える美波に、日向が口を開く。

「……美波、和泉さんとはすこし距離をおいたほうがいいんじゃない？」

「どうして？」

即答する美波に、日向が目を丸くした。

「宝石は今回で断れたから、誘われてももう二度と行かないよ。でも、それが和泉と離れる原因にはならないじゃない」

和泉は美波の友達だ。今回はたまたま、彼女の意外な一面を見てしまっただけ。そう主張する美波に、日向はなかなか納得してくれない。

「でも……」

「わたし、高校時代に逆の立場になったことがあるから」

美波の母は女手ひとつで娘を育てるため、保険の外交員の仕事に明け暮れていた。

小樽の支店に異動した母は、新しい環境で顧客を増やそうと日々営業に精を出した。美波もまた、高校のクラスメイトとはそれなりに親しくしていたが、友人の家で勉強をするなど踏み込んだ関係には至らなかった。

ある日、ひとりで女子トイレに入っていた美波は、手洗い場で同じグループの女子が話しているのを耳にした。

『休みの日に美波の家に来ないかって誘われたけど、断っちゃった』

『私も。親が言ってたんだけど、美波のお母さんって保険のセールスしてるんでしょ？』

『営業されそうだよね。会ったら親にパンフレット渡してとか言われそう』

『あー、それはやだね。そういうことがあると気まずくなっちゃうしね』

保険会社は契約をとるごとにインセンティブが支給されるため、母は毎月必死に契約数を増やしていた。美波はトイレの個室から出ることができぬまま、その会話を聞いていた。

あのときの気持ちが、いま、鮮明によみがえる。

「和泉はわたしのために、よかれと思ってあのお店に連れて行ってくれたんだよ。その気持ちを無視して、一方的に距離をおくのはひどいと思う」

「美波……」

「日向は和泉のことを知らないからそういうことが言えるんだよ」

小中学校を、姉妹のように共に過ごした九年間。日向とは三、四年の付き合いだ。美波の気持ちが伝わったのか、日向は何も言わずにうつむいた。

「美波ちゃんが友達を信じたい気持ちはよくわかるよ」

やりとりを見守っていた旭が、そっと口を挟んだ。

「もし、今後ほかの人間関係で似たようなことがあったときはね。この人になら騙されてもいいって思えたら、友達を続けていいと思うんだ。美波ちゃんにとってその子がそういう存在なら、僕らはもう何も言わないよ」

宝石店での一件以来、美波はオリエンタルから足が遠のいてしまった。頻繁に連絡を取っていた日向とも、メッセージのやりとりが途絶えた。女子会もなくなり、休日も自宅に引きこもるばかり。勉強にも身が入らず、短い夏が無為に過ぎるばかりだった。

○　○

『友達が小樽のバーでライブをするんだけど、よかったら一緒に行かない？』

和泉からは変わらず連絡が来る。内容はどれも彼女の友達つながりだ。その連絡が来るたびに、彼女の交遊関係の広さに羨ましさが募っていた。

誘われて嬉しい反面、それに是の返事ができない自分がいる。子どもじみた嫉妬だとわかっているが、彼女が他の友人と親しくしている姿を見たくないと思った。

『今度、友達とお茶のセッションをやるんだけど、興味があったら参加してみない？』

宝石店での気持ちも整理できておらず、連絡が来ても返事が打てないこともある。既読をつけたまま放置しているメッセージを読み返し、美波はひとつため息をついた。

調理と清掃は出勤時間が異なるため、日向や和泉と鉢合わせることはなかった。調理の仕事では患者の体調に合わせた個別のオーダーが多く、アレルギー用の食事には細心の注意を払わなければならない。仕事をしている間だけが、考え事から解放される時間だった。

「登坂さん、試験の勉強はどう？」

休憩時間に試験勉強のテキストを広げる美波に、声をかける人がいた。

「あのころはまだ中学生だったっけ？　お母さんの隣で話を聞いていた子が栄養士になるなんて、私も齢をとるわけだわ」

それはかつて、母親の栄養指導を行った管理栄養士だった。彼女は感慨深げにつぶやきながら、美波の前でお昼ご飯を広げる。手作りのお弁当かと思ったが、それは近所のコンビニで売っているざるそばだった。

「患者さんにはあれこれうるさく指導するけど、自分のお弁当はつい手抜きしちゃうのよね。登坂さんのお昼はそれだけ？」

美波の昼食も同じコンビニで買ったものだった。サラダとヨーグルトに、飲み物は紙パックの豆乳。

「最近、夏バテ気味で」

「ちゃんと食べないと身体がもたないわよ」

今年の夏は記録的な猛暑となり、海沿いの小樽には珍しく真夏日が続いていた。寝苦しい夜に睡眠不足になり、身体もだるい。病院はクーラーが効いているが、調理中は火のそばにいることが多く、その温度差がよけいに辛かった。

「お母さんの体調はどう？　配置が変わっちゃったから、栄養指導もご無沙汰だわ」

「一時は血糖値が安定しなくて大変でしたけど、わたしがご飯を作るようになってからだいぶ良くなりましたよ」

「お母さんも、登坂さんがそばにいてくれて嬉しいでしょうね」

「母は目を離すとすぐに甘いものばっかり食べちゃうから、わたしに口うるさく言われて嫌そうな顔してますけどね」

資格を取れば給料も上がり、家に入れるお金が増えて母の負担を減らすことができるだろう。だからこそ、いまは試験の日を目指して頑張らなければならない。

しかし、テキストの文字が目を滑り集中できない。何気なくスマートフォンをいじると、和泉から新しいメッセージが届いていた。

『七月の末に、友達とバーベキューをするんだ。よかったら来ない？』

夏の開放的な空の下で食べるバーベキュー。想像しただけで楽しそうだ。

今年は夏らしいことを何もしていない。北海道の夏は短く、お盆を過ぎると秋の風が吹きはじめる。試験勉強も大事だが、一度くらい楽しんだって許されるだろう。

『その友達、料理が好きでバーベキューの他にカレーも作るんだって。こないだのカレーパーティー来れなかったし、どうかな？』

カレー。その言葉に美波は反応する。夏病みで何も食べる気になれないが、カレーの香りを想像するとすこしだけ食欲が湧いた。

『カレー、食べたいな』

美波がメッセージを送ると、和泉から『ＯＫ！』のスタンプが返ってきた。

約束のバーベキューが開かれたのは、七月最後の日曜日だった。

『バーベキューは夜からだけど、早めに行って海で遊ばない？』

和泉の誘いで、日の高いうちから出かけることになった。バーベキュー会場は銭函の海水浴場。公共交通機関でも行けるが、和泉が車で迎えに来てくれた。

小樽では七月の最終週に『おたる潮まつり』が開催され、市内にはたくさんの観光客が訪れる。銭函の海水浴場も連日賑わっており、穂丹町の夏ウニのシーズンとも重なる。国道の一本道はそれぞれの目的のために移動する車で混雑していた。

「道、混んでるね。早めに出発して正解だったかも」

和泉の運転するのは外国車だった。跳ね馬のエンブレムがトレードマークの超がつく高級車は二十歳そこそこの自分たちが買えるようなものではなく、素人の耳にもエンジンの音が違う。いつも乗っている国産車とは違う革張りのシートに、助手席に座る美波は無意識のうちに背筋を伸ばしていた。

「こんな高い車、友達が貸してくれるなんてすごいね。彼氏？」

「違うよ。お店を経営してる子で、税金対策でこの車を買ったんだって。今日のバーベキューもその子の主催で、私はみんなの送迎を頼まれてるの」

だから今日はお酒が飲めないんだ、と、和泉は唇を尖らせる。道路の渋滞に合わせてマニュアルのシフトレバーを操作するが、高級車に緊張しているのか動きがぎこちなかった。

市内の中心部からはスムーズに抜けることができたが、国道の一本道で急に進みが悪くなった。渋滞は交通事故が原因らしく、車はすこしずつしか進まない。助手席はいつもと位置が異なり、すぐそばをすれ違う対向車のエンジン音に冷や汗が止まらない。

「ごめん和泉、クーラーつけてもいい？」

「この渋滞だと、バッテリーが心配かも。窓開けてくれない？」

窓を開けても外の熱気が入ってくるだけだった。車内はバニラの芳香剤が置かれているのか、ぬるい風が甘ったるい香りをかきまわす。和泉はアクセルやブレーキを強めに踏む癖があり、そのたびに車体が小刻みに揺れた。

「ねえ、見て見て。あそこバーベキューしてる」

「ほんとだ。今日は天気もいいから楽しいだろうね」

道沿いの砂浜に、キャンプ用のテントが張ってあるのが見えた。北海道の海は真夏でも水温が低いため、海に入って遊ぶよりも砂浜でバーベキューをする人のほうが多い。銭函の海水浴場でも同じような光景が広がっていることだろう。

「私、夜のためにお昼ごはん少なめにしたんだ。美波はなに食べた？」

「わたしは野菜ジュースだけ」

「そんなにお肉食べるつもりなの？」

ハンドルを握りながら、和泉が笑う。美波も笑い返してみせたが、それが胃に刺激を与えたのか、急に吐き気がこみあげた。

「ごめん、和泉……」

車を停めて。言うよりも早く、反射的にえずいてしまう。彼女はそれでただならぬ事態を察したのか、「ここで吐いちゃだめ」とブレーキを踏んだ。

渋滞でほとんど進んでいなかったため、後ろの車がぶつかることはなかった。路側帯に車を寄せ、美波は外へと転がり出る。

吐くかと思ったが、口からは何も出なかった。しかし、血の気が引いて嫌な汗が止まらない。防波堤に身体を預けうずくまる美波に、和泉が水の入ったペットボトルを渡した。

「大丈夫？　真っ青だよ」

「……車酔いしたかも」

外の空気を吸うと、いくぶんか楽になった。蒸し暑い車内に立ち込めていた芳香剤の香りが、呼吸するたびに身体から抜けていく。水を飲むと胃の不快感が多少和らいだ。

車は路側帯の駐車スペースにおさまっていたようだ。後続車に次々と抜かされ、排気ガスのにおいにまた気分が悪くなる。立ち上がって深呼吸をすると、防波堤の向こうに凪の海が広がっていた。

「お腹が空いて気持ち悪くなったなら、コンビニに寄ってなにか食べようか？」

「ごめん。実は最近、夏バテ気味で……」

昼ご飯を食べていなかったのは、夜に備えていたわけではない。うだるような暑さが続き、今朝はサラダはおろかヨーグルトですら食べたいと思えなかった。

和泉は美波が落ち着くのを待つことにしたのか、車のエンジンを切って防波堤の上に座った。追い抜いていく車から視線を感じるが、さほど気にしている風もない。しかし手にはスマートフォンがあり、海を眺めるでもなく画面ばかりを操作していた。

「後で私のサプリをあげるよ。夏バテで食べられないなら、効果あると思うよ」

「サプリ?」

いわゆるビタミン剤の類だろうか。食事から栄養を摂れないときは、サプリメントに頼るのも致し方ないだろう。

「サプリならわたしも持ってるから大丈夫だよ。それより、今日のバーベキューは……」

「私が飲んでるのは市販のサプリの何倍も効果があるの。バーベキューの人たちが新しいのを持ってるはずだし、早めに会場行っちゃおう」

まだすこし気持ち悪さが残っているが、和泉は美波を強引に車内に押し込んだ。芳香剤の香りがさらに増したように思え、美波は窓を全開にして外の空気を入れる。

「今日の主催者は健康に人一倍気を遣ってるんだ。会場で作るカレーも無農薬の野菜にこだわってて、ルウも添加物を一切使ってないの。夏バテでも食べられると思うよ」

いまはカレーのことを考えただけで気持ち悪くなってしまいそうだが、和泉はそれに気付いている様子もない。

「サプリには免疫力をあげる効果があって、風邪を引きにくくなるんだ。いまってウイルスとか色々と怖い時代だから、自分の身体は自分で守らなきゃ」

事故現場の渋滞が解消されたのか、ようやくスムーズに動きはじめた。車内に流れる風に冷たさを感じ、美波は目を細めてそれを浴びる。

「原発事故があってから、放射線もこわいじゃない？　免疫力を上げればセシウムが身体に入るのをブロックできるしさ」

頭に血がめぐったのか、生返事を繰り返していた話の内容が耳に入るようになった。

「サプリを飲めば自然治癒力が上がるから、病院に行かなくても病気が治るんだよ。美波のお母さんの糖尿病にも効果があるはずだから、家族で試してみてよ」

「…………」

糖尿病は一度発症してしまうと完治しない生活習慣病である。栄養バランスのとれた食事と定期的な運動により血糖値のコントロールは可能だが、定期的な診察と血糖値を下げる薬を服用し続けなければならない。人によってはインスリン注射が必要な場合もある。

「サプリを飲めば、お母さんの病気も絶対治るよ」

世の中には血糖値を下げるとうたうサプリメントがたくさん存在する。しかし、本当に糖尿病を治すサプリが存在するのならば、それは医学界を変える薬ではないだろうか？

流れゆく景色のなかに、おたるドリームビーチの看板が見える。ＪＲ銭函駅はもうすぐだ。そう思ったところで、美波のスマートフォンのバイブレーションが鳴った。

日向からメッセージが届いていた。

「――和泉、銭函駅でおろしてもらえないかな」

気付けば、口からその言葉が出ていた。

「車酔いが治らないの。これじゃバーベキューも楽しめないだろうし、今日は帰るね」

体調不良の峠(とおげ)はすでに越えたはずだ。自分でも驚くほどに、唇からすらすらと嘘がこぼれていた。

「……お店を閉めるところだったのに、ごめんね」

銭函駅からJRに乗り、美波は南小樽駅で下車していた。

和泉に駅で降ろしてもらった後、体調が回復するまでベンチで休んでいた。小樽行きに乗るころには夕日が海を染めていたが、それに感動することもなく電車のシートに座っていた。明日の仕事に備えてこのまま帰ろうか。そう思っていたが、南小樽駅のアナウンスが流れたところで身体が反応したのだった。

店は閉店の看板を出す寸前だった。突然押し掛けた美波に、看板を手にしていた旭は驚いた様子だったが、嫌な顔ひとつせず店内に招き入れてくれた。

「メッセージありがとう。わたしも、日向と話したいと思って……」

スマートフォンに届いた日向からのメッセージ。先日のお詫(わ)びから始まり、丁寧な文章で彼女の素直な気持ちを綴(つづ)っていた。

『この間はごめんね。このまま美波とぎくしゃくするのは悲しいから、一度お話しがしたいです。連絡をもらえると嬉しいな』

時計を見ると、まだ営業時間内だった。しかし、旭は『close』の看板をかけると玄関の明かりを落としてしまった。立ち尽くす美波に、彼はカウンター席に座るようにうながす。

「これからまかないを作るんだけど、よかったら食べていかない？」

「すみません。最近、食欲がなくて」

「そっか。もし食べられそうだったら言ってね」

旭は言いながら、調理台の前に立つ。日向はエプロンを外すと、おずおずと美波の隣に座った。

「美波、あの……」

「ごめんね、日向」

彼女よりも早く、美波は頭を下げた。

「日向の言うことは間違ってなかった。わたし、和泉が友達だと思い込もうとしてた」

車のなかでの、彼女との会話が頭にこびりついて離れない。日向は言葉を選びながら、ゆっくりと話しはじめた。

「……実はね、和泉さん、先週清掃の仕事辞めたんだ」

その話は初耳だった。

「パートのお母さんたちに、美容や健康にいいってサプリをすすめてたの。みんな喜んでそのサプリを買ってたんだけど、そのうち美波と同じように宝石店に誘われた人がいて、百万円の指輪をローンで買っちゃったんだって。怒った旦那さんが病院に乗り込んできて騒ぎになったの」

美波も同じ病院で働いているはずだが、その騒動はこちらまで伝わっていなかった。

「和泉さんがやってるのって、ネットワークビジネスだよね。ああいうのって、ひとり紹介するごとに自分にいくらかのインセンティブがはいるんだって」

ネットワークビジネスとは、口コミによって商品を広げていくビジネスのことだ。購入者を販売員として勧誘し、販売員になるとさらに別の人を販売員として勧誘していくビジネスモデルで、いわゆるマルチ商法のことだった。

「……わたしも、和泉に利用されそうになってたんだね」

和泉は美波の体調不良に気付いていながら、無理にでもバーベキュー会場に連れて行こうとしていた。銭函駅で降ろしてほしいと頼んだ時も渋々といった様子で、体調を気にかけていたようには思えなかった。

彼女はただ、美波にサプリメントを買わせたかっただけなのだ。

「和泉、お母さんの病気にサプリが効くって言ってたんだ」

「それ、勧誘で使われる常套句（じょうとうく）なんだって。ホームパーティーに誘われて、食事が終わった後に浄水器の勧誘があったり……身体にいいものをすすめることが多いらしくて。本人がその商品のことを本当に良いものだと思っているのがこわいよね」

サプリメントでセシウムは防げない。そんなことすこし考えればわかるのに。

「……それとも、自分の利益のためにあれこれ都合のいいことを言っていたのかな」

一度考え出すと止まらない。彼女は宝石店に行くときも、『私がいろいろ言うより、実際に会って話してみるのがいいと思う』と言っていた。あれは美波を途中で帰らせないようにするための作戦だったのかもしれない。

夕食の準備をする旭は、調理台のコンロを三つ同時に操っていた。ふたつの鍋は蓋をしてあたためているが、ひとつのコンロでは熱した油で野菜を素揚げしていた。どの野菜も大ぶりに切ってあり、茄子は油を通すと鮮やかな紫色へと変わる。

「わたし、この間行った宝石店のホームページを調べてみたの。でも、その店がそういうのだっていう情報は出て来なくて、ずっと疑心暗鬼になってて……」

彼は野菜から視線を逸らさぬまま、口を開いた。

「オーラって言い方だと漠然としていてピンと来ないかもしれないけど、霊感商法って言えばわかりやすいんじゃないかな?」

「——ああ」

美波は日向と共にうなずく。

「スピリチュアルがブームになったときに、オーラとか波動とかそういうのに興味を示す人が増えたんだよ。高価な宝石って、いかにもそういう力がありそうでしょ?」

素揚げした野菜は、人参、ピーマン、茄子にオクラと夏野菜がふんだんに使われている。カボチャが加わると彩りもよくなり、ブロッコリーを揚げると芳ばしい香りがした。

「僕も学生時代、何度か友達に誘われたことがあるよ。僕の場合はあきらかにビジネスのお誘いだったけどね」

「旭さんも？」

「美波ちゃんくらいの年ごろって、世間のことも物の価値もはっきりわかっていないでしょう？　だからネットワークビジネスの声がかかりやすいんだ。一時的なはしかみたいなもので、それを経験して大人になっていく人が多いんじゃないかな」

野菜の素揚げを終えると、彼はコンロの奥にある小鍋の火を止めた。蓋を開けると、なかには煮込まれたチキンレッグが入っている。深さのある器にそれと野菜をバランスよく盛り付けると、最後まで残っていた大鍋の火力を強めた。

カウンターから広がる香りを、日向が鼻をひくひくと動かして嗅いでいる。

「一度ビジネスにはまると業界のなかで名簿がまわるから、サプリメントや宝石や、いろんなところから声がかかるようになる。自分にはインセンティブが入るからお金を稼いでるつもりになるし、紹介元がいい生活をしていたら自分もそうなりたいと思って頑張ってしまう。ビジネスを通じて交友関係が広がって、また新しいビジネスが舞い込んでくるけど、実は自分がターゲットにされていることに気付いていないんだ」

「……和泉はどうして、それに気付けないんでしょうか？」

「ネットワークビジネスは自己啓発や宗教に似ているんだ。人は誰だって調子の良いときや悪いときがあるでしょう？　物事が停滞しているときや、なにかにつまずいているときにそういう声がかかりやすい。本人はネットワークビジネスで自分の運気が好転したと思う。そしてそれを人にすすめたくなる。本人は善意のつもりだから難しいよね」

和泉が善意でやっているのか、それともインセンティブ目当てでやっているのか、それは本人にしかわからない。けれど、ビジネスの仕組みを知ってしまうと疑いの気持ちばかりが強くなってしまった。

「……やっぱり、和泉とは距離をおいた方がいいですね」

子どものころ、姉妹のように親しかった彼女はもういない。

「このまま関係を続けていたら、また違うものに誘われるかもしれないね。セミナーとか、セッションとか、そういう単語が出てきたら要注意だよ」

和泉のことを嫌いになることはできない。けれど、こういったことがたびたびあれば美波も精神的に疲弊していくだろう。

旭は最後の鍋の火を止め、器のなかの具材を崩さぬよう静かにスープを注ぐ。器は三人分用意されており、彼はそれを美波の前に置いた。

「お待たせしました。本日のまかないです」

目の前に並んだ夕食を、美波は呆然(ぼうぜん)と見つめた。

「今日はスープが残ったんだ。美波ちゃん、ラッキーだったね」

別皿に盛った白米にはくし切りのレモンが添えられている。旭はまかないと言いながら、オリエンタルで提供しているスープカレーを作っていたのだ。

日向にも同じ皿が置かれ、彼女は喜び勇んでスプーンを手にした。

「いただきます！」

元気な声とともに白米をスプーンに盛る。それをスープに浸し、大きな口を開けてぱくり。

おいしい、の声が店内に響く。

「やっぱり、旭さんのスープカレーが一番好き！」

嬉しそうにまなじりを下げる日向。つられるように、美波もスプーンを手に取った。

白米にレモンを絞ると、そのさわやかな香りが手の動きを早めた。果汁でほぐれた白米をすくい、スープにたっぷりと浸す。服にこぼさないように顔を近づけ、ふうふうと冷ましながら口に運んだ。

「……おいしい」

暑さで弱っていた身体の、隅々にまで染み渡る味だった。

「春ウコン、高麗人参、甘草、トウチ、生姜、タイソウ、クローブ、カルダモン、コリアンダー、ニクズク、肉桂、馬芹」

突然呪文を唱え始めた旭に、美波は顔を上げる。彼は百味簞笥の引き出しを外すと、その中身を見せた。赤みの強い、木のかけらのようなものが入っており、鼻を衝く鋭い香りに顔をしかめるとすぐにひっこめた。

「この赤いのがウコンで、カレーでおなじみのターメリック。これを細かくするとあの黄色になるんだ。うちのスープカレーは全部スパイスから作っているんだよ」

だから一日限定十食なのか。納得する美波をよそに、日向は黙々とスープカレーを食べ続けている。皿の白米は大盛りだったはずだが、目にもとまらぬ早さで山が崩れていった。

「ウコンの黄色い色素はクルクミンといって、胆汁や胃液の分泌を促進する働きがあるから、肝炎、胆のう炎、胆石、健胃薬として用いられるんだ。食物の消化・吸収を高める作用があるから、食欲がないときにもいいんだよ」

「ウコンなら飲み会のときに、二日酔い対策でよく飲んでいました」

「僕もたまにお世話になってるよ」

小さく笑って、彼は続けた。

「カレーはたくさんのスパイスが調合されていて、食べる薬とも呼ばれてる。疲れたときに無性にカレーが食べたくなることはない？　あれは身体がスパイスを欲しているんだろうなと僕は思うんだ」

「だから、夏バテのときでも食べられるんですね」

最近はヨーグルトや野菜ジュースでごまかしていたため、あたたかいものを食べるのは久しぶりだった。スープカレーはからめに作られており、食べるごとにじんわりと汗がにじむ。それを不快には思わず、美波は額を拭いながら食べすすめた。

油にくぐらせた野菜はみずみずしさを失わず、重たいと思っていた鶏肉もほぐれるまで煮込まれ、消化にいい。日向は素揚げのブロッコリーをもぐもぐと咀嚼していた。

美波は短大時代も、彼女のその表情を間近で見ていた。

夏バテがきっかけではじまったスープカレーめぐり。毎日のように外食が続けば、日向も金銭的に厳しかったに違いない。けれどそれを一切感じさせず、彼女は美波が夏を乗り越えるのを支えてくれたのだった。

その思い出がありありとよみがえり、美波はスプーンを握る手を止めた。

「ほっぺにお弁当ついてるよ」

美波の指摘に、日向は頬を染めてご飯粒をとる。それを口に含むしぐさも変わらない。

「……わたし、日向にならば騙されてもいいよ」

どういう意味？ と、彼女は首をかしげる。先日の旭の言葉を覚えていないのだろうか。当の本人は日向に気付かれないようにこっそりと微笑んだ。

「美波。よかったら今日、泊まっていかない？」

「わたしもいま、そう思ったところ」

「今日は女子会じゃないけど、たくさん人がいたほうが盛り上がると思うんだ」

今度は美波が首をかしげる番だ。それに日向が答えるよりも早く、店の扉が来客を告げた。

「こんばんは。あら、みんなでいいもの食べてるのね」

現れたのは織江（おりえ）と夕だった。リードにつながれたテルが尻尾を振っている。急に賑わいを取り戻した店内で、いち早くスープカレーを食べ終えた日向が立ち上がった。

「もうすぐ花火の時間でしょ？　オリエンタルの二階からも花火が見えるから、みんなで見ようって計画してたの」

タオルで足を拭いてもらったテルが、我先にと二階への階段を駆け上る。そして手すりの隙間から顔を出し、「ワン」と元気よく鳴いた。

おたる潮まつりの花火大会は、毎年たくさんの人が会場に押し寄せる。美波は毎年、その人混みが嫌だからと言い訳をして、ひとり家で過ごしていた。

本当は、一緒に花火を見に行く友人が欲しかった。

「花火はひとりで見るより、みんなで見たほうが楽しいよね。美波も一緒でよかった」

「……わたしも、日向がいて嬉しいよ」

胸がいっぱいになり、スプーンを握る手が止まる。けれど、このスープカレーは残さず完食したい。

たくさんでなくていい。無理やり広げようとしなくてもいい。

ただひとり、心の底からそう思える人がいれば、いい。

「わたし、ずっと、友達と花火が見たいって思ってたの」

窓の外で、夏の夜空を彩るはじまりの合図が鳴った。

4章　いとしさのシナモンロール

小樽住吉神社の石段を下ると、境内で遊ぶ子どもたちの声が小石のようにころころと転がり落ちてくる。

「おかーさん、ばーちゃん」

晴れ着姿の姪っ子が、千歳飴を持った手を元気よく振り回す。七五三の祈禱ではお利口に座っていたが、その反動が出たのか境内ではおてんばに走り回っていた。

長い石段では、着物や袴姿の子どもを連れた親子連れと多くすれ違う。自分だけが場違いなことを感じながら、巽愛子は足早に石段を下った。

久しぶりに小樽の実家に帰省したところ、弟夫婦の七五三詣でに連れ出されてしまった。ここのところ働きづめだったため、石段の上り下りだけでも息が上がってしまう。弟のお嫁さんはアラフォーの愛子よりひと回りも若く、ふたり目を身ごもったお腹を抱えながら一歩一歩慎重に足をすすめていた。

「北海道の七五三って十月にするんですね。こっちにきてはじめて知りました」

「本来なら十一月だものね。こっちは十一月だと雪が降っていることもあるし、とにかく寒いから子どもたちの身体を考えると、ね」

母とふたり、そんな会話をしながらゆっくりと下っている。滅多に実家に帰らない娘よりも、一緒に住む義理の娘のほうが良好な関係を築けているらしい。十月も半ばを過ぎた小樽は紅葉の季節をむかえ、山々が化粧をするかのように鮮やかに色付いていた。

小樽総鎮守の住吉神社は社務所のそばに大きな銀杏の木があるが、葉にはまだ緑が多く、色付くのはすこし先だろうと思われる。ひと足早く石段を下り終えた愛子は、マイペースな家族を待つ間、腕を組んだ指先をとんとんと鳴らしていた。

「愛子、今日は泊まっていくんでしょう？　買い物に行くからついてきてよ」

「まさかこれから作るつもり？　なんで前もって準備してなかったのよ」

身重の義妹と、加齢により足腰が弱くなった母親。出歩くのが大変なのはわかるが、もともとこのふたりはおっとりとした性格だったのだと愛子は思い出す。

「夜は出前にしよう。お金なら私が出すから、お寿司と半身揚げでいい？」

新鮮な海産物が出回る小樽は寿司の街と呼ばれ、出前には困らない。子どもたちが喜ぶ全国チェーンのフライドチキンも、小樽では若鶏の半身揚げの店が人気のためあまり浸透していなかった。

「それじゃあ愛子の食べられるものがないじゃない」

「いいの、今日は泊まらずに札幌に帰るわ。片付けないといけない仕事もあるんだし」

「仕事仕事で盆も正月も帰ってこないんだから、たまには泊まっていきなさい」

思いのほか強い口調に、愛子はしぶしぶうなずく。久しぶりに会った母は膝の痛みが辛いようだが、駐車場に着いても弟の車に乗ろうとはしなかった。

「それなら、晩ご飯はお嫁ちゃんたちに任せるわ。わたしはいつものお店に行きたかっただけだから。愛子も一緒にいらっしゃい」

「いつものお店って？　膝が痛いならタクシー呼ぶけど」

「すぐそこだから大丈夫よ」

住吉神社はJR南小樽駅の近くにあり、母が通う南小樽総合病院は目と鼻の先だった。子どものころから利用していた南小樽駅を、地元の人は親しみを込めて「なんたる駅」と呼んでいる。

「お茶が切れちゃったから買い足したいの。せっかくだしすこし休んでいきましょう」

「でも、晩ご飯の支度は？　ひとりじゃ大変じゃない？」

「そんなのお嫁ちゃんが出前取るなりどうにでもなるわよ」

母は義妹のことを『お嫁ちゃん』で通しているらしい。膝をかばいながらゆっくりと歩く母につられ、たどり着いた先は小樽で多く見かける石造りの建物だった。

その看板を見て、愛子はふと、つぶやく。

「この店、カフェになったの？」

「よく覚えてるわね。そうね、昔はよく愛子におつかいに行ってもらったものね」

店の名は『café（カフェ） Oriental（オリエンタル）』。石造りの建物に合わせた木の扉を開くと、来客を告げるベルが軽やかに鳴った。愛子は記憶のなかと異なる雰囲気に戸惑ったが、母は気にするふうでもなく扉をくぐる。

「いらっしゃいませ。――巽さん、こんにちは」

「旭(あさひ)くん、こんにちは」

店内は広々とした雰囲気のカフェに変わっており、カウンターのなかでは長身の男性が立っていた。旭と呼ばれた彼の背後には、その背をさらに越す高さの百味箪笥(ひゃくみだんす)がある。それを見て、愛子のなかにある記憶のピースがぱちりとはまった。

「やっぱりここ、吾妻(あづま)薬局だよね？」

「以前はそうでしたが、いまは僕が引き継いでカフェに改装しました」

はじめまして、と人好きのする笑みを浮かべながら、旭はカウンター席へとうながす。

「よろしければこちらへどうぞ」

「……あのテーブル、誰もいないんでしょ？　片付けてもらえば座れるわ」

愛子が指さした席は、使用済みの食器が置いてあるだけだ。その指摘に旭は「すぐに片付けますね」と動いたが、母がそれを遮った。

「いいのよ、いまさら娘と向かい合わせに座ってもね。カウンターでいいわ」

「目が行き届かずすみません。今日はバイトの子がお休みで」

「どうりで静かだと思った。あの子がいると店が明るくなっていいのよね」

愛子はカウンター席が苦手なのだが、しぶしぶ母の隣に座るしかない。端の席では髪の長い女性が読書をしていた。飲み物はいつもテイクアウトで済ませている愛子にとって、ゆったりとお茶を飲むその感覚が不思議で仕方ない。

「ランチタイムはもう終わってしまったんですが、軽食でしたらご用意できますよ」

常時提供しているのはホットサンドとスイーツのセット。小さな冊子にまとめられたメニューを見て母が瞳を輝かせる。

「いつもお茶を買うだけだったから、ずっと食べてみたいと思っていたの」

「お嫁ちゃんと来ればよかったのに」

「子どもが小さいと、こういうお店では迷惑になっちゃうでしょ。愛子、なににする？」

メニューを手渡され、愛子はページをめくる。スイーツはクッキーやマフィンなどの焼き菓子がメインであり、アレルギー対策のためか原材料が事細かに記されている。

「お母さん、カボチャのパウンドケーキにしようかしら」

「私はブレンドコーヒーでいいわ」

「遠慮してるの？　ここはお母さんが出すわよ」

「そうじゃなくて、食べられるものがないのよ」

思わずきつい言い方になってしまい、旭がそれに口を開いた。

「もしかして、なにかアレルギーをお持ちですか？」

「アレルギーではありませんが、動物性のものを食べないようにしてるんです」

「ベジタリアンなんていつまで続けるつもり？　お菓子にはお肉なんて入ってないじゃない」

「卵も食べないの。このお菓子、卵が入ってるわ」

言い合う親子をよそに、旭は口元に手を当て神妙な表情を浮かべる。

「愛子さん、もしかして乳製品やはちみつも控えていますか？」

「そうですね、ヴィーガンなので」

ベジタリアンとひと口にいっても、タイプによって口にできないものが変わる。肉・魚は食べないが卵と乳製品は摂取する『ラクト・オボベジタリアン』や、肉・魚・牛乳は食べないが卵は摂取する『オボ・ベジタリアン』、肉・魚・卵は食べないが、牛乳やチーズ、ヨーグルトを摂取する『ラクト・ベジタリアン』と厳密に区別されている。愛子は植物性の食品のみを口にする『ヴィーガン』だった。

「それでしたら、今月からはじめたシナモンロールはいかがでしょう？　卵は使っていませんし、牛乳のかわりに豆乳を使っています。甘みも甜菜糖を使っていて……」

「いえ、結構です」

きっぱりと断る愛子に、母が大きく嘆息した。

「結局、好き嫌いが激しいだけじゃない」

「そういうのじゃないわよ」

再び言い合いが始まりそうになり、それを旭が遮った。

「お口に合うものが提供できずすみません。カボチャのパウンドケーキのセットと、ブレンドコーヒーの単品ですね」

注文を復唱し、旭はすぐにコーヒーのドリップに取り掛かる。作り置きの焼き菓子と飲み物ならば出てくるのにそれほど時間はかからない。パウンドケーキはカボチャをふんだんに使っているのか、真っ白な皿の上に乗るとその色鮮やかさが際立ち、生クリームやチョコレートで施されたデコレーションに母は瞳を輝かせた。

「まあ、おいしそう」

フォークを刺せば、パウンドケーキがしっとりとした作りだと見て取れる。卵や乳製品を使っていれば簡単だろう。それを横目に、愛子は目の前に出されたコーヒーを飲んだ。

「……これ」

思わず声が漏れ、愛子は口を押さえる。しかし旭はそれを聞き逃さなかった。

「お口に合いませんでしたか？」

「いえ、大丈夫です」

ブレンド茶をメインにしている店なら、コーヒーの方は適当な豆を使っているだろう。そんな気持ちを裏切られた味だった。愛子が出勤前に利用しているコーヒースタンドよりもだんぜん薫りが高く、おいしい。この店主は油断ならないと、そう思った。

「愛子、このケーキおいしいわよ。ひと口食べない？」

「だから、いらないって言ってるでしょ」

「ひと口ぐらいいなら卵も牛乳もわからないわよ」

「そういう問題じゃなくて……」

マイペースな母とふたりだと、どうしても口調がきつくなってしまう。旭も責任を感じているのか、申し訳なさそうに眉を下げた。

「先月まで提供していた甘酒ぜんざいなら愛子さんも食べられましたよね。作りたくても、もう材料もなくて……」

「気にしないでください。普段から甘いものも食べないようにしているので」

「お肉も魚も甘いものも食べないなんて、何を楽しみに食事してるのよ」

「仕事で肌荒れも身体のたるみも許されないの。お母さんみたいにぶくぶく太っていられないのよ」

　愛子の言葉がこたえたのか、母は何も言わずにうつむいてしまった。しまった、と思いフォローを入れようと思ったが、口を開くよりも先に店の扉のベルが鳴る。

「あら、巽さん、来てたのね」

「織江さん、こんにちは」

　現れたのは、かつてここで吾妻薬局を営んでいた吾妻織江だ。彼女は愛子の存在に気付き、加齢でたるんだまぶたをまんまるに見開いた。

「まあ、愛子ちゃんじゃない、帰ってきてたのね」

「……私のこと、わかりますか？」

「もちろんよ。まあまあ、綺麗になっちゃって」

　まあまあ、としきりに感嘆の声をあげながら、織江はカウンターのなかで割烹着を着る。

　洗い物が溜まっていたのか、会話をしながらも手は高速で食器を洗っていた。

「札幌でお勤めしてるんですってね、今日はお休み？」

「はい、久しぶりに二連休が取れたので」

会社員なら二日連続の休日はさして珍しいものでもないはずだが、愛子はいままで休みらしい休みを取ったことがなかった。シフトを決める際は若いスタッフの希望をなるべく優先していたため、七連勤八連勤になることもざらにある。

「最近スタッフがひとり辞めてしまって、その穴埋めで私が出ずっぱりなんです」

「そんなに働いて大丈夫なの？　身体壊しちゃうわよ」

「もっと言って織江さん。この子ったら厄払いも行ってなかったのよ？」

愛子は三十六歳。数えで三十七歳の本厄だった。厄払いはその年の節分までに行うのが一般的とされており、いまさら払ったところですぐに年も変わってしまう。けれど母は娘が厄払いをしていないと知ると、孫の七五三祈禱と一緒に申し込みをしてしまったのだ。祈禱で幼い子どもたちの名前が呼ばれるなか、自分ひとりだけが厄払いの読み上げをされた。子どもを抱く母親たちはみな自分よりも若く、祈禱のことを思い出すと今も胃のあたりがむかむかしてしまう。

「そろそろ巽さんが来るころだと思って、健康茶をたくさん作っておいたところなの」

「さすが織江さんね。あのお茶がないとやっぱり調子悪くなるのよ」

「こちらこそ、店でお薬を売れなくなってしまってごめんなさいね」

母はかつて、吾妻薬局で薬を処方されていたことがある。

更年期症状で体調を崩すようになり、けれど病院には行きたくないと駄々をこねた母は、家の近くにある吾妻薬局を訪ねた。その店は一般の医薬品の販売はしておらず、患者の体調に合わせて生薬を調合する漢方薬局だった。

母は織江の調合した薬が効き、寝込むようなことは減った。鉄のやかんで煮出して作る生薬は一度にたくさんの量が処方されるため、愛子が母のかわりに受け取りに行き、自然と織江とも親しくなっていたのだ。

「整形外科の先生にも粉の漢方薬を出してもらっているんだけど、やっぱり織江さんの薬が一番効いたわ」

「病院で処方されているエキス剤も十分効果があるわよ。その薬が身体に合っているのなら、続けて飲んでみてちょうだい」

織江は当然ながら薬剤師免許を持っており、病院で処方される薬にも聡い。母がオリエンタルで購入している健康茶は身体の冷えに効果があるらしい。気温が下がって身体が冷えるようになると、膝の痛みも強くなるため、健康茶を手離せないようだった。

「お嫁ちゃんのつわりがひどいころに、私も膝に水が溜まって歩けなくなったことがあるでしょう？　あのときお店の子が配達に来てくれて助かったわ。休みなんて珍しいわね」

「あの子、今日は面接で札幌に行ってるのよ」

「面接？　ここで働いてるのに？」

「うちはあくまでもアルバイトだからね。いずれちゃんとした会社に就職したほうがいいのよ」

内輪の話についていけず、愛子はコーヒーを飲む。ブラックがやけに胃にしみた。ミルクを入れることはできないが、旭に頼めば豆乳を分けてくれるだろうか。彼と目が合い、愛子は口を開いて――なにも言わずに閉じた。

「愛子さん、明日は早めに札幌に戻られますか？」

「いえ、昼食を食べてから帰ろうとは思ってますが」

「もしよろしければ、明日のランチに来ていただけませんか？」

オリエンタルのランチメニューはどれも動物性のものが含まれている。ハムとチーズを使った軽食のホットサンドも、愛子は決して口にしない。

「今日のお詫びに、愛子さんのお口に合う料理を作りますから」

「別にお詫びなんて」

「もし、気が向いたらいらしてください」

旭の誘いに、愛子は愛想笑いで返す。彼は愛子が来ないのをわかっていて言っているのだろう。混雑するランチタイムに、ひとりの客のためだけに違うメニューを作るのは面倒なはずだ。

愛子がコーヒーを飲み干したころ、母がようやくケーキを食べ終えた。織江との話に夢中でお茶が減っていない。帰宅はいつになることやら、何度目かわからないため息をつくと、店の扉がまた来客のベルを鳴らした。

いらっしゃいませ。旭は愛想のよい笑みを浮かべたが、その表情をすぐに崩した。

「おかえり。早かったね」

「面接が予定より早く終わったので。お店も忙しいと思って、急いで帰ってきました」

現れたのは小柄な女性だった。脱いだコートの下はリクルートスーツ姿で、彼女はジャケットを脱ぐとエプロンをつけてカウンターに入った。

「織江さん、洗い物かわりますよ」

「ねえ、そのスーツ大きいんじゃない？」

「いいんです、これから背が伸びるかもしれないですし」

「日向(ひなた)ちゃんったら、まだ諦めてなかったの？」

栗色(くりいろ)に染めたショートボブの髪。小動物を思わせる丸く大きな瞳。目の前に立つ彼女を見て、愛子は呆然(ぼうぜん)とつぶやいた。

「……仁志(にし)さん？」

「あら、日向ちゃんの知り合い？」

織江に問われ、日向はこちらを振り向く。彼女はしばし愛子の顔を見つめ、すこしの沈黙の後にようやく口を開いた。

「……ご無沙汰しております、巽チーフ」

それはかつて、愛子と同じ化粧品会社で働いていた部下だった。

○

『あたし、食べると脂肪になる体質みたいで、ニキビってあまり出たことがないんです』

仁志日向の第一印象はそれだった。

新卒で入社し、研修を終えて愛子の店舗に配属された日。代表的な肌トラブルであるニキビついて説明したときに、彼女が口にした言葉だった。

『……それ、お客さんの前で言っちゃだめだからね』

『すみません』

注意すればすぐに謝る素直な性格をしていた。

仕事を教えると必ずメモを取る姿勢がよかった。わからないことはそのままにせず、きちんと質問して自分の身にしようと努力する。向上心が強く、新製品の勉強も苦にならないのか、見どころのある子だと思っていた。

新人の教育は中堅のスタッフが行うのがルールであり、彼女の指導は店舗でもすこし問題のある者があたってしまった。案の定、ミスはするな、仕事は一度で覚えろと無理難題を押しつけるばかり。愛子は指導の件で日向に相談されたことがあったが、仕事を覚えて結果を出すしかない、としか言うことができなかった。

昼休憩の時間に一度だけ、彼女と同じテーブルになったことがある。

『お腹が空くと元気が出ないので、お昼ご飯におにぎりをたくさん作ってきてるんです』

彼女はいつも陰日向なく働いていた。買いもしない客の小話に延々付き合って仕事にならない日があったり、わがままな客に合わせて廃盤寸前の化粧水を他の店舗から大量に仕入れて――結局新製品に乗り換えることになり無駄な労力に終わったり。けれどいつも、客の要望ひとつひとつに丁寧に接していた。

その姿勢が実を結び、販売実績が全国新人ランキングの上位にランクインした彼女は、社内で表彰されるまでに至った。しかしそれが同僚たちの嫉妬の種になり、いつしか彼女は職場で孤立するようになってしまったのだった。

日向は誰にもランチに誘われることなく、いつも休憩室でぽつんとご飯を食べていた。愛子は変わらぬ態度で接していたが、話しかけると怯えた動物のようにかたまってしまい、仕事にならない日もあった。

『仁志さんのことなんだけど、仕事中の様子が何か変じゃないか?』

ある日、デートの最中に石橋真がそう言った。

本部でマネージャーをつとめる彼は同期であり、共に働くうちにいつしか付き合いはじめ、婚約まで至った。勤務年数が長くなるにつれ、お互い責任ある仕事をまかされるようになり、すれ違いがちな日々が続いていた。

『別に、いつもと変わらないわよ。あの子は前からああいう子だもの』

久しぶりに会えた貴重な時間に、他の女性の名前が出た。それについ、冷たく言ってしまった。

いつごろからか石橋も『仕事が忙しいから今日は会えない』と言うようになり、会ってもぎこちない空気になることがあった。長年の付き合いから何かおかしいと思い、彼の携帯電話を覗(のぞ)くと愛子の予感は的中した。

『今日はおいしいご飯をありがとうございました。明日からまたお仕事頑張ります！』

日向からのメールだった。石橋は愛子がいながら、彼女と隠れて会っていたのだ。

婚約を解消し、より一層仕事にのめり込んだ。仕事と私情は分けて考えねばいけないと、日向に対する指導も変わらなかった。

仕事に慣れたころから、彼女は勤務中に怠惰な態度を見せるようになった。肌荒れを隠そうとせず、報連相を怠り客の情報共有ができなくなった。

『やる気がないなら辞めていいのよ』

そのひと言で、彼女は本当に仕事を辞めた。次の社員が入ってくるのも待たず、引き継ぎもせず、本部から臨時の職員を派遣させるという大迷惑をかけた。

二度と顔を見たくない相手だった。

○　○

「愛子さん、ご来店いただきありがとうございます」

旭がカウンター越しに、愛子に向かって笑いかける。彼はいつも愛想のよい笑みを浮かべているが、その目元がかすかにひきつっていることに愛子は気がついていた。

愛子は札幌に帰る前に、再びオリエンタルを訪れていた。

「これ、うちの母から。親戚からたくさん送られてきたので」

栗（くり）の入ったビニール袋を手渡す。店に寄るつもりなどなかったのだが、帰りがけに母親から『オリエンタルに行くなら、持っていってちょうだい』と渡されたのだった。

「いつもすみません。みんなでいただきます」

平日でもランチの時間は混雑するのか、旭は調理台の前から離れることができないようだった。日向がお冷を運んだが、愛子はとくに声もかけず旭だけを見た。

「約束の料理、お願いします」

「かしこまりました」

日向への無視に動じず、旭は愛子の注文にうなずいた。混雑する時間は決まったメニューを作り続けるほうが楽なはずだ。そこに愛子の注文が割り込んだが、彼は顔色ひとつ変えずコンロの上に鉄のフライパンを置いた。

カウンター席からは調理台の様子がよく見え、愛子はそれをじっくりと眺める。オーダーが溜まっているのか、フライパンの上にはハンバーグが三つ同時に焼かれていた。まずは他の客の料理を作り終えないと何もはじまらない。

さて、旭はいったい何を作るのか。肉や卵が食べられないとメニューも限られてくる。

パスタなど麺類にすればまだ応用もきくが、ランチのメニューにないところを見るとまず選ばれないだろう。手元をじっと見つめる愛子に、旭は居心地悪そうに口を開いた。

「愛子さん、お仕事は忙しいですか？」

「そうですね。これからクリスマスに向けて限定コフレの予約が始まるんですが、店一番の掻き入れ時なのでいまから準備をしておかないと」

秋になると、冬に販売するクリスマス限定ポーチの案内が本部から届く。流行りのブランドとコラボレーションしたポーチのなかに、季節限定の化粧品を詰め合わせた人気の商品だ。大通店は毎年売上ランキングの上位を保っており、今年もその座を逃すわけにいかない。

愛子の後ろにあるテーブル席に座るのは、近くの会社で働いているＯＬたちらしい。とっくに料理を食べ終え、残り少ないお茶をちびちびと飲みながら仕事の愚痴を話していた。

「まじでお局たちムカつくんだけど」

「ほんと、独身の女って齢とるとやばいよね」

話しかたに、学生気分が抜けていないように思う。何年も同じ会社で働いていると新入社員を多く見るが、若い子たちはこうやって外で愚痴大会をするのだった。

「なんで結婚してない女ってああも性格歪むんだろうね」

「わかる。三十代とかプチ老害だよね」

愛子にも同僚の女子と愚痴っていた時代があるが、いまや彼女たちの指すお局様になってしまっていた。聞きたくなくても耳に届く会話に重ねるように、旭が声をかける。

「お待たせしてしまってすみません。お先にスープをどうぞ」

他の客と、愛子に出されたスープは器の大きさが違った。これは料理が遅れる気遣いなのか、それとも、人目も気にせず話す女子たちへの意識を紛らわせるためなのか。

スープは器の底が見えるほど透き通っていた。具材は入っておらず、コンソメのような脂も浮いていない。木の匙ですくうと、肌なじみの良い化粧水のようにさらっとしていた。

まずはひと口。舐めるように唇に当て、愛子は味を探る。

「……このスープ、出汁はなに？」

昆布か、しいたけか。ブイヨンの類ではないが、いままでに味わったことのない香りがした。

「オリエンタルのスープのベースはベジブロスなんです」

「ベジブロス？」

聞きなれない言葉に、愛子は眉をひそめる。

「野菜の皮やへた、種などを水とお酒で煮出したものです。野菜でとったお出汁で、ファイトケミカルという機能成分がたっぷり含まれているんですよ」

改めて味わうと、たしかに人参の青臭さを感じるが嫌なものではない。甘みの正体は玉ねぎか、はたまたトマトか、愛子は何度も味わいながら正解を探した。

「ファイトケミカルには免疫細胞の働きを高める作用と、活性酸素の働きを抑えてくれる効果があるんですよ」

つまり、強い抗酸化力があるということだ。活性酸素は人の身体を老化させる最大の要因であり、美容業界でも関心の高い項目のひとつだ。材料も手間もかかるはずなのに、オリエンタルではすべての客にこれを出しているのだという。

旭が新しいフライパンを取り出した。小さく「……よし」とつぶやくのが耳に届く。いよいよ、愛子への料理を作りはじめるようだ。

はじめにフライパンに入れたのはオリーブオイルだった。彼は食材の下ごしらえをした様子がない。後ろ手に百味箪笥の引き出しを開けると、その中身を投入する。

オイルのなかで踊るのはガーリックスライスだった。熱してきつね色になったところで、旭はそれを取り出してしまう。軽い香りづけのためであり、ニンニクのにおいが後で長引かないようにするための配慮だった。

百味箪笥に伸ばす指先は、引き出しのどこに何があるのかすべて覚えているらしい。次々と引き出しを開けて投入する彼は絶えずフライパンをかき混ぜ、まるで何かの薬を調合しているかのよう。その表情はかたく、緊張がこちらにまで伝わってくるようだった。

「それ、何を入れてるんですか？」

「向日葵と南瓜の種です。それから、胡桃とカシューナッツ」

ようやく口を開き、旭はフライパンを振る。様々なナッツのなかで、南瓜の種の緑が色鮮やかだ。胡桃に火が通ると芳ばしい香りがカウンターに広がった。

「それから、松の実」

百味箪笥の引き出しからすくったのは、トウモロコシの粒に似た細長い木の実だった。

「松の実は松子仁といいます。脂質のほか、たんぱく質や各種ミネラル、ビタミンE、B_1、B_2が豊富に含まれていて、滋養強壮にもってこいの健康食です。ビタミンEは若返りのビタミンとも呼ばれていて、鉄分も豊富なので女性の美容にも有効です」

さらに彼は干しぶどうを加えて炒める。焦げないよう火加減に注意しながら全体に油を回し、次いで取り出したのは炊き立ての白いご飯だった。お皿にこんもりとよそったそれを、迷うことなくフライパンに投入する。油のなかでぱちぱちとはじけていたナッツたちが、蓋をされたように静かになった。

「松の実は胃腸や肺の働きを助けるので、病後で体力の衰えている人におすすめです。松の実に含まれている脂肪酸、たんぱく質、アミノ酸は身体に良いものばかりですよ」

つまり、滋養強壮効果があり、美容にも良い食べ物ということだ。彼は塩コショウと醤油でシンプルに味付けをすると、手早くそれを皿に移した。

「お待たせしました、木の実と干しぶどうのピラフです」

できたてのピラフは品の良い焼き物の皿に盛られ、やわらかな湯気が上がっていた。

白米を炒めたのは短時間のはずだが、ひと粒ひと粒に油が回りパラパラに仕上がっている。木の実にはほどよい焦げ色がつき、ほくほくと上気しているように見えた。

「……いただきます」

スープを飲んでいた木の匙で、愛子はピラフをすくう。木の実がこぼれて食べづらそうだと思ったが、米粒に包まれて行儀よく匙の上に収まった。唇をすぼめ息を吹きかけると、鼻先に木の実を炒った芳ばしい香りが薫る。

まずはひと口。口のなかで、炊き立ての白米がやわらかく広がる。嚙むごとに感じるのは木の実の触感で、それぞれが違う味を伝える。ひと口を味わうのに、いつもより時間がかかった。

「いかがですか？」

それに、愛子は答えられない。もぐもぐと嚙みしめ、スープを飲み、口から出たのはほうっと染み出るような吐息だった。

「もともと考案中のメニューで、来月のランチに加えようと思っていたんです。女性はダイエットのためにお肉や魚を控えるきらいがあるので、その他のもので必要な栄養素を摂取できるようにと思いまして」

今日のためにわざわざ考えたものではなく、彼は何度も試作を重ねてこの味にたどり着いたようだ。感想を言わない愛子に嫌な顔ひとつせず、次の調理にとりかかった。

ハンバーグの種をたっぷりと手に取り、両手を行き来させながら空気を抜く。洗い物が溜まっているのか、いつの間にか日向がカウンターに入ってフライパンを洗っていた。

「オメガ3脂肪酸であるＥＰＡやＤＨＡ、鉄分、ビタミンB_{12}、亜鉛やカルシウムなどのミネラル類。ベジタリアンの人でも普段の食材を工夫すれば十分に摂取できますが、木の実に含まれる栄養素は不足しがちなものを補うのに最適だと思ったんです」

日向は旭と愛子のやりとりに決して口を挟まず、彼の調理の手助けをしている。次の料理に必要な皿の準備、スープやライスの盛り付け。瞳は伏せたまま、愛子を見ようとはしなかった。

「胡桃にはオメガ3脂肪酸が、カシューナッツはオレイン酸が多く含まれています。向日葵（ひまわり）の種や南瓜の種、松の実など種子類はファイトケミカル、植物性タンパク質、食物繊維のほかにミネラルが豊富で、たくさんの栄養が詰まった優れものです」

愛子は食べる手を止めずにひたすら咀嚼（そしゃく）していた。歯ごたえがあるため、普通のピラフよりも満足感がある。甘い干しぶどうと塩気のあるライスがぴたりと調和していた。

「お仕事でお疲れでしょうから、すこしでも栄養のあるものを食べてもらいたくて」

旭の説明は完璧だ。ぐうの音が漏れそうになるのを、愛子はすんでのところでこらえた。

「……ようするに、試作品のモニターになってほしくてわざわざ呼び出したのね」

「巽チーフ、それは」

口を開いた日向を制したのは旭だ。

「ベジブロスのスープっていったって、野菜の皮の残留農薬はどうなの？」

「オリエンタルの食材は、道内産の有機野菜だけを仕入れているので大丈夫です」

彼は調理の手を止めないまま言葉を続ける。

「愛子さんなら『一物全体』という言葉を知っているんじゃないでしょうか。マクロビオティックでよく耳にする考え方ですが、薬膳の世界でもそれは同じです」

マクロビオティックとは薬膳と同様、食に関する言葉だ。動物性食品を一切摂らないため、ベジタリアンと同じと考えられることが多いが別物である。東洋の陰陽学に基づき、バランスを整えるために陰性の強い嗜好品である白砂糖、コーヒー、アルコールなどは控えなければならないが、愛子はコーヒーを常飲していた。

「一物全体は、『生命あるものを丸ごと食べるからこそ身体が整う』という意味です。野菜や果物、穀物は皮ごと全部調理する。米なら玄米、小麦粉なら全粒粉、米粉なら玄米粉。白砂糖は使用せず、米飴や玄米甘酒、メープルシロップ、甜菜糖などを使用します」

自分の知識が及ばないほど、彼は食材の造詣が深い。何も言えなくなり、愛子はピラフを先ほどよりも念入りに噛んだ。

甘みのあるピラフは珍しいが、それゆえ木の実の味が際立つ。普段控えているはずの甘さも、食事に含まれていると思うと罪悪感がなかった。

憎たらしいほどに、おいしいピラフだった。

「……おいしいです」

「お口に合って良かったです」

旭が今日一番の笑みを見せる。それは心の底から出た安堵の笑みだった。

「愛子さんに気に入ってもらえるように頑張ったんですが、ああ、緊張した」

糸が切れ、本音をこぼす姿は、凛とした調理中とはまるで別人だ。

ふと、石橋のことを思い出した。仕事中の彼はいつも真面目な顔をしていたが、愛子とふたりきりではすこし甘えるくせがあった。そのだらけた様子に苛立(いらだ)つこともあったが、旭の緩んだ表情を見ると不覚にもかわいいと思ってしまう自分がいる。

「お冷(ひや)のおかわりお注ぎしますね」

日向が水差しを片手に、愛子のグラスに手を伸ばす。

一瞬、彼女が視線を上げた。目が合ったが、愛子はとっさに逸(そ)らしてしまった。

「今日はお越しいただきありがとうございました。これから札幌に戻られるんですか？」

会計を終えて店を出ると、旭が外まで見送った。

「そうですね。早めに帰れば、溜まっていた仕事も片付けられるので」

オリエンタルはランチタイムが終わると客足も落ち着くらしい。あの混雑のなか、愛子に違う料理を作るのは手間だったに違いないが、彼は平然とそれをやってのけたのだった。彼が愛子と会話しながらもオーダーを間違えなかったのは、店内にきめ細やかな気配りをするサポートがあったからこそ。日向はあくまでもさりげなく、控えめに、黒子のように彼を支えていた。

店内を覗くと、彼女はレジのお金を数えていた。愛子の会計をしたのは彼女だが、言葉を交わすことはなかった。終始うつむき、目が合ったのもあの一度きりだ。

――あなたの教育係だった彼女、退職したのよ。

日向を見てその言葉が浮かんだが、口には出さなかった。

夏に発売された薬用化粧品。その選抜メンバーに選ばれたのは、札幌駅店から応援に来ている壬生二葉だ。本部の研修を受けた彼女は大通店のスタッフに商品の知識を共有したが、彼女の同期でもある教育係は自分が選ばれなかったのがおもしろくなかったらしい。お盆の時期には薬用化粧品の限定パックが販売され、スタッフにはノルマが課せられた。愛子や二葉は早々に達成したが、教育係は苦戦していた。彼女はいつも愛子に気付かれないように――と本人は思っている――他のスタッフのノルマを自分へと書き変えていた。

薬用化粧品の登場をきっかけに店内の人間関係が変わったのか、スタッフは二葉を慕うようになり、ノルマの書き変えに目を光らせるようになった。結果、彼女ひとりだけが達成することができず、本部と面談があった。

『もういいです。あたし、辞めます』

愛子も同席した面談で、彼女は開口一番そう言った。

『ノルマだって、うちの店舗だけ他の店舗より厳しいですよね。巽チーフのやりかたにはついていけません。新人だってすぐに辞めちゃうし、パワハラですよ、こんなの』

新人――日向が辞めたのは主に自分が原因のはずだが。それを棚に上げていままでの不満をぶちまけ、彼女はその日のうちに辞表を提出してしまった。

欠員の出た大通店だが、新しいスタッフが補充されることはなく、残された人数でまわさなければならなかった。休みが減るとスタッフの士気も下がってしまい、やむなく愛子が大連勤のシフトを組んで働いているのが現状だ。

日向には関係のない話。なぜそれを話そうと思ったのか、自分でも不思議だった。

「また帰省されたら、是非お立ち寄りください。おばあも日向ちゃんも喜びますから」

「……仁志さんが？」

彼は愛子と日向の関係に気付いているのだろうか。もし彼女が仕事を辞めた経緯を知っているのなら、愛子のことはどのような話で伝わっているのだろう。それによっては、旭の言葉は厭味ともとらえられる。

「忙しい日が続くので帰省は難しいと思います。母のお茶、よろしくお願いします」

折り目正しくお辞儀をすると、旭がそれに返した。

南小樽駅へと歩き出すと、旭はその背中をしばらくの間見送っていた。やがて彼が店内に戻るベルの音が聞こえ、愛子は歩調を緩めた。

早く歩いたつもりはないが、やけに胸が苦しかった。心臓がばくばくと鳴り、全力疾走したかのように息が切れる。食事をしたばかりの胃が、熱い。

「……気持ち悪い」

小春日和の陽ざしが、真夏のように暑い。まぶしさに目が眩む。空を仰ぎ、愛子は雲がぐるぐると回るのを感じた。

「——大丈夫ですか！」

誰かが自分を呼んでいる。その声を最後に、愛子の記憶はぷっつりと途切れた。

○　○　○

救急車に担ぎ込まれた愛子は、オリエンタルの目と鼻の先にある南小樽総合病院に搬送された。

精密検査のため、一週間の入院になった。血液を何本も抜かれ、ＣＴなどの検査もした。札幌では身の回りの世話をしてくれる人がおらず困っただろうが、地元の小樽では母親がかいがいしく面倒を見てくれた。

会社からは無理せず休むように言われ、溜まっていた有休を無理やり消化させられた。いままで有休を使っていなかった愛子は、ひと月近い長期休暇を得ることになってしまった。

過労といわれるほどの自覚はなかった。

自己管理には十分気をつけていたはずだ。食事の栄養バランスには常々気を遣い、仕事の疲れを取るために半身浴をするのが習慣になっていた。不調を引き起こす心当たりがなく、ベッドの上で過ごす時間がとても退屈だった。

入院も後半になると、血液検査の細かい結果が出た。診察室に呼ばれ、医師から生活習慣病にもほど遠い優秀な結果だと伝えられた。が、鉄分やヘモグロビンの数値が低く、コレステロールも極端に少なかった。多すぎは問題だが、少なすぎても問題があるらしい。

「巽さん、最後に生理が来たのはいつですか？」

「毎月来ていますよ。乱れはありません」

「量が少なかったり、すぐに終わったりしませんか？」

「それは……」

愛子には思い当たるふしがあった。昔から生理痛は軽いほうで、大きなトラブルがあったこともない。経血量の減少は感じていたが、すぐに終わるから楽だと思っていた。

医師が血液検査の紙を指さす。普段の健康診断ではお目にかからない項目に印をつけながら、彼は言った。

「ホルモンバランスが乱れています。本来出ているはずのホルモンが出ていません」

「それは、生理不順ってことですか？」

「巽さんの場合、年齢的には早いのですが、更年期の症状に似ています」

若年性更年期障害の疑い。三十代後半ではあるが、愛子の年齢で更年期はまだ早い。高齢出産と呼ばれる三十五歳以上の出産も、働く女性が増えた現代ではさして珍しくない。

「原因は様々ありますが、一般的に言われているのはストレスですね。お仕事で忙しかったようですし、しばらくゆっくり休まれてください」

医師の話が遠く聞こえ、愛子は呆然と椅子に座り込んでいた。

血液検査の結果を聞けば、あとは病室で休むだけだった。

ベッドの空きがあまりなく、個室を希望した。大部屋に比べて入院費がかさむが、保険にも入っており、独身貴族を続けた貯金がある。治療費に困ることはなかった。

「……調子はどう?」

会社からの見舞いで訪れたのは石橋だった。

彼は愛子の店を担当しているため、見舞い役に選ばれたのは何ら不思議ではない。しかし愛子にとって、弱っている姿を誰よりも見られたくない相手だった。

「会社に報告した通りです。退院したらすこしの間休養しますが、なるべく早く復帰します。店舗のみんなに迷惑をかけてすみませんと伝えてください」

眉ひとつ描いていない顔を見せまいと、愛子はそっぽを向く。石橋もふたりきりが気まずいのか、目を合わせることはほとんどなかった。

鏡で自分の顔を見たとき、病人そのものの姿に愕然とした。日ごろ手入れを怠らなかったはずの肌にははりがなく、唇は皮がめくれていた。そんな顔を彼に見せるのは、屈辱以外のなにものでもない。

愛子はいままで、彼の前で化粧を落としたことがなかった。夜、彼が眠りについたのを確認してから化粧を落とし、目覚めるよりも早く起きて化粧をした。無防備な姿を、彼には決して見せたくなかった。

「早く仕事に戻ってください」

「そんな言い方をしなくてもいいだろう」

スーツをきっちり着こなしていた彼は、病室に誰もいないのをいいことにネクタイを緩めた。愛子は布団をかぶったが、その姿は難なく想像できる。婚約者だったという関係以上に、何年も一緒に仕事を頑張った仲なのだ。お互いの気心はよく知れている。

「さっき、病室の前に仁志さんがいたよ」

愛子が倒れたのはオリエンタルの近くだった。後で聞いた話だが、愛子の異変に気付いて駆けつけたのは日向だったらしい。救急車を呼び、実家に連絡をし、救急隊員が到着したときにはてきぱきと状況を説明したそうだ。

退院したらお礼を言いに行かなければならないが、オリエンタルに菓子折りを持っていけばそれでよいだろう。彼女の住まいを調べる気にはなれない。

「ずっと病室に入るのをためらっていて、僕に気付くとこれを渡すよう頼まれたよ」

ベッドの脇のチェストに、彼は白い箱を置く。布団の隙間から様子をうかがう愛子に、彼は「開けるよ」と蓋に手をかけた。

「おいしそうなお菓子が入っているよ。クッキーとパウンドケーキとシナモンロール……手紙が入っている。『卵も牛乳も使っていません』だって」

それは旭が作ったものに違いない。愛子が食べられるよう、わざわざ卵や牛乳を使わない焼き菓子を作ってくれたのだろう。

「いらない。食べていいわよ」

「これはチカのために持ってきてくれたものだよ」

チカ。そう呼ばれるのは久しぶりだ。

「……でも、シナモンロールは食べないか。もらってもいい?」

愛子が返事をするよりも早く、石橋が手に取る。手のひらにすっぽりと収まる小ぶりなシナモンロールは、表面にたっぷりのアイシングがかかっていた。彼は薄紙を剝がしてからかぶりつくと、一重まぶたの瞳をぱっちりと見開いた。

「なにこれ、うま」

彼は甘いものに目がない。唇の端についたアイシングを舐め取り、目にもとまらぬ速さで食べ終えてしまった。

「これならチカも食べられるかも。シナモンは控えめだし、胡桃がたくさん入ってて食べごたえあるよ」

「いらない」

「ひと口ぐらい、ほら」

無理やり布団をめくられ、愛子の前にシナモンロールがつき出された。

鼻先で香るシナモン。それを想像して、愛子は息を止める。

「私がシナモン嫌いって知ってるでしょう」

オリエンタルのメニューで唯一食べることができる甘味、シナモンロール。愛子が断った理由は、昔からシナモンが苦手だったからだ。ニッキ飴はおろか京都の生八つ橋ですら食べられない。旭はそれを知らなかったため、菓子折りのなかに入れてしまったのだろう。

「食べたくない。持って帰って」

「……それは、仁志さんが持ってきたものだから？」

愛子を見つめる、石橋の切なげな瞳。それは婚約を解消したときと同じだった。

「何度も言ってるけど、俺と彼女は何もないよ。チカが勝手に勘違いしているだけだ」

「なに言ってるのよ。ふたりでこそこそ会ってたじゃない」

「あれは相談の内容が君のことだったからだ」

口調だけは淡々と、彼は言った。

「どうして君の店舗に新人を入れていないか、わからない？」

「それは本部でしっかり教育するからでしょ？」

「違うよ。君の下に新人を入れて、仁志さんの二の舞になる人を出してはいけないと判断したからだ」

廊下を歩く看護師の足音が聞こえる。だが、彼女たちは病室の前を通り過ぎていった。

「……私のせいだっていうの？」

「そうだよ」

至極あっさりと、彼は認めた。

「大通店ではスタッフ間でいじめがあったね。先輩社員たちが仁志さんに嫌がらせをしているのを見たことがあるよ。でも君は、店舗内の諍い（いさか）を仲裁しようとしなかった」

「仕事で結果を出せば認められるようになるわ」

「たしかに彼女は結果を出した。でも、それがあの子を更に追い詰めていたことに気付かなかったのか？　チーフは部下の指導や職場の環境を整える役割もあるはずだろう」

消毒液のにおいがたちこめる病室のなか、石橋はまるで仕事の面談をしているようだった。勤務態度に問題がある社員は、いつもこうして本部の人間と話し合いをする。ベッドの上の愛子を見る彼は、仕事の顔に戻っている。

「今回辞めた社員も、仁志さんをいじめたり、販売ノルマで不正を働いたりと問題があったのは知ってる。退職したときにパワハラだと言っていたけど、僕らはそれを鵜のみにはしていないよ。でも君の店舗は問題が多い。それは現場を管理している者の問題でもある」

「何も知らないくせに、わかったような口きかないでよ」

反論する愛子に、石橋は小さくかぶりを振った。

「スタッフの問題は私なりに対処していたわ。それが間違っていたというのなら、もっと早くに教えてよ。あの子とふたりでこそこそ会ったりして、疑われても仕方ないわ」

「俺は何度も話したよ。でも君はいつも聞く耳を持たなかった」

膝の上で手を組み、彼はそれを見つめながら言う。

「チカの仕事に対する姿勢はすごいと思うよ。部下に厳しい代わりに、自分にはもっと厳しい。その真面目さが俺は好きだけど、いまの君はやりすぎだよ」

婚約破棄は愛子から告げたものだった。日向との仲を本当に信じたわけではない。ただ、そんな行動をした石橋のことが理解できなかった。

いま、目の前にいる彼の気持ちが、愛子にはわからない。

「入院がきっかけで、チカに異動の話が出ているよ」

「……え?」

「店舗勤務が負担になったのなら、本部のマネージャーになってもらったほうがいいんじゃないかって。よかったじゃん、昇進だよ」

「そんなの嬉しくない。私は店舗で働きたいわ」

自分には長年の経験と知識がある。それをひとりでも多くの人に役立てたいと思っていた。本部に異動になれば、新製品のプロジェクトなど責任ある仕事を任されるだろう。けれど、訪れる客ひとりひとりに接する機会はなくなるのだ。

「嫌よ。異動なんてしない」

「それでまた新人が辞めてしまったら元も子もないだろう」

深いため息をついて、彼は立ち上がる。椅子を引きずる音が無音の病室に響いた。

「まずは体調を回復させるように。何かあったら会社に連絡して」

彼はネクタイを締めなおし、床に置いていた鞄をとる。その間にも、愛子の顔を見ようとはしなかった。

「仁志さんが仕事を辞めるとき、最後に俺と話したんだ。ぼろぼろになりながらも『もっと働きたかった』って泣いてたよ」

「私だってもっと働きたいわ。本部じゃなくて、いまのままの状態で」

「それはもう無理だ」

切り捨てるように、彼は言った。

○　○　○　○

退院し自宅安静がはじまり、愛子は実家で日々を過ごした。

はじめは早々に札幌のマンションに帰ろうと思っていたが、母親に猛反対され、休暇が明けるまで小樽に残ることになった。退院時に薬を処方され、その様子を見てから札幌の病院に紹介状を書いてもらう予定だ。

愛子が抱えていた仕事はすべて石橋が取り上げてしまい、休暇をどう過ごしていいかわからない。散歩程度なら家から出ても良いと言われ、行く当てもなく近所をぶらついた。

今朝の空は雲ひとつなく、放射冷却現象で気温が低い。散歩がてら訪れた住吉神社は、七五三詣(もう)での賑(にぎ)わいがうそのようにしんと静まり返っていた。愛子が入院している間に銀杏が色付いたらしく、朝日を浴びて黄金色に輝く姿が神々(こうごう)しい。

「――テル、ぎんなんを踏まないように気をつけて」

神社の職員だろうか、地面に落ちた銀杏の葉を掃き集めている。小柄な女性は竹ぼうきを使い慣れていないのか、その大きさに振り回されているようだ。

テルと呼ばれた柴犬が竹ぼうきにじゃれつき、女性はリードに足をとられて尻もちをついてしまった。

「もう、テルったら！」

叱るよりも笑い声のほうが勝っている。風が吹くたびにひらひらと落ちる銀杏の葉を浴びる女性は、愛子のよく知る人物だった。

「……仁志さん」

自然と、声をかけていた。お尻を払いながら立ち上がる彼女は、愛子に気付くと瞳を丸くする。

「巽チーフ、退院されたんですね」

退院したはいいが、愛子はオリエンタルに顔を出すことができずにいた。日向はそれを気にするそぶりも見せず、こぼれ落ちそうなほど大きな瞳で愛子を見上げる。

「仁志さん、どうしてここにいるの？」

「この季節だけ、テルの散歩のついでに境内の落ち葉集めをお手伝いしてるんです。この後、病院の清掃のアルバイトをして、オリエンタルに行きます」

彼女が三つもアルバイトを掛け持ちしていることを愛子は知らなかった。朝早くの仕事で眠いのか、その目元にはかすかにくまが浮かんでいる。

「バイト代の他に、落ちてるぎんなんを持って帰っていいって言われていて。これで旭さんにいろいろ作ってもらうんですよ」

予期せぬ再会に、愛子は驚きを隠せない。強い風が吹き、集めていた木の葉を散らばしてしまった。日向はそれに「あーあ」と嘆息し、身体をふるわせる愛子に気がついた。

「チーフ、そんな格好じゃ風邪引いちゃいますよ」

薄着の愛子を見て、日向は銀杏の木の根元に置いていた鞄を漁った。なかから取り出したのは年季を感じさせる花柄の水筒。蓋を開けると、彼女はそのなかに水筒の中身を注いだ。

「どうぞ。オリエンタルで売っているお茶です」

問答無用で手渡され、愛子はおそるおそる口をつける。それは母が飲んでいる健康茶と同じであり、飲み慣れた味にふっと心が緩んだ。

「……あったかい」

「もしよければ、これもどうぞ。旭さんが作ってくれたおにぎりです」

差し出されたのは握りこぶし大の爆弾おにぎりだった。両手にひとつずつ、ふたつもある。ラップに包まれたそれは、彼女がともに働いていたころに毎日食べていた昼ご飯だ。

戸惑う愛子をよそに、地鳴りのような音が日向の腹から鳴る。

「……すみません、朝ご飯まだ食べてなくて」

「こんなにもらっても食べきれないから、ひとつ返すわ」

「ありがとうございます」

おにぎりを渡し、愛子は石段に座った。日向が当たり前のように隣に腰掛ける。ラップを剝がし「いただきます」とかぶりつく姿には勢いがあり、よほどお腹が空いていたようだ。

愛子はポケットから漢方薬の包みを取り出した。婦人科の医師から食前に飲むよう指示されており、常に持ち歩いていたのだ。水やぬるま湯がないため、お茶で流し込む。

「チーフがお薬飲むなんて珍しいですね」

「今回の入院で処方されたの。ドクターに頼んで漢方薬にしてもらったのよ」

愛子はよほどのことがなければ薬を服用しないようにしていた。多少の頭痛は我慢で乗り切り、風邪の引きはじめには葛根湯を愛用している。母譲りの病院嫌いだが、漢方薬だけは吾妻薬局のおかげで抵抗が少なかった。

退院時に婦人科の医師が処方しようとした薬には血栓症などのリスクがあることを耳にしていた愛子は、処方を拒み漢方薬にしてほしいと頼んだ。

『では、桂枝茯苓丸を二週間分処方します。シナモンの風味がするので飲みやすいと思いますよ』

『私、シナモンは苦手なんです。他の薬はありませんか?』

『漢方薬はそれぞれの体質に合わせて処方するものなんですが……』

『飲めないと思います。他の薬にしてください』

かたくなに拒否する愛子に根負けし、医師は違う薬を処方した。退院してから毎日欠かさず飲んでいるが、漢方薬は継続して服用することに意味があり、一朝一夕で効果が感じられるものではない。

食事の三十分前に服用するのが理想だが、食直前でも飲まないよりはましだろう。口に残る嫌な味をお茶で流し込んでから、愛子はおにぎりのラップをめくった。日向は早々とひとつを食べ終え、新しいおにぎりを鞄から取り出す。

塩むすびかと思っていたが、白米のなかから黄緑色の豆のようなものが覗いていた。

「いただきます」

日向とタイミングが重なり、同時におにぎりをかじる。

「……これ、ぎんなんが入ってるのね」

豆ごはんを想像していたが、なかに入っていたのはぎんなんだった。道に落ちて悪臭を放つ実だが、こうして食べるとにおいも気にならない。もっちりと炊きあげられたご飯とともに噛みしめると、口のなかに秋の香りが広がった。

「ぎんなんを食べられるようにするのって時間がかかるんです。実から種を取り出すのに手間がかかるし、せっかく食べられるようになっても一日十個までなんて足りないです」

ぎんなんには中毒性があり、多量に食べると嘔吐やけいれんなどの中毒症状を起こすことがある。おにぎりのなかのぎんなんも二粒、三粒ほどしか入っておらず、これを作った旭は心配性なのだなと愛子は思った。

「今日のぎんなんは茶碗蒸しにしてもらう予定なんです。いっぱい拾って帰りたいけど、病院の掃除もあるから急がなきゃ」

聞けば、彼女はオリエンタルの二階に住み込みで働いているらしい。腹の虫が鳴っていたこともあって、目にもとまらぬ速さでふたつ目のおにぎりを平らげてしまう。鞄からさらにもうひとつ取り出したのを見て、愛子は目を見張った。自分はまだ半分も食べていなかった。

「……チーフと、ずっとお話ししたいと思ってたんです。でも勇気が出なくて、店でも声をかけられなくて」

いつの間にか彼女のペースに呑まれている自分がいる。日向は新しいおにぎりに口をつけることなく、愛子に向かって頭を下げた。

「突然辞めてしまって、ご迷惑をおかけしてしまいすみませんでした」

まったくそのとおりだ。あなたが急に辞めてどれほど大変だったか。

「体調を崩したのなら仕方ないわ」

思いとは裏腹に、愛子の口から出た言葉は優しかった。文句のひとつやふたつ言ってやりたいと思っていたのだが、彼女の顔を見ると何も言えない自分がいる。以前は頬がこけ肌にも張りがなかったが、目の前にいる彼女は顔色もよく健康的だった。

どれだけオニキスでストレスを抱えていたのか。その変化が如実に物語っている。

「新しい仕事、探してるの？」

「オリエンタルの仕事は次が決まるまでの間なので。年内には再就職したいんですが、なかなか決まらなくて」

「希望の職種はあるの？」

「……それが、自分でもよくわからないんです」

新しいおにぎりを頬張りながら、彼女はぽつぽつと語りはじめる。やりたい仕事が見つからないため、履歴書の志望動機がうまく書けないこと。面接までこぎつけても、自己PRの言葉が出ず好印象を与えられないこと。就職活動に行き詰まりを感じているのか、誰かに話を聞いてほしかったようだ。

「オリエンタルの仕事はどうなの？」

「楽しいです」

清々（すがすが）しいまでの即答に、愛子は拍子抜けする。

「本音を言えば、ずっとオリエンタルで働きたいです。掛け持ちをすればアルバイトでも暮らしていけるけど、でも、それじゃだめだと自分で思うんです」

陽の光を浴びた横顔がまぶしい。その瞳に意志が宿り、声に力が戻る。

「旭さんに甘えてばかりなのを卒業したいんです。住み込みじゃなくて、ちゃんと部屋を借りてそこに暮らしたい。まかないじゃなくて、自分が稼いだお金で店の料理を食べたい。そうしないと、あたしはいつまでも変われないから」

彼女のそんな表情をはじめて見た。オニキスにいたころは、いつもにこにこと笑顔を作っていたが、瞳の奥には暗い闇を宿していた。

愛子は仕事を通して、彼女のその表情を引き出すことができなかった。

「……旭さんのこと、好きなの？」

愛子の問いに、日向の頰が見る間に紅潮した。

「旭さんに守られてばかりじゃなくて、あたしも隣に並べるようになりたいんです」

耳の先まで真っ赤に染めて、彼女は言う。表情がころころと変わって、見ていて飽きない。彼女にこんな一面があることを知らなかった。

愛子にも、部下の恋愛相談に乗る時期があった。ときには背中を押し、ときには厳しく叱り、ときには一緒に泣いて喜んだ。しかしいまは、部下たちには距離を置かれプライベートな話をすることもない。

日向の気持ちは愛子にもよくわかる。守られるばかりの存在ではなく、お互いを支え合うような仲になりたい。本部で働く石橋は何かと愛子の店舗のフォローをしてくれたが、それが彼の負担にならないようにと、より一層仕事に打ち込んだ自分がいる。

いつから自分は、彼に意地を張るようになってしまったのだろう。

「チーフ、よかったらおにぎりもうひとつ食べませんか？」

新しいおにぎりがまたも鞄から出てきて、愛子は目を丸くした。

「最後の一個です。チーフもおにぎりひとつじゃ足りないですよね？」

つまり、彼女はひとりでおにぎりを五個も食べようとしていたのか。旭は日向の大食いを見越して、あらかじめぎんなんの量を少なくしていたのだ。

まだ食べられるはずと、さも当然のように渡してくる彼女の真剣なまなざしに、愛子の口から自然と笑いがこぼれ落ちていた。

自宅安静の間も、週に一度は通院するよう医師から言われていた。

診察を終え清算を待っている間、愛子はぐったりと背もたれに身体をあずけていた。散歩のときは元気だったが、朝一番で病院に行ったあたりから胃がむかむかしていたのだ。

「……あの、大丈夫ですか？」

声をかけられ、愛子はまぶたを開く。いつの間にか隣に人が座っていた。

「具合が悪いなら、看護師さんを呼びましょうか？」

手入れの行き届いた黒髪は豊かだが、前髪が顔の半分を覆ってしまっている。彼女は前髪が乱れないよう手で押さえ、心配そうに愛子を覗き込んでいた。

「いえ、大丈夫です。もうすこししたらよくなるはずなので」

知らない人だが、はじめて会った気がしない。愛子がそう返すと、彼女は「お大事にしてくださいね」と告げて前を向く。その横顔に見覚えがあった。

「……もしかして、オリエンタルの？」

カウンター席で、ひとり本を読んでいた女性だ。美しい横顔が印象に残っていた。

「お客さんでしたか？　気付かなくてすみません」

「いえ、私も常連ってわけじゃないので」

彼女はこちらを向くたび、しきりに前髪を気にしている。綺麗な顔を隠してももったいないと思うが、なにか理由があるのかもしれない。化粧っ気のない肌はうらやましいほどにきめが整っていた。

「あら、愛子ちゃんじゃない」

とくに話題が見つからず困っていると、突然現れた織江が彼女の隣に座った。

「旭から聞いたよ。店の前で倒れたんだって?」

「その節はご迷惑をおかけしました、お店にも顔を出さずにすみません」

「そんなのいいのよ、まずは身体を治すことに専念しないと」

織江は女性とふたりで病院を訪れたようだ。彼女の孫は男性のみと聞いていたが、この女性は誰だろう。愛子は訊ねたかったが、胃の不快感が強く声が出ない。

「顔色悪いわよ。大丈夫?」

「大丈夫です。これは薬のせいで……」

「お薬?」

織江が反応する。引退したとはいえ、彼女は薬——なにより漢方薬のプロだ。織江に問われ、愛子は現在処方されている薬の名前を告げた。

「その薬を飲むと、決まって胃が気持ち悪くなるんです。時間が経てば落ち着くけど、また飲まなきゃいけないと思うと憂鬱で」

「その漢方に入っている生薬の特徴で、胸焼けを引き起こすことがあるの。漢方薬は食前や食間に服用したほうがいいと言われているけど、食後に飲めばすこしは違うと思うわ」

「まさか、漢方薬を飲んで気持ち悪くなるとは思いませんでした」

愛子が思うケミカルな薬は副作用が心配だが、生薬を使って作られた漢方薬なら大丈夫だろうと思う気持ちがあった。しかし、実際に飲み始めると胃の不快感に悩まされてしまう。薬を服用するのが憂鬱だが、何らかの治療をしなければ愛子の不調は改善されないままだ。

母はかつて、織江が調合した漢方薬を栄養ドリンクのようにぐびぐび飲んでいた。けれど、愛子はエキス顆粒を一包飲むにも苦労している。何度飲んでもその味に慣れない。

「その漢方自体が愛子ちゃんの身体に合っていないのかもしれないわね。漢方はその人の体質を見極めることも大切なの。いま飲んでいる薬も間違ってはいないと思うけど、辛いようなら薬を変えてもらうのも手よ」

胸焼けについて相談した際、ドクターにも薬の変更を提案されてはいた。けれど愛子は苦手なシナモン味の薬が出ることを懸念し、同じものでいいと答えたのだ。

「——喜田さん、喜田夕さん」

受付が患者の名前を呼び、隣に座っていた彼女——夕が立ち上がった。織江の受診だと思っていたが、診察を受けたのは彼女だったらしい。織江とは苗字が違うことに気付いたが、それを尋ねるのがなんとなく憚られた。

「愛子ちゃん、本当に綺麗になったわね」

顔を覗き込み、織江が言う。愛子はそれに力なく首を振った。

「今日は化粧もしていなくて。昔となにも変わっていませんよ」

「お肌が綺麗になったわ。昔はニキビがたくさん出ていたじゃない」

愛子が吾妻薬局に通っていたころは、思春期で顔中にニキビができていた。薬を塗ってもなかなか治らず、いけないとわかっていてもつぶしてしまい、肌にはたくさんの痕が残っていた。織江の記憶はそのころの姿で止まっていたのだろう。

「ニキビは大人になってからも良くならなくて、ずっと悩んでいました」

愛子は就職氷河期の世代だった。世間の厳しい逆境のなか内定を得たのがオニキスだったが、その実、愛子は美容に対してさほど関心を持っていなかった。

思春期ニキビがいつしか大人ニキビと呼ばれるものに変わり、毎日それを隠すことに必死になっていた。ファンデーションを厚塗りすればするほど毛穴が詰まり、ニキビの原因になってしまうのは知っていたが、自社製品の見本となる美容部員に肌荒れは許されなかった。

同期は美容に関心の高い者ばかりで、愛子は売り上げの面であっという間に引き離されてしまった。化粧の技術も拙く、それを馬鹿にされ悔しい思いをしたことは数え切れない。仕事を辞めても再就職先が見つかるとは限らない世の中で、毎日歯を食いしばりながら働いていた。

『巽さんって、背が高くてモデルさんみたいだよね』

そう声をかけてきたのが石橋だった。男性社員は主に新製品の開発や店舗の管理など裏方に回るが、彼はこまめに現場に顔を出していた。

『うちの制服をここまで綺麗に着こなすのは巽さんくらいだよ。背筋を伸ばして店に立っているだけで、お客さんの目を引いているよ』

骨太のがっちりとした体型と、無駄に伸びた身長が愛子のコンプレックスだった。けれど彼はそれを褒めてくれた。仕事の合間を縫って勉強に励む愛子に、こっそりと新商品のサンプルを渡してくれることもあった。

いつしか石橋と付き合うようになったが、愛子は彼の前で化粧を落とすことができなかった。ニキビを治したい一心で生活習慣を見直し、肉や魚を食べないと肌の調子が良くなることに気付いてからは、厳しい食事制限を己に課した。肌に残ったニキビ痕も、自社の製品を使い続けるうちに改善されていった。

肌の調子が良くなると客からの信頼も篤くなり、徐々に成績が上がっていった。結果を出すと周囲も愛子を認めてくれるようになった。

「肌のトラブルに悩んでいた自分だからこそ、できることがあると思いました。実際、私の接客で喜んでくれるお客様も多かったんです。でも、仕事を頑張れば頑張るほど、うまくいかないことも増えてきて……」

本来なら、愛子も現場を離れて店舗の運営や人材育成の側に回るころだった。以前、会社からも異動の打診を受けたことがあるが、かたくなに店舗にこだわるのはなぜだろうと自分でも思う。

「愛子ちゃんがお仕事を頑張れるのは、そこに愛があるからなのね」

「……愛？」

「自分ではない誰かのために頑張るのって、簡単なようでとても大変なのよ。愛子ちゃんはそれができている。自分の仕事に愛がなければ続けられないわ」

織江もまた、愛を持って仕事をしていたのだろうか。愛子の母のように、吾妻薬局が姿を変えても店に通い続ける人が多くいる。仕事を引退しても、訪れる客の身体を心配することを忘れない。

果たして自分は、あの頃と同じ気持ちで仕事をしているだろうか。

○　○　○　○　○

長期休暇も折り返し地点を過ぎ、愛子はオリエンタルを訪れた。

差し込む夕日がおだやかに店内を染めていた。織江の姿はないが、いつもの席で夕が本を読んでいる。店内を見回す愛子に、旭がカウンター席をうながしながら言った。

「日向ちゃんはハローワークに行っていますよ。インターネットで気になる求人を見つけたそうで、ランチが終わってから早上がりです」

「就活、頑張ってるんですね」

菓子折りを持って訪れた愛子を、旭はいつものように出迎えた。彼の前に座り、健康茶を頼む。母と一緒に飲んでいるうちに、愛子もこのお茶を好むようになっていた。

「大きな病気がなくてよかったです。いつごろ札幌に戻られる予定ですか?」

「次の診察が終わったら帰ります。仕事が始まる前に、部屋の掃除をしないと」

会社から連絡があり、愛子のマネージャー昇格が正式に決まった。復帰後は店舗に立つことのないまま、札幌の北海道支社の勤務となる。後任の選定や引継ぎの手配は石橋がすべて引き受けてくれたそうだ。

休むことに慣れてしまうと、時間は無為に過ぎていくばかりだ。散歩の回数も減り、日がな惰眠をむさぼっていた。寝すぎでまぶたが腫れぼったく、それを化粧でごまかす気にもなれない。

「なにか召し上がりますか? 甘味の品ぞろえは変わっていないんですが、愛子さんが食べられるものを作りますよ」

「食欲がないので大丈夫です」

「体調、まだ本調子じゃないんですか?」

過労の部分は自宅安静で良くなったと思う。しかし、愛子はいまだ漢方薬の副作用が続いていた。織江のアドバイスで服用を食後に変えてみたが、それでも胸やけに悩まされ続けている。

「……私、なんで身体を壊してまで仕事にしがみついていたんでしょうね」

知らぬうちに自分の身体を過労まで追い込んで、年齢にはまだ早い更年期の症状が出た。医師は治療をすれば治ると言っていたが、本当に回復するのかと不安になってしまう。

「私はただ、お客さんの笑顔が見たくて仕事をしていたはずなんです」

お茶で唇を湿らせ、愛子はとつとつと語り始めていた。

「いつの間にか、人の気持ちがわからなくなっていました。お客様も、スタッフたちも、恋人のことも……自分がいいと思ってしていたことが、全部裏目に出ていたみたいで」

スタッフの士気を高めようと設定したノルマ。それが原因で諍いが起きてしまった。未来ある新入社員を退職に追い込んでしまったから。

恋人の心が離れたのも、自分を律するあまり相手にも同じことを求めていたから。

「愛子さんはいままで、ずっと頑張っていたんだと思います。自分の身体を、どうかいたわってあげてください」

「……でも、もっと頑張らないと誰も私のことを認めてくれないわ」

「いるじゃないですか。あなたの仕事に憧れて、がむしゃらに頑張っていた子が」

その言葉に、愛子はうつむいていた顔をあげた。

彼の視線の先、窓の向こうに人影が見える。背が小さく、歩くたびに見え隠れするその頭は、扉を開けてなじみの顔を見せた。その隙間から、秋の風が吹き込む。

「おかえり、日向ちゃん。早かったね」

身を守るようにコートを掻き抱いていた彼女は、外の冷たい風に当てられ真っ赤な頬をしていた。彼女は愛子に気付くと、いつもの屈託のない笑顔を見せる。

「こんにちは、チーフ」

とっさに返事ができない。愛子の無視にもめげず、日向は隣の席に腰かけた。

「外、寒かったでしょ。なにか飲む？」

「健康茶で。あと、シナモンロールが食べたいです」

ちらりと、彼女がこちらの様子をうかがう。愛子にはお茶が出ているだけだった。

「来週、札幌に帰るわ。仕事に復帰したら本部のマネージャーになるの」

「おめでとうございます。チーフがマネージャーになったら、きっともっとたくさんのお客さんが来てくれるようになりますよ」

「……それは、私が店舗に立たなくなるから？」

やはり自分は店にいるべきではないのだろうか。表情をくもらせる愛子に、日向はおろおろと首を振った。

「違います。お客さんに接するチーフはもちろん素敵ですけど、あたしたちが仕事に集中できたのはチーフのサポートがあったからです。本部に入ったらもっともっと活躍されると思います」

しどろもどろになりながら、彼女は誤解を解こうと必死に話す。

「あたし、どうしたらチーフみたいになれるか、ほかの先輩たちに認めてもらえるか、ずっと悩んでました。一日でも早く仕事を任せてもらえるようになりたいと思って、石橋さんにも相談してたんです。……でも、それで誤解を招いてしまったようで、本当にすみませんでした」

「あなたが謝ることじゃないわ。あのまま結婚しても、うまくいかなかったと思うから」

石橋とは、お互いを高め合う存在でありたいと思っていた。だから愛子は自分への厳しさを彼に求めた。けれど彼が愛子に求めていたのは、時には弱さを見せ合い、助け合える関係だったのだ。

たまたま生じた亀裂に、たまたま日向が近くを通りかかり巻き込まれてしまった。彼女にとってはただの事故だったのだ。

話をするうち、カウンターのなかからパンの焼ける芳ばしい香りがした。シナモンロールは一度温め直してから提供されるらしい。

「よろしければ、愛子さんもどうぞ」

旭は愛子の前にも皿を置いた。熱で溶けたアイシングが魅惑的な輝きを放つ。日向は「いただきます」と手を合わせて薄紙を剝がすと、大きな口を開けて頰張った。

「ふふ、おいしいです。パンがふわっふわのほっかほか」

その頰がもぐもぐと動く。彼女が食べているとおいしそうに見えるから不思議だ。

薬の副作用で、食事が辛(つら)いものになってしまっていた。しかしいま、このシナモンロールが食べたいと思う。いつもは鼻につくはずの香りが、今日は気にならない。

愛子はおそるおそる、シナモンロールをかじった。

ほんの小さなひと口だが、そこにすべてが詰まっていた。温め直してやわらかくなったパン。くどくないアイシング。渦巻き状のパンの隙間に塗られたシナモンシュガーと、炒って芳ばしさを増した胡桃のカリカリとした食感。

咀嚼して飲み込むと、シナモンの香りが鼻を抜けた。

「……おいしい」

吐き出した息とともに、愛子はつぶやいた。

シナモンをおいしいと感じたのははじめてだった。

「どうして？　私、シナモンはにおいだけでだめだったのに」

「愛子さん、シナモンお嫌いだったんですか？　それは失礼しました」

「いえ、大丈夫です。これは食べることができます」

もうひと口。よく味わうと、甘さに舌の付け根がきゅうっと縮まる。口のなかをわずかに刺激するシナモンパウダーに気持ち悪くなることもない。むしろ、もっと食べたいと思ってしまう。

「食の好みが突然変わることはありますが、苦手なものを食べられるようになるのは何か理由があるのかもしれないですね」

旭がそうつぶやきながら、百味箪笥の引き出しを開ける。そのなかに入っていたのは細い棒のようだが、よくよく見ると木の皮を巻いたような形をしていた。

「これがシナモンスティック。漢方の世界では桂皮（けいひ）と呼びます」

手渡され、愛子はスティックを鼻先に寄せる。シナモンロールの何倍もの強い香りだが、咳（せ）き込むこともない。日向も同じように香りを嗅ぎ、「いいにおい」と笑った。

「桂皮はその厚さと香りで名前が変わるんです。桂皮は発汗が主、肉桂(にっけい)は強壮作用、玉桂(ぎょっけい)は強心作用と効能が変わります。漢方生薬としては桂皮が一般的だけど、日本薬局方は桂枝としてのみ規定にしているから漢方処方の頭には桂枝を冠したものが多いです。『桂枝(けいし)湯(とう)』や『桂枝茯苓丸』などですね」

「それ、私が飲むのを嫌がった薬です」

桂枝茯苓丸は、婦人科の医師が愛子に処方しようとした薬だ。シナモンの香りがすると言われ反射的に拒んでしまった。その話を聞き、旭が納得したようにうなずく。

「西洋医学と違って、東洋医学はその人の体質に合わせて『証(しょう)』をたてるんです。同じ冷え性でも、細身で筋力がない人と肥満体型の人とでは不調の原因が異なります。自分に合わない薬を飲むと、効果がないどころかよけいに体調を崩すことだってあるんですよ」

それは以前、織江が簡単に話していた。しかし彼女は、愛子が服用している漢方薬を止めるようなことは別段言わなかったはずだ。

「おばあから聞いた話なんですが、自分の身体に合った漢方を飲むと、どんなに苦いものでも不思議とおいしいと感じるそうです。もしかしたらいま、愛子さんの身体には桂皮を使った薬が合っているのかもしれませんね」

にわかには信じがたいが、事実、愛子は苦手だったはずのシナモンをおいしいと感じている。逆に、いつまで経っても慣れることのない漢方薬は、自分の身体に合っていなかったのかもしれない。

おそらく医師は、愛子の体質を考えた上で漢方薬を選んでいたはずだ。しかし愛子が激しく抵抗したため、他の薬に変えた。合わない薬を選んだのは自分だったのだ。

「私、自分の身体をわかっていたつもりでした。でも、何も見えていなかったんですね」

そしてそれは、人の気持ちも同じだった。

「もっと、早く気付けたらよかったのに……」

愛子は自分を律しすぎるあまり、がちがちの甲冑を着込んでしまっていた。それは視野を狭め、外の音も遠ざけていた。そして仕事の部下も、大切な恋人も失ってしまった。

「大丈夫です。遅いことなんてないですよ」

旭は、お茶のおかわりを淹れながら言った。

「愛子さんが頑張っていたこと、みんなわかってますよ。部下の子たちも、恋人もね。日向ちゃんを見てください」

愛子は日向を見る。彼女は頬を染め、鞄のなかから一枚の紙を取り出した。

それはハローワークで発行される求人票だ。その内容に、愛子は目を見張った。

「やっと、行きたい会社が見つかりました。ここなら志望動機もちゃんと書けそうです」

彼女は化粧品会社に応募しようとしていた。

「どうしてまた美容部員なの？　散々嫌な思いをしたはずなのに」

オニキスの仕事で、彼女は身も心もぼろぼろになったはずだ。あれだけ辛い思いをすれば、同じ業界には戻りたくないと思うのが普通だろう。

彼女は自分でもわかっているのか、苦笑しながらシナモンロールをかじった。

「選ばなければ仕事はたくさんあります。接客業は楽しいし、オリエンタルでの経験を活かせば飲食店の正社員になれるかもしれない。でも、美容部員の仕事を中途半端に投げ出してしまったことを、いまでも後悔しているんです」

日向は一年ももたずに辞めてしまった。仕事では半人前にもなれていなかったことを自覚しているのだろう。企業が人材を育てることは投資であり、給料に見合った働きをするまでに三年はかかると言われている。

「あたしは、自分がやりたい仕事もわからないままオニキスに就職しました。でも、チーフを見ているうちに、お客様を笑顔にするのは素敵なことだと思ったんです。あたしもチーフみたいに、お客様に喜んでもらえるような仕事がしたくて、一からやり直したいんです」

教育係から満足な指導を受けられなかった日向は、愛子の仕事を率先して手伝っていた。お客様のカウンセリングし、肌質に合った化粧品をすすめる際、いつも彼女がサンプルを用意していた。実際にメイクをするときは必要な道具を揃え、会計が必要な時は我先にとレジに飛んでいく。

日向はいつも、周囲への気配りを忘れなかった。

彼女が辞めてから、そのことに気がついた。大通店のスタッフは個々のノルマをこなすあまり、互いに協力する姿勢を忘れてしまっていたのだ。

「経験者を募集しているようなので、書類選考で落ちちゃうかもしれないけど。でも、勇気を出して受けてみようと思って」

「大丈夫よ」

即答した愛子に、日向が顔を上げた。

「経験は充分にあるわ。私の下であんなに頑張ったんだから、面接も自信を持って受けてきなさい」

なぜ、いまになってこんな言葉が口を出たのか。ついこの間まで、彼女の存在に戸惑っていたはずなのに。

もっと早くに、こうして彼女と話すべきだった。一緒に食事をして、仕事の愚痴や、恋の悩みを聞いてあげたかった。目の前にいる彼女は、ずっと、愛子のことを慕ってくれていたのに。

自分はいつも、気付くのが遅すぎる。失ってしまったものがあまりにも多い。

唇がふるえ、言葉が続かない。心配した日向が声をかけるよりも早く、店の扉が開いて旭が挨拶をした。

「――こんなところにいた」

扉をくぐったのは石橋だった。現れるはずのない姿に、愛子は我が目を疑う。彼は隣に座る日向に気付いたようだったが、声をかけずに愛子だけを見つめた。

「実家に顔を出したら、この店だって言われたんだよ」

彼は実家の場所を知っている。けれど、仕事上の付き合いならば病院の見舞いで十分だろう。スーツのネクタイを緩め、彼はつかつかと愛子に歩み寄る。

「なんで家でおとなしくしてないんだよ。せっかくチカの仕事を片付けて、ゆっくり休めるようにしたっていうのに」

「……それって、私には仕事を任せられないって意味じゃなかったの？」

「復帰したら、チカに任せたいプロジェクトがあるんだよ。だから体調を万全にして戻ってきてほしかったんだ」

石橋の口調は強いが、その頬にかすかな赤みがさしている。怒っているわけではないと、愛子は長年の経験からそれを知っていた。

「仕事を頑張りたいのはわかってるから、すこしは俺のことを頼れよ。チカはひとりじゃないんだから」

店内の空気が動き、シナモンの香りが鼻先をくすぐる。

愛子がいままで頑張ってこれたのは、彼がいてくれたからだ。コンプレックスだらけの自分に自信を与えてくれたのは彼だ。

まだ、彼のことを失っていなかった。

たまらず、愛子はまぶたを閉じる。けれど間に合わず、頬をひとすじの涙が伝った。

嫌いになんてなれない。そのシナモンの香りごと、たまらなく、愛(いと)おしい。

5章　約束のシュトレン

大粒の淡雪（あわゆき）が舞う空に、踏切の鐘の音が響いた。

白い息をマフラーに埋（うず）めて、日向（ひなた）は電車が走る方角へと目をやる。線路は離れたところにあるはずだが、まるでそばを通り過ぎていったかのように近く聞こえた。

大気が冷え込むこの時期は、澄んだ空気が音を遠くまで運ぶような気がする。いつかメルヘン交差点の蒸気時計の音も聞こえるのではと思いながら、日向は再び歩きはじめた。

季節がひとめぐりし、小樽（おたる）の生活にもすっかり慣れた。早朝のアルバイトを終え、オリエンタルの仕事が始まるのが午前十時。忙しいランチタイムを乗り越えると決まっておつかいを頼まれる。旭（あさひ）はいつも申し訳なさそうに頼むのだが、日向は仕事の合間の散歩を密かに楽しみにしていた。

むき出しの耳に、吹き付ける風が冷たい。短時間だと油断していたが、帰るころには雪の勢いが増していた。凍った路面に注意を払いながら帰路を急ぐと、ひとりの女性が赤信号で止まっていた。

濃紺のダッフルコートと合わせたニット帽が、長い髪を覆っている。規則正しく白い吐息を上げている女性の隣に、日向は並んだ。

その整った横顔は、よくよく見知った人だった。

「夕さん、こんにちは」

いつも織江と一緒にいるが、今日はひとりのようだ。彼女は日向に気付いていなかったのか、話しかけられ小さく跳び上がった。

「お散歩ですか？」

声をかけると、夕は控えめにうなずいた。彼女が寡黙なのはいつものこと。毎日のようにオリエンタルで会っているが、その声を聞くことは少ない。

「あたし、おつかいの帰りなんです。オリエンタルに行くなら一緒にどうですか？」

日向が夕を連れて帰ってきたら、旭も驚くに違いない。涼しげな眼を丸くする彼の顔を思い浮かべて、日向はマフラーのなかで小さく笑った。

「いまの時間はあまり混んでないので、ゆっくり本を読めますよ」

「……そうね、行こうかしら」

か細い声だ。けれど、不思議とあたたかみがある。余韻を味わいたいと思ったが、日向のくしゃみで台無しになった。

「そんなに薄着じゃ風邪引くわよ」

「夕さんこそ、手袋履かなくて冷たくないですか？」

「わたしは平気。寒いのは慣れてるから」

コートの袖から覗く手首はとても細い。転んだらぽっきりと折れてしまいそうな手を、彼女は「すこし持ちましょうか？」と差し出す。夕とこんなに長く会話をするのははじめてだと、日向は感動する気持ちを心のなかに隠した。

「大丈夫ですよ。そんなに重いものは入っていないので」

「なにをそんなにたくさん買ってきたの？」

問われ、日向はエコバッグのなかを見せる。オムライスに使う卵のパックが三つ。プラスチックの容器に入ったお惣菜を見て、夕は納得したようにうなずいた。

「南樽市場に行ってきたのね」

「そうなんです。仕事中のおつかいはあそこに行くことが多くて」

オリエンタルと同じ南小樽に、南樽市場と呼ばれる小樽市民の台所がある。鮮魚店をはじめ青果や精肉店、はては雑貨店や衣料品店などさまざまな顔ぶれが集まる市場では、手作りのお惣菜を買うことがよくあった。

「旭さん、最近忙しそうで夕飯を作る余裕がなくて。そういうときは市場のお惣菜を買うことが多いんです」

「あそこのお惣菜、おいしいわよね。市場のなかのテーブルで食べることもできるし」

小さく微笑みながら、夕は毛糸の帽子に手を伸ばす。それを外すと、艶やかな髪が静電気で乱れた。

「これ、貸してあげるわ」

帽子を目深にかぶせられ、日向は前髪の隙間から彼女を見上げる。夕は背を屈めて日向と目線を合わせ、まるで子どもに話しているようだった。

「ほっぺたが真っ赤だわ。風邪を引かないように気をつけてね」

夕の手が頬を包み込むが、指先は日向よりも冷たかった。帽子に彼女のぬくもりが残っており、その甘い香りに包まれるとうっとりしてしまう。夕はいつもお菓子のようなバニラの香りがした。

行き交う車が風を起こし、歩道に積もった雪が粉砂糖のように舞い上がった。日向はそれに身をふるわせ、先を歩く。歩道には滑り止めの砂が撒（ま）かれているが、踏みしめる人々で深く埋まってしまい、効果はあまり感じられなかった。

歩き出した日向に、夕が続く。彼女のゆったりとした一歩が日向の二歩だ。雪道では転ばないようペンギン歩きをするのが常だが、夕は真夏の道路のように颯爽（さっそう）と歩いている。

「今日はお店、忙しかった？」

「お昼どきは混みましたが、それ以外はあまり。寒くなると観光客は決まった場所にしか行かなくなるから、お客さんが減っちゃうんですね」

やがてオリエンタルの玄関ポーチが見えはじめると、旭が歩道に砂を撒いていた。路面に雪化粧が施されているが、氷の上に積もる雪はとてもよく滑る。店先でお客が転ばないよう、彼は仕事中もこまめに外を確認していた。

こちらに気付いた旭が手を振り、日向もそれに笑顔で返す。

「おかえりなさい。寒かったでしょう」

「そこで夕さんと会ったので、一緒に来ました」

扉を開いて出迎える旭はまるで執事のようだ。荷物を持ち直して、日向は彼が夕に向けるまなざしに気付いた。

日向を見つめる瞳と、夕を見つめる瞳は違う。それに返す夕のまなざしは、彼になにかを語りかけているようだ。ふたりは時おり、視線で会話をすることがあった。

言葉にはならない何かが、このふたりの間にはある。

ちくりと、胸が痛む。それをごまかすように、日向は歩みを早めた。

マンホールの上は雪が溶け、水たまりになっていた。濡れた靴底はよく滑るということを、一年ぶりの雪道にすっかり失念していた。

「——わっ！」

可愛らしくもない悲鳴が口から漏れる。まるでコントのように、足が滑った。

両手がふさがり、受け身もとれない。仰向けに滑り、雪雲の空が回転した。

後ろに立つ夕が手を差し伸べるが、間に合わない。通り過ぎる車が風を起こし、彼女の長い前髪を乱した。

夕の額に、大きな傷痕があることに気付く。

「——日向ちゃん！」

旭の声を聞きながら、日向は派手にすっ転んだ。

反射的に受け身をとったのか、打ち付けた腰は意外と痛まなかった。

しかし、歩道の縁石に強く頭をぶつけてしまった。が、特にたんこぶもできていない。首がむち打ちになった様子もなく、手袋のおかげで手のひらを傷つけることもなかった。

「旭さん、卵、割れてませんか？」

「大丈夫、全部無事だよ」

転ぶ寸前、日向がとっさに守ったのは買い物袋だった。お腹の上に乗ったため無傷で済んだらしい。それを冷蔵庫に片付けながら、旭が苦笑いを浮かべた。

「自分の身体よりも食べ物を守るなんて、日向ちゃんらしいね」

「せっかく買ってきたのに、割れたら悲しいと思って」

「でも、自分の身体を大事にね」

やんわりとそう諭される。大事に至らなかったからいいものの、雪道での転倒は大怪我につながりかねない。足先が変な方向に滑り、膝の靱帯を損傷してしまう人もいるのだ。

今日は稼ぎどきの日曜日だが、店内に客の姿はなかった。オリエンタルは観光名所とは離れたところにあるため、観光客がぶらりと立ち寄ることは少ない。ご近所さんや近くの会社に務める人たちがいまも変わらず贔屓にしてくれるため、最近は平日のほうが忙しかった。

「夕さん、帽子ありがとうございました」

彼女はいつもの定位置である、カウンターの端の席に座っている。毛糸の帽子は手編みなのか、どこを探してもタグが付いていない。やわらかな毛糸は手触りが良く、毛並みのよい子猫を撫でているようだった。

頭を打っても無事で済んだのは、彼女が貸してくれた帽子のおかげだ。

「ぶつけたところ、大丈夫？」

「あたしは石頭なんで、これくらい平気ですよ」

旭が氷嚢を作ってくれたが、腫れはないためとくに必要ないだろう。軽く笑い飛ばしてみせたが、彼女は帽子を受け取らずに日向を見つめた。

「後で具合が悪くなるかもしれないから、変だなと思ったらすぐに病院に行ってね。帽子はあげるから。この時期に外を歩くときはちゃんと頭を守るのよ」

その言い方はまるで母親のようだ。乱れた髪はすでに整えられ、先ほどの傷痕は隠されている。隙間から見え隠れする瞳は、いまにも泣き出してしまうのではと心配になるほど、不安の影が揺れていた。

本当に、大丈夫ですよ。そう言おうとした唇から、くしゃみが漏れる。

「外に出て身体が冷えたでしょう。ちょっと待っててね」

片付けを終えた旭が、ホーロー製のミルクパンをコンロに乗せた。彼の調理がはじまり、日向はカウンターテーブルの特等席からそれを見守る。

「日向ちゃんが身体を張って守った卵だから、それを使おうかな」

買ってきたばかりの卵を、旭は黄身と白身に分けた。

黄身をミルクパンに入れ、たっぷりの砂糖を加える。小さな泡立て器で卵をかき混ぜると、砂糖となじんだ黄身がほんのりと白くなった。

攪拌(かくはん)を繰り返し、卵がもったりとしたのを確認してから静かに牛乳を注ぐ。彼はそこでようやくコンロの火をつけた。

火加減は最小に、細心の注意を払いながら牛乳をあたためる。包丁が刻むリズムも、熱したフライパンが油をはじく音もない。泡立て器で黙々とかき混ぜる姿を、日向はじっと見つめる。旭が料理をしている姿を見ると、いつも時を忘れてしまっていた。

空気を含んだ卵黄が熱で細かく泡立ち、ほのかに立ち上る湯気を閉じ込める。材料は他に何も加えないようだ。熱で卵の黄身が固まってしまわないよう、常に弱火でかき混ぜながら、牛乳にとろみが出るまであたため続けた。

あまった卵白はどうするのか。日向が視線をやると、彼はそれに気付いて小さくうなずく。鍋底が焦げてしまわないよう目を配りながら、ブレンダーで素早くメレンゲを作る。いつ見ても無駄のない動きであり、まるで魔法を使っているようだった。

用意したカップは三人分。均等に牛乳を注ぎ、メレンゲで蓋をする。そして百味箪笥(ひゃくみだんす)から取り出したのは小さなスパイスボトル。彼はその粉をふりかけ、ソーサーに乗せたカップをうやうやしく日向の前に置いた。

「お待たせしました、エッグノックです」

残りは夕と自分の分。これも店に客がいないからこそできる休憩だ。

「エッグノック……?」

「洋風の玉子酒みたいなものかな。ブランデーやウイスキーを入れるとおいしいんだけど、まだ営業時間内だからね」

本能が熱い飲み物だと告げ、念入りに息を吹きかけて冷ます。いただきます、とひかえめにすると、甘さより何より熱さが勝った。唇が火傷してしまいそうだ。とろみがついているため、さらに熱い。たっぷりと加えた砂糖が甘く、濃厚なカスタードクリームを飲んでいるようだった。

「おいしい。はじめて飲みました」

「日本では冷たいミルクセーキのほうが有名かな。欧米ではクリスマスや大晦日に飲まれることが多いんだよ」

作った本人も熱いのだろう、旭も冷ましながらちびちびと飲んでいる。三人揃ってふうふうと唇をすぼめ、その吐息が店内に静かに響いた。飲むたびに、シナモンの香りが鼻を抜ける。舌の上にスパイスの刺激を感じるが、卵黄のまろやかさがそれを和らげ気にならない。

「身体がぽかぽかするのは桂皮のおかげですね」

「日向ちゃんも、スパイスに詳しくなったね」

シナモンは数多の生薬を扱うオリエンタルでもポピュラーなスパイスだ。生姜や桂皮は使用頻度も高く、説明する機会も多かったためすらすらと暗唱できる。エッグノックを飲みながら、旭がぽつりとつぶやいた。

「……いろいろ覚えてくれたのに、日向ちゃんがいなくなっちゃうのは寂しいね」

十二月の上旬、日向の再就職が決まった。

「でも、新しい仕事が決まったのは喜ばしいことだしね」

「今月中はここのスタッフですから、びしばししごいてください」

日向は産休に入る社員の後釜として入るため、時間にも余裕があり初出社は年明けの予定だ。病院の清掃の仕事は次の出勤で終了と決まったが、どの職場でも日向の再就職を知ると我が事のように喜んでくれた。

「次の仕事は、いままでの経験があったから決まったんですよ」

新しい職場は、愛子にも知らせた美容に関する会社だった。前職を辞めてからずっと、自分がやりたいと思う仕事が見つからず悩んでいた。しかし、目標が決まると志望動機もすらすらと書けるようになり、筆記試験、一次面接、二次面接ととんとん拍子に進むことができたのだ。

「採用が決まったときに、サンプルをたくさんもらったんです。食べ物を使ったスキンケアって面白いですよね」

ハローワークで求人票を見た際、北海道産の食材を使ったスキンケア商品を開発・販売している会社と知り、とても興味をそそられた。日向が美容部員として働いていたことや、食材にこだわるオリエンタルでの知識を評価され、採用に至ったらしい。

前職は全国に支店のある大きな会社だったが、新しい会社は人の数も少なく、社員ひとりひとりの自主性が求められている。はじめはデパートに入っている店頭販売に配属され、物産展や営業として全国各地に出張があることも面接で説明された。

大変な仕事だろうと思うが、扱っている商品にとても魅力を感じる。道内産の野菜を使ったシャンプーやリンスの他、砂糖を使ったスキンケアなど、天然由来の成分にこだわる姿勢がどこかオリエンタルに似ているのだった。

「そういえば、面接のときに『お肌が綺麗ですね』って言われたんですよ。織江さんに教えてもらったハトムギローションのおかげです」

オリエンタルで働きはじめて間もないころ、肌荒れで悩んでいた日向に織江が教えてくれたのがハトムギローションだった。日本酒四合にハトムギ二五〇グラムを漬けこみ、冷蔵庫に一週間置いて布で濾せばできあがり。使えば使うほど肌がなめらかになり、肌荒れをファンデーションでごまかしていたころが嘘のようだった。

基礎化粧品を中心の商品としている会社のため、社員のメイクアップはさほど厳しくない。ナチュラルメイクが許される反面、肌のコンディションが如実にものをいう。自分自身が商品のひとつになるのは変わらないだろう。

「いい会社に決まったみたいでよかったね」

言いながら、旭が焼き菓子用のケースからお菓子を取り出した。

十二月の限定メニューはシュトレンだった。ドイツのクリスマス菓子であるシュトレンは、洋酒に浸したドライフルーツとナッツを練り込んだパンにたっぷりのバターを染みこませ、粉砂糖でコーティングしたものだ。カロリーを考えると末恐ろしいが、実際はすこしずつ切り分けて食すものであり、旭はふた切れずつ皿に乗せて日向の前に置いた。

粉砂糖はすべて食べる必要はなく、多少落としたほうが甘さが和らぐ。シュトレンをかじると、生地に練り込まれたスパイスの香りが豊かに広がった。

「旭さんって、ご飯からお菓子まで何でも作れるんですね」

「若いころはいろんな料理の勉強がしたくて、お店を転々としたからね」

オリエンタルのシュトレンは、既存の材料に加え枸杞子と松子仁が混ぜ込まれている。香り付けのスパイスは旭こだわりの配合であり、中華料理でおなじみの八角の香りが鮮やかに効いていた。

甘いシュトレンに甘いエッグノック。糖分を控えていた時期があるだけに、なんとも贅沢な組み合わせだ。あっという間に食べ終えた日向を見て、旭が自分のひと切れをくれた。

「日向ちゃん、今年の年末年始は実家に帰るんだよね？」

「その予定です」

年明けの勤務の前に、お正月は実家に帰って英気を養う予定だ。前職と同じくシフト制の仕事のため、働き出せば帰省もしづらくなるだろう。

「クリスマスの日、夜はなにか予定入ってるかな？」

「えっ？」

思いがけない言葉に、日向はカップを置く手が滑った。陶器のぶつかる音が店内に響く。

「オリエンタルでクリスマスパーティーをしようと思ってるんだ。常連さんたちを呼んで賑やかにね。予定がなかったら手伝ってほしいんだけど」

「……大丈夫です。なにも予定ありませんから」

日向は落胆の表情を隠せない。しかし、旭はそれに気付いていないようだ。

「そこで日向ちゃんの送別会ができたらいいなって思ったんだ」

「送別会？」

「嫌ならやらないよ。送別会というか、励まし会みたいなものかな。日向ちゃんはうちでとても頑張ってくれたから、僕たちもちゃんと送り出してあげたいと思って」

前職は急に退職したため、送別会はおろか最後の挨拶も何もなかった。思いがけない提案に、心の底から喜びの気持ちが込み上げる。

「……だめかな？」

「嬉しいです」

即答した日向に、旭がほっと胸を撫でおろす。その吐息にエッグノックの湯気が揺れた。

「じゃあ決まり。十二月二十五日、時間は十八時から二十一時まで。お店でもいろんな人に声をかけてみるから、日向ちゃんも呼びたい人がいたら呼んでね」

「わかりました」

「日向ちゃんの最後の出勤日もその日にしよう。今年はゆっくり実家に帰って、ご両親に甘えておいで」

オリエンタルは大晦日まで営業するが、旭は日向の帰省を考慮していた。クリスマスが終わると、彼のそばにいられなくなるのだと気付く。

まだ熱さを残すカップに、日向は行き場のないため息を漏らした。

○

清掃のアルバイト最終日。退勤すると、日向は小さな花束をもらった。

「新しい職場でも頑張ってね」と、パートの主婦たちが有志で用意してくれたらしい。清掃は個々に別れて持ち場につくことが多く、日向とは挨拶程度で話す機会などほとんどなかったはずだ。手作りのお菓子やおかずを贈るお母さんも多く、帰りには両手いっぱいに荷物を抱えることになった。

その足で待合室に向かう。師走の季節は病院も忙しく、たくさんの患者が長椅子に座っていた。大きなマスクをした美波に声をかけると、彼女は読みかけのテキストから顔を上げる。今日は母親の薬をもらう日だった。

「清掃の仕事、お疲れ様。毎朝早起きして大変だったでしょう」

「ありがとう。おかげで引っ越し費用も貯まったよ」

「新しい会社は札幌なんでしょう？　また向こうでアパート借りるの？」

日向が年内にやらなければならないこと。最優先事項は新居探しだった。

「いま、不動産の人に探してもらっているところなの。会社は札駅の近くだから、地下鉄圏内に住めばどこも通いやすいし」

「わたしも来年から札幌の予備校に通うから、たまに泊めてね」

札幌市内で最も使われる公共交通機関は地下鉄であり、南北線か東豊線を利用すれば札幌駅まで一本で通勤できる。出向予定のデパートも駅と隣接しているため、札幌市民に戻ったほうが便利なことは明らかだった。

「わたし、日向の次の仕事は飲食関係だと思ってた。また美容関係って意外だったよ」

「それがね、美容と飲食とどっちの知識も必要になるの。サンプルを持ってきたから、よかったら使って」

鞄のなかから取り出した試供品を渡すと、美波はすぐに丸い容器の蓋を開いた。なかに入っているのは何の変哲もない砂糖に見えるが、ひと粒ひと粒が植物性のオイルでコーティングされている。鼻先を近づけ、美波はマスク越しに香りを嗅いだ。

「ラベンダーとかミントとかいろいろ種類があるんだけど、ポピュラーなバニラのフレーバーにしてみたよ」

「甘くていいにおいがする」

「シュガースクラブっていって、マッサージとパックのどちらにも使えるの。洗顔後にマッサージしながらなじませて、ちょっと時間を置いてから洗い流してみて。一回使っただけで効果がはっきりわかるよ」

仕事を始める前から、商品に関する資料をもらっていた。すこしでも早く戦力になりたいと思い、日向は時間を見つけては読み込んでいる。読めば読むほど、食品を使った化粧品を作る会社への期待が高まっていた。

砂糖には痛みの緩和やかゆみを抑える効果があり、昔から傷の治療で使われていたらしい。砂糖の高い浸透力と吸水・保湿力により、化粧水や美容液などが肌に入りやすくする効果がある。天然の香料とココナッツオイルなどの食用油を使っているため、口に入っても安全な成分でできていた。

「日向のお肌がつるつるなのは、お砂糖のせい？　それとも他にいいことあった？」

「……これは、砂糖のせいかな」

正直に答えた日向に、美波が肩をすくめる。

「旭さんとうまくいってるのかなって思ったんだけど」

「全然。進展もないし、このままなにごともなく店を辞めることになると思うよ」

「日向はそれでいいの？」

「それは……」

指摘されると何も言えない。うつむく日向に、美波が背中をぽんと叩く。

「札幌に引っ越したら、旭さんに毎日会えなくなるんだよ？」

「それはわかってるよ。でも、やっぱり……」

「聞けばいいじゃない。夕さんとはどんな関係なんですかって」

彼が独身だということは知っている。けれど、ふたりの間には立ち入ってはいけないなにかがあると、常々感じていた。

お互いを想い合う恋人同士とは違う。夕が旭に敬愛のまなざしを向け、彼もそれを気にかけている。おとぎ話のようにプラトニックな関係がそこにあると思う。

そこに、日向が立ち入る隙はない。

「知るのがこわい気持ちもわかるけど、でも、このまま何もせずに終わったら絶対後悔すると思うよ？」

「……もしふたりが恋人同士だったら？」

「日向は略奪とかそういうことはしないでしょ」

恋人同士のごたごたに巻き込まれるのは二度とごめんだ。苦々しい表情を浮かべる日向に、美波がくしゃりと笑った。

「日向に必要なのは勇気でしょ。大丈夫、玉砕したらなぐさめてあげるから」

小樽に引っ越したことを機に、彼女との仲もより一層深まっていた。旭への気持ちを知る彼女には、女子会のときにいつも話を聞いてもらっている。

しかし日向はいま、誰にも言えない悩みを抱えていた。

病院の自動ドアを抜けると、朝から降っていた雪が足首ほどまで積もっていた。

雪の粒は気温に応じて大きさを変える。十二月は比較的気温の高い日が続くため、大粒の牡丹雪が街並みを白く染めていた。

病院に続く歩道を、傘をさす人々が列をなして歩いている。除雪が間に合わないと人ひとりしか通れない狭さになり、日向は最後尾を歩いた。

反対方向から歩いてくる人が道を譲ってくれ、すれ違う際にお礼を言う。相手は白いダウンコートを着て、頭にも白い帽子をかぶっていた。雪だるまのようなシルエットだなと思い、ややあってから気付く。

「織江さん、おはようございます」

彼女の後ろに夕が続いている。ふたりとも傘をさしておらず、夕の黒髪には雪の結晶が絡まっていた。

「日向ちゃん、これからオリエンタルに出勤？」

「そうです。織江さんは病院の日だったんですね」

「薬を受け取ったら店に寄るわ。お皿洗いくらいなら手伝うわよ」

「でも、大丈夫ですか？　体調が悪いなら家で休んでくださいね」

織江には週に一度の病院の日がある。日向がオリエンタルのアルバイトに採用されたのも、彼女がなかなか店を手伝えないためだ。

「私の体調が悪いわけじゃないのよ」

それは初耳だった。通院の事情や病の名前を詮索するのは失礼だと思っていたが、まさか辞める間際に知ることになろうとは。踏み込んでいいものか悩む日向に、織江は飄々といった様子で続けた。

「私はいたって健康よ。もちろん、年齢相応にあちこちガタはきてるけど、店の手伝いくらいならまだ働けるもの」

「じゃあ、病院に通っているのは……」

日向は夕を見る。彼女は目が合うと、すこし間をあけてから薄い唇を弓なりに曲げた。

「病院はわたし。今日は形成外科に行って、これを診てもらうの」

おもむろに、彼女は顔を覆う前髪をめくった。日向は以前も彼女のそれを見たことがあるが、額からこめかみに向けてケロイド状の傷痕がある。動かすとひきつる目元が痛々しく、彼女の美しいかんばせのなかで悪目立ちしてしまっている。

彼女はいままで、その傷痕を隠し続けていた。カウンター席の端に座るのも、傷痕のない側の顔が見えるように計算されていたのだろう。神経質なまでに隠していた秘密を突然打ち明けられ、日向は言葉が出ずに口をぱくぱくと動かすしかない。

「旭に、来年から店を手伝ってほしいって言われたの。でも、この顔じゃ……ね」

来年――つまり、日向が退職した後の話だ。スタッフに欠員が出るのなら、それを補充するのはなんらおかしいことではない。夕が店に立つ姿を想像しそうになり、日向はかぶりを振って搔き消した。

ふたりの距離が、いままで以上に縮まるのだろう。胸がちくちくと痛むが、それを表に出さないよう笑みを保つ。

「織江さんも夕さんも、クリスマスパーティーは参加されますよね。旭さんとメニューを考えてるんですが、なにかリクエストはありますか？」

なかば無理矢理、話題を変えた。ぎこちなさに気付いたのか、ふたりは返事に詰まる。

「……パーティーって言っても、日向ちゃんの送別会なんだから。自分が一番食べたいものをリクエストしないと」

「あたしが？」

織江に言われ、日向は腕を組んで考える。オリエンタルのメニューはもちろんのこと、日々のまかないでも彼の料理を食べ続けていた。旭は和洋中に限らず、様々な国の料理を作ることができ、その味に飽きた日など一日もない。

「……ケーキが食べたいです。サンタの人形が乗った、まんまるのホールケーキ」

クリスマスといえばそれだ。日向の実家では毎年ホールのケーキを購入し、家族で切り分けて食べるのが恒例だった。

「旭さんは器用だから、きっとデコレーションケーキも作れますよね。どうしてオリエンタルのメニューにはケーキがないんだろう？」

焼き菓子のパウンドケーキは定番メニューだが、生クリームを使った洋生菓子が登場したことはない。シナモンロールやシュトレンはパンに属す。ケーキは日持ちせず廃棄が多くなってしまうのも要因ではあるだろうが、常々疑問に思っていたことだった。

「みんなでケーキを食べられたら、あたしはもう何もいらないです」

「そうね、クリスマスは大切な日だものね」

織江は微笑んだが、夕の表情は長い髪に隠されてよく見えなかった。

○　○

十二月の夜ともなれば、気温は零度を下回る。身を刺すような冷気に肩を縮めながら、日向はひとり夜道を歩いた。

一年で最も日の短い冬至が迫り、二十一時を過ぎたころには南小樽も深い闇に包まれていた。国道沿いの街灯を頼りに、日向は帰路を急ぐ。すれ違う車のライトに目が眩(くら)み、ようやく視界が戻ってきたころ、見慣れたカフェ・オリエンタルの看板が見えた。

店の閉店時刻は十九時。玄関ポーチの灯はとうに落ちていたはずだが、窓からかすかな明かりが漏れている。入り口の鍵はかかっておらず、扉をくぐるといつものベルが鳴る。

「おかえり、日向ちゃん。遅かったね」

旭がカウンターから声をかける。店内の照明はすべて落としているが、調理台の明かりが窓の外に漏れていたらしい。

「旭さん、まだ残ってたんですか？」

「明日の仕込みをやってしまいたくてね。暖房を上げておいたけど、寒くない？」

天井につけたプロペラがまわり、暖房の熱を効率的に循環させている。冷え切った頬を撫でるそのあたたかさに、彼の優しさを感じた。

「てっきり、もう帰ってると思ってました」

「シュトレンが残り少なくなったから、新しいのを焼いておこうと思って」

彼はいつも遅くまで残っては新メニューの研究をし、朝も早めに出勤して仕込みをしている。店にいる時間が長いのはいつものことだが、こんな時間まで調理台にいるのは珍しい。首にぐるぐる巻きにしたマフラーをほどきながら、日向はカウンターの様子を覗いた。

「冬は気温が低いから酵母の動きが弱くてね。夜に仕込んでひと晩じっくり発酵させたほうが効率がいいんだよ」

シュトレンに使うイーストは市販のドライイーストではなく、干しぶどうから起こした天然酵母が選ばれていた。酵母は生き物であり、その日の気温や湿度によって生地の膨らみ方も変わってくるらしい。

本場ドイツでは、クリスマスの三週間前から毎週日曜日にシュトレンを食べる習慣がある。レシピにたっぷりの油分が含まれているのはクリスマスまで長持ちさせるためであり、すこしずつ食べることで味や香りが熟成されていくを楽しむことができる。オリエンタルでは軽い口当たりになるようレシピを変え、日々の減り具合を見極めて新しく焼いていた。

薄暗い店内では互いの顔もはっきりと見えなかったが、日向が明かりの下に現れると旭が小さく笑った。

「鼻が真っ赤だよ。寒かっただろうに、湯冷めしてない?」

「大丈夫です。ゆでダコになるくらい湯船につかってきたので」

オリエンタルの客室にはシャワーしかついておらず、湯船に入りたいときは近所の銭湯に通っていた。夕食を終え、お風呂道具を抱えて出かけようとする日向を見て旭はとても心配していたのだ。

「湯船を作らなかったのは申し訳ないけど、なにもこんな寒い日に出かけなくても……」

「いいんです。こう見えて、銭湯通いけっこう気に入ってるんですよ」

南小樽にはいくつかの銭湯がある。なかには明治時代に創業されたものもあり、そのレトロな雰囲気と銭湯通いという響きが好ましく、日向はまめに利用していた。湯冷めしないようにしっかりと着込んでいるため、いまだ身体の芯がぽかぽかとあたたかい。

シュトレンの生地はすでに作り終えた後で、旭はそれを大きなボウルのなかに入れた。ラップでふんわりと覆い、乾燥防止の濡れ布巾をかける。彼が後片付けをはじめ、日向もカウンターに入ってそれを手伝った。

「旭さん、明日も早く出勤するんですか?」

「そうだね。この後、形成と二次発酵にすすんで、ようやく焼成に入るから。五時前には出勤すると思うよ」

シュトレン作りはとにかく手間がかかる。焼成が終わるとたっぷりのバターを染みこませ、粉砂糖をまぶして乾燥を防ぐ。シュトレンの独特なかたちはイエス・キリストのおくるみを模しているらしい。

十二月に入ってから、旭の仕事量が増えた。夕食が市販の惣菜になるのも仕方ない。日向が食事を断ればいいのかもしれないが、ふたりの時間を削ると逆に彼が何も食べなくなるのではと心配だった。

「あまり早くから仕事をすると、日向ちゃんを起こしちゃうかな?」

「あたしはいいんです。掃除のバイトが終わっても、毎日早く目が覚めちゃうから」

習慣が染みついてしまったのか、目覚まし時計が鳴る前に起床してしまう。布団のなかでまどろんでいるうちに旭が出勤する気配を感じ、それに耳を澄ませながら二度寝をするのが至福のひとときだった。

『札幌に引っ越したら、旭さんに毎日会えなくなるんだよ?』

美波の言葉が頭によみがえる。日向は食器を布巾で拭きながら、視線を手元に落とした。

オリエンタルを辞め二階を退去すれば、こうして営業時間外に彼と話すこともなくなる。店を訪れても自分は客の立場になり、カウンターを越えることはできなくなる。

彼といられる日は、もう、長くない。

「……日向ちゃん?」

口数の減った日向に気付き、洗い物を終えた旭が手を伸ばした。

「ほら、ほっぺたが冷たいよ。湯冷めしないうちに布団に入らないと」

食器用洗剤の香りが鼻先をくすぐる。すこし濡れた彼の手が、日向の頬を包み込んでいた。

彼との距離がいつもより近い。肌に感じるぬくもりに、日向は頰がかっと熱くなるのを感じた。

「明日、シュトレン作りを手伝ってくれないかな？　ふたりでやれば早く終わるから、その後、一緒に出掛けようか」

彼の手のひらに、この気持ちが伝わってしまうのではないだろうか。日向がうなずくと、彼はそれに気付かぬまま手を離した。

翌朝。旭の車に乗って連れられたのは、北運河の外れにある鱗友（りんゆう）朝市だった。

朝市といえば小樽駅近くにある市場も有名だが、あちらは観光客向けの雰囲気が強い。鱗友朝市は商いをする人々も熱心に品物をすすめることは少なく、良い意味で放っておいてくれる気の置けない場所だった。

市場には朝食専門の食堂があり、良心的な価格設定になっている。空腹の日向は吸い寄せられるようにメニューを見てしまうが、旭に引っ張られて市場のなかを歩いた。

「旭くん、こんな時間に来るなんて珍しいね」

「今日はいい魚が入ってるよ。ムニエルにどうだい？」

オリエンタルで扱う食材は南樽市場とこの鱗友朝市で仕入れており、旭はほとんどの店と顔なじみだった。日向たちが訪れたのは七時を過ぎたころだが、朝市は午前四時から開いており、活気ある時間はすでに終わってしまったらしい。ほどよく人のはけた落ち着いた場内で、彼はひとつひとつの店を丁寧に回っていた。

「オリエンタルでも海鮮丼出してみたらいいんでないかい？」

「魚のメニューはもっと増やしたいけど、海鮮丼は店の雰囲気に合わないよ」

ランチで提供されるムニエルは時期によって魚の種類が変わる。旭が自ら仕入れた魚に違いはなく、その焼き加減は絶妙でとてもおいしいのだが、店ではあまり人気がないことを日向は知っていた。

「日向ちゃん、何食べたい？」

「えっ？」

問われ、日向は魚屋の品物をまじまじと見つめる。並んでいるのはどれも新鮮な魚であり、鮭（さけ）のアラなどは格安で売られていた。これを購入して帰り、店で調理するのだろうか。おいしさに間違いはないだろうが、空腹の胃が切なく音を鳴らす。

「出かける前におにぎりを作ってきたでしょう？　ここのお店は筋子と明太子がおいしいんだけど、頼めば食べる分だけ量り売りをしてくれるんだよ」

日向の鞄のなかには、炊き立てのご飯で握った塩むすびが入っている。店の主人たちは腹の音が聞こえたのか、遠慮がちに笑いながらおすすめを言う。

「紅鮭を刺身にしようか？　このホタテも貝柱が大きくて食べごたえがあるし」

「じゃあ、それを。松前漬けもすこしお願いできますか？」

旭は慣れたように注文する。店主の男性は紅鮭の切り身で刺身を造り、奥さんが店先に並べた商品をそれぞれ量りに乗せる。夫婦二人三脚でやっている店は人気があるのか、客足が絶えず忙しそうだった。

すべての品物が揃い、店主が金額を伝える。朝市の食堂で食べるよりもうんと安かった。

「旭さん、仕入れの日はいつもこうやって朝ご飯食べてたんですか？」

ひとりでおいしいものを食べて、ずるい。日向は唇をとがらせながら、市場のほかの商店を覗く。朝市は干物や青果の店もあり、旭は真剣な表情でそれらの品を見つめていた。

「今日はクリスマスパーティーのメニューを考えに来たんだけど……先に朝ご飯にしようか」

刺身の皿を持った日向は、おあずけをされた犬のような顔をしていたに違いない。旭は笑いをこらえるように市場を出ると、駐車場に停めていた車に戻った。彼の車は天井の高いワンボックスカーであり、長身でも窮屈さは感じられない。

旭は軽く運転し、運河が見えるところで車を停めた。暖房を強めに入れると窓ガラスがくもり、日向はそれを拭って外の景色を見る。小樽運河といえば浅草橋から見た景色が有名だが、あそこはあくまでも観光用の運河でありいまも現役で使われている北運河には漁船やボートがつながれていた。

「外で食べたほうがおいしいんだけど、いまの時期は寒くて身体が冷えちゃうからね」

ダッシュボートからウエットティッシュを取り出し、彼は手を拭くように言う。車内で食事をすることに慣れているのか、運転席と助手席の間には広々としたスペースが確保されていた。そこに買ってきた品物を乗せ、日向はまだぬくもりの残る塩むすびを取り出す。花柄の水筒には味噌汁を入れていた。それを紙コップに注ぎ、旭に渡す。豆腐と長ネギだけのシンプルな御御御付けだが、今日はよけいな具材はいらなかった。

日向は割りばしで筋子をほぐすと、塩むすびの上に乗せた。自家製の筋子はほどよく水分が抜け、白米の上に乗せても崩れることなく鎮座ましましている。旭は明太子を乗せ、「いただきます」の声が日向と重なった。

大きな口をあけて、ひと口。白米が舌の上でほろりと崩れ、嚙みしめるたびに筋子の濃厚な味が広がった。

「こんな朝ご飯、贅沢すぎます」

ふた口目は味を変えて明太子。こちらも間違いないおいしさで、ほどよい塩気にご飯がすすむ。あっという間におにぎりを食べ終えた日向を見て、旭がふたつ目を手渡した。

「仕入れのときは忙しくて食べる暇もないんだけど、観光客の人がこうやって食べていたのを見て、いいなって思ってたんだよ。日向ちゃんを連れて来たら喜ぶかなって」

離れていても、彼の頭の片隅に自分がいる。それを感じて日向は顔が赤くなるが、旭はそれに気付かぬまま紅鮭の刺身に箸を伸ばした。寄生虫を殺すために凍らせた鮭はルイベと呼ばれ、半解凍で食べるのが北海道流だ。おにぎりの上に乗せて刺身を溶かし、ぱくりと食べる表情は意外と幼い。

「うん、おいしいね。でも、店では生魚を出すつもりはないしな……マリネやカルパッチョにしてもランチメニューには合わないし」

「このホタテなら、フライにしてもいいんじゃないですか？」

紅鮭はひとつひとつ丁寧にさばいてあるが、ホタテは貝柱がまるごと皿の上に乗っていた。日向はそれを箸でつかみ、豪快にかぶりつく。口いっぱいに広がるねっとりとした甘さに、ほっぺたが落ちそうだった。

「最高です。甘くて歯ごたえがあって味が濃くて。火を通しても絶対おいしいですよ」

「ムニエルと一緒に、ソテーとして出すのもいいね。クリスマスパーティーは魚料理をメインに考えてみようかな」

旭はパーティーの献立に頭を悩ませているらしい。彼が作った料理なら何でもおいしいと日向は思うのだが、彼は彼なりにこだわりがあるようだった。

「ローストビーフやポテトサラダの定番料理でもいいんだけど、せっかく常連さんを呼ぶならお店らしさも出したいし。スパイスの組み合わせもいろいろ考えたいんだ」

「でも、ランチのメニューにはそこまでスパイスらしさはないですよね？」

ハンバーグにはナツメグ、ムニエルにはオールスパイスを使用しており、それは効能云々(うんぬん)というよりも臭み消しなどの役割が強い。ランチを目当てに訪れる客のなかには、オリエンタルのコンセプトをわかっていない人もいるだろう。日向はそれをもったいないと思うのだが、旭は気にしていないようだった。

「店の定番メニューは何度も口にしてもらうものだから、なじみのある味でいいんだよ。

僕はあくまでも料理人で、おばあのような薬のプロではないからね」

北海製罐小樽工場が、朝八時の始業の時報を鳴らした。小樽を訪れる観光客は札幌に宿をとる人が多く、この時報を聞けるのは地元の人ばかりだ。その特権とともに、日向は松前漬けを箸でつまむ。

「日向ちゃん、パーティーで食べたいもの決まった？」

松前漬けには細く刻んだ昆布が使われており、納豆のように糸を引いて具材が落ちそうになる。それと格闘していると、旭が話題を変えた。

「……旭さん、デコレーションケーキって作れますか？」

おずおずと切り出した日向に、旭の眉がぴくりと動く。

「苺のショートケーキが食べたいです。サンタとツリーの飾りが乗っていて、みんなで切り分けて食べる大きなホールケーキがいいな」

リクエストの内容は早々に決まっていたが、種類を決めかねていた。王道の生クリームもいいが、チョコレートを練り込んだ生チョコや、ずっしりと重いバタークリームも捨てがたい。けれど朝市の青果店で苺を見つけ、そのみずみずしさに目を奪われていた。

「じゃあ、このまま予約しに行こうか。ケーキが有名なホテルがあるんだよ」

「旭さんが作ってくれないんですか？」

「和菓子と焼き菓子は作れるけど、洋生菓子は苦手なんだ」

なんでも器用にこなす旭にも、不得手なことはあるらしい。日向はそれを聞いて内心ほっとする。彼とは店の営業時間以上に長い時間を過ごしているが、弱い部分をいままで見たことがなかったのだ。

「最初はね、オリエンタルのメニューにもケーキがあったんだよ」

朝食で心が満たされたのか、旭がぽつりとこぼした。

「とてもおいしいケーキだったから、日向ちゃんも絶対気に入ってくれたと思う」

「どこかのお店から仕入れてたんですか？」

日向の問いに、旭が首を横に振る。

「オリエンタルのケーキ担当は夕だったんだ。最初はふたりでオープンしたんだよ」

「夕さんが？」

オリエンタルは年季の入った外観をしているが、その実オープンして一年も満たない新しい店だ。二階にはいまだ開業する目途のたっていない客室がある。日向の知らない事情が、店にはたくさん残っているようだった。

「あたしが辞めた後は、夕さんがお店に出るんですよね？」

「その話、夕から聞いたの？」

「夕さんがお店に戻れば、ケーキが食べられるようになるんですね。いいなあ」

言葉とは裏腹に、胸のなかを嫉妬という名の痛みがよみがえる。彼女がオープン当初のメンバーだというのなら、日向が辞めた後に戻っても何らおかしくはない。

自分の居場所があっという間になくなるのだと思うと、笑みを保つ唇がふるえる。しかし旭は、涼し気な目元を伏せて力なく笑った。

「……夕はね、もうケーキを作ってくれないんだよ」

○　○　○

今シーズン二度目の転倒は、花園銀座通り商店街を歩いているときだった。

轍に足をとられ、横倒しに転んだ。受け身が上手くとれず、氷に叩きつけた手のひらがじんじんとしびれる。道行く人々からの視線が恥ずかしく、痛みをこらえてすぐに立ち上がった。

転んだ拍子に買い物の品を落としてしまったが、雪がクッションになったのか傷やへこみはなかった。二度と落とすまいと、日向は両手で抱きしめながら道を急ぐ。

オリエンタルの定休日に、吾妻家に招かれていた。途中で和菓子店に寄ったのだが、何を買うか迷っているうちに日が暮れてしまったのだ。昼間の日差しで緩んだ路面が再び凍り付いてしまい、上り坂が足元の不安を加速させる。

商店街を抜け花園橋を渡ると、水天宮へと続く坂道の途中に鳥居が見える。のぼった先に神社があるが、その手前にキリスト教の小樽聖公会がある。歴史のある土地には様々な文化が入り乱れるのだなと日向は思った。

坂の途中にある吾妻家の門扉をくぐると、北海道では珍しい日本家屋が出迎える。日向は風除室のなかで呼び鈴を鳴らした。

はーい、と聞こえたのは旭の声だ。

「遅かったね。道に迷っちゃった?」

「すみません、途中で転んじゃって……」

ブーツを脱いで上がり框をのぼると、どこからともなくお香のにおいが漂っている。吾妻家は内装も和の造りが基調とされており、廊下を歩くと畳敷きの居間に通された。織江が炬燵に入ってテレビを見ている。

「いらっしゃい、日向ちゃん」

「おじゃまします」

暖房は反射式の灯油ストーブであり、テルがその前で気持ちよさそうにうたた寝していた。冬になってから散歩の回数が減っていたため、その姿を見るのは久しぶりだ。

「織江さん。これ、花園だんごを買ってきました」

「あらまあ、わざわざありがとう」

旭に手土産の相談をすると、花園地区にある和菓子店を指定された。そこで売られている花園だんごは小樽市民に長く愛されている味であり、織江は土産の箱を隣の部屋に運ぶ。

そこには大きな仏壇があった。

「暁、日向ちゃんがお団子買ってきてくれたわよ」

織江が仏壇のろうそくに火を灯す。名前を呼ばれ、日向は彼女の隣に座った。実家にも仏壇があり、お線香をあげる習慣が骨の髄まで染みついている。

織江がりんを鳴らし、日向は手を合わせる。やがて目を開けると、欄間(らんま)に飾られた遺影に気づいた。白黒の写真が多く、仏壇の豪華さからも吾妻家が代々続く家だとわかる。

そのなかにひとつ、真新しい写真があった。

「その写真は暁。旭のお兄さんよ」

旭に兄がいたことは初耳だった。遺影のなかで微笑む彼は眼鏡をかけており、理知的な印象が旭とは結びつかない。けれど輪郭や唇の形が血のつながりを感じさせた。

「花園だんごは暁の好物だったから、買ってきてくれて嬉しいわ。後で一緒に食べましょうね」

「もうすぐ晩ご飯できるから。日向ちゃんもお腹空(す)いたでしょ」

そう言いながら、旭が炬燵の上に鍋敷きを置いた。日向は手伝おうと立ち上がるが、彼がそれをやんわりと制す。

「今日はお休みなんだから、ゆっくりしていって。お風呂も沸いてるからね」

「すみません、いろいろしてもらって……」

「いいのいいの。湯冷めして風邪を引いちゃうほうが心配だからさ」

真冬に銭湯通いを続ける日向を不憫(ふびん)に思ったのか、旭が吾妻家に呼んでくれたのだ。彼は次から次へとテーブルの上におかずを運ぶ。その様子に、織江がこっそりと耳打ちした。

「旭ったら家じゃ料理なんてしないのに、日向ちゃんが来るから張り切ってたのよ」

「おばあ、聞こえてるよ」

旭の地獄耳が反応する。背の高い彼は鴨居(かもい)に頭をぶつけそうではらはらするが、両手に土鍋を抱えながら慣れたようにくぐった。

「今日、夕さんはいないんですか？」

彼女もここで暮らしていると、旭から聞いていた。

「用事があるみたいで出かけているの。帰りが遅くなるって言ってたから、晩ご飯も済ませてくると思うわ。せっかく日向ちゃんが遊びに来たのに残念ね」

はじめて訪れた家に緊張が解けず、日向は居間をきょろきょろと見回す。テレビから流れるのは時代劇であり、織江はそれを夢中になって見ていた。

年季の入った引き戸棚の上に、写真が飾られている。その数は多く、壁にかけた大判のものから、スナップを額縁に入れた写真立てもある。吾妻家の歴史がそこに凝縮されているようで、日向は吸い寄せられるようにその前に立った。

「僕らの両親は子どものころに離婚してね。父が引き取ったけど出張であちこち飛び回っているから、おばあが育ての親のようなものなんだ」

振り向くと、いつの間にか旭が後ろにいた。写真立てには幼いころの旭が映っているが、彼は恥ずかしいのか取り上げてしまう。彼の隣には必ず兄が一緒に映り、この家の庭先で撮ったとみられる写真が数多くあった。

「ふたつ上の兄は薬剤師を目指して、小樽の薬科大学に進学したんだ。僕は調理の道に進みたくて、札幌の専門学校に通った。これがその時の写真だよ」

彼が指差す先、写真立てのなかに大人になった旭の姿があった。専門学校時代なら、およそ十年前といったところか。背の高さはいまと変わらないが、カメラに向かって笑う顔にはまだあどけなさが残っていた。

写真には織江と暁、旭の三人の写真が多い。けれど、そのなかにひとりの女性が加わったものを見つける。

「この人は？」

「夕だよ。僕と同じ専門学校に通っていたんだ」

日向は驚きを隠せず、食い入るように写真を見つめた。

「僕は調理師課程で、夕は製菓課程だったんだけど、バイト先が一緒で仲良くなってね」

若いころの夕は、長い髪をひとつ結びにしていた。カメラに向かって破顔するその顔に長い前髪はない。額から目尻にかけての傷痕は変わっていないが、彼女の潑剌とした笑顔を見ると傷痕など気にならなかった。

「夕さんのこんな表情、はじめて見た……」

手に取ると、その奥にひっそりとたたずむ写真立てを見つけた。まるで隠されていたかのようだが、日向はそこに映る姿に目を奪われていた。

「それは結婚式の写真だよ」

「夕さん、綺麗……」

ウエディングドレスに身を包んだ彼女の写真。プロのメイクとヘアセットにより、額の傷痕は限りなく目立たなくなっていた。隣に立つのは、白いタキシードを着た暁。いまの彼女からは想像もつかない姿だ。写真から目を離せない日向に、旭が口を開く。

「吾妻薬局ははじめ、兄が薬局のまま継ぐ予定だったんだ。オープンの日に夕と入籍するつもりだったから、この写真を撮ったときにはまだ苗字(みょうじ)が変わっていなくて……結局、籍を入れる前に兄が死んでしまったんだ」

その写真を懐かしむように、旭がぽつりぽつりと昔の話をはじめた。

○　○　○　○

JR小樽駅から外に出ると、中央通りの緩い坂道の先に日本海が広がっていた。風に混じる潮の香りを、旭は胸いっぱいに吸い込む。一年ぶりの帰省だが、故郷はいつも同じ景色が広がっていた。

小樽市には景観を保つ条例があり、大きなビルが建つことはない。歴史的建造物は外観こそ昔と同じ姿を保ち続けているが、所有者が変わり新しいテナントが入ることもある。インバウンドの旅行者向けのドラッグストアが増え、三角市場に向かう観光客は姦(かしま)しく母国語で会話をしていた。

市民の足であるバスターミナルからは、ひっきりなしにバスが発車している。旭が迎えの姿を探していると、ロータリーに停まった軽自動車がクラクションを鳴らした。

「おかえり、旭。早く乗って」

いつもは暁が迎えに来ていたが、今日は兄の車を夕が運転している。トランクに荷物を積むと、彼女は旭を乗せて走り出した。

「夕、なんで小樽にいるの？　仕事は？」

「今日は休みなの。休日はいつも吾妻家に泊まってるって聞いてないの？」

「そういえば、おばあが電話で言っていたような……」

夕とは札幌の専門学校時代からの付き合いだった。旭は調理師、夕はパティシエを目指し違うコースに違っていたが、同じホテルの調理場でアルバイトをしていたため、自然と交流ができたのだった。

旭が助手席に座ると、彼女の顔に大きな傷跡があるのが見える。

『この傷は子どものころの事故が原因なの。うつるような病気じゃないから安心して』

初対面で、彼女は旭にそう言った。調理の世界では髪をでき得る限りまとめる必要があり、夕は傷痕を隠すことができなかった。オーブンの前では汗だくになってしまうため化粧もせず働いていたが、その顔立ちの美しさに異性から人気があることを旭は知っていた。

卒業から月日が経てば疎遠になる同級生も多い。しかし夕は兄の恋人であり、実家に帰省するたびにこうして顔を合わせているのだった。

「暁さん、朝から頭が痛いって言うからわたしが迎えに来たの。それより旭、また仕事辞めたんだって？」

「今回の店はもともと一年間っていう約束だったんだ」

「そう言って、どこの店に行っても長く続いたためしがないじゃない」

夕は専門学校を卒業後、アルバイト先だったホテルにそのまま就職した。旭も一度は同じホテルで働いたものの、三年ほどで仕事を辞め、その後店を転々としている。仕事を変えるタイミングで小樽に帰省しているのだが、旭の根無し草生活に家族の誰よりも苦言を呈すのが彼女だった。

「で？　次の仕事はもう決まってるの？」

「別に。今回はすこしゆっくりしようかなと思っててさ」

「ちょうどいいわ。旭にも話しておきたいことがあったの」

彼女から説教をされないのは珍しい。旭は槍でも降ってくるのかと身構えたが、夕は何も言わずにハンドルをさばき、吾妻家の庭先に車を停めた。

「おかえり、旭。すこし痩せたんじゃないか？」

「兄さんこそ、相変わらず顔色が悪いね」

すくすくと大きく育った弟と違い、暁は子どものころから身体が弱かった。熱を出すのは日常茶飯事であり、大人になったいまももやしのように細い。しかし性格は明るく溌剌としており、夕が帰宅途中に買った花園だんごを渡すと飛び上がらんばかりに喜んだ。

「おばあは店だからみんなが揃うのは夜になるけど、先に旭に話しておきたいことがあってさ」

荷物を自分の部屋に運ぶ間もなく、居間の座布団に座らされる。いよいよ兄からも仕事のことで何か言われるかと覚悟したが、彼は夕と並んで正座をすると、好物にも手を付けず話を切りだした。

「実は、夕と結婚しようと思ってるんだ」

「それはおめでとう」

予想とは違う話に、旭は拍子抜けしながらもお祝いを言う。ふたりの仲はそろそろ十年になるだろう。いずれ結婚するとは予想していたが、三十路を過ぎた夕はよく待ち続けたなと感心してしまった。

報告が済んで気が抜けたのか、暁は正座の脚を崩して甘味に手を伸ばす。小ぶりな団子の上に餡子などを乗せたのが花園だんごだが、兄は抹茶餡が何よりも好きだった。

「籍を入れるのはすこし先なんだけど、旭には真っ先に報告したくてさ。それで、いろいろ頼みたいこともあったんだよ」

「披露宴の料理かなにか？」

調理の仕事を生業にしていると、友人たちからパーティーの依頼を受けることがあった。旭はホテルでイタリアンの修行をした後、和食や中華などの店を渡り歩いて勉強したため、ひと通りの料理を作ることはできる。

「式は挙げないつもりなんだ。家族で食事会くらいはしようと思っているけど、いろいろと節約したくて」

「兄さん、病院で働いてるんだろ？　薬剤師って給料高いんじゃないの？」

彼は南小樽総合病院に勤務しており、年収はそうとういいはずだ。旭の指摘に、暁は団子をかじりながら言う。

「夕とふたりでおばあの店を継ごうと思うんだ。それで、店の改装資金が必要でさ」

「わたしは親もいないし、もともと結婚式に憧れもなかったしね。だからふたりでお金を貯めて、吾妻薬局を新しくしようと思ってたの」

夕の両親は、彼女が幼いころに交通事故で亡くなった。顔の火傷痕もその事故が原因だと聞いている。ふたりが決めたことなら何も文句はないと、旭は淡々と告げた。

「僕は薬剤師の資格もないし、店はいずれ兄さんが継ぐものだと思っていたから何も言うことはないよ。ふたりで店をやるってことは、夕はパティシエを辞めるつもり？」

「違うの。吾妻薬局を改装して、店のなかにカフェスペースを作ろうと思っているのよ」

ふたりは前々から準備していたらしく、店の設計図を取り出した。吾妻薬局は生薬を専門とした漢方薬局であり、風邪薬や鎮痛剤などの市販薬を販売する薬局とは毛色が違う。訪れる患者ひとりひとりに合わせて調合された生薬を自宅で煮出して服用するのだった。

「常連客の人はもちろん、新規の患者さんも気軽に入れる店にしたいの。薬を煮出すのもコツがいるでしょう？　煮出し方や味を知りたい人もいるだろうし、店のなかでゆっくりできるような場所を作りたかったの」

「せっかくならそこをカフェにして、おばあのお茶や夕のお菓子を出そうと思っていて。保健所の届け出とか面倒なことは多いけど、なんとか許可がもらえそうだよ」

「暁さんに手伝ってもらって、薬膳の効果があるお菓子を作ろうと思うの。桂皮(シナモン)や丁字(クローブ)はお菓子の香り付けで使うし、杏仁(あんにん)豆腐に使う杏仁(きょうにん)も上に乗せる枸杞子(くこし)も立派な薬膳だわ」

店の設計図は百味箪笥(ひゃくみだんす)を中心に導線が組まれていた。決して広くはないが、カウンターで薬の相談を受け、テーブル席をカフェの利用とすれば客同士がぶつかることもない。石造りの建物は外の様子が見えないため、大きな窓を作り外からの自然光を取り入れる。設計士と入念に打ち合わせをしていたのか、旭が口を挟むような欠点はどこにもなかった。

「今回の改装でお金がかかるのが二階なんだ。吹き抜けにして、天井を高く見せたくて」

「二階なんてただの物置だし、そこまでする必要はないと思うけど」

「この二階を宿泊所にしたいと思ってるんだよ」

突拍子もないことを言いだした兄に、旭はぽかんと口を開けた。

「薬局とカフェだけで大変なのに、なにもわざわざ仕事を増やさなくても……」

「宿泊料もできるだけ安くして、長期で泊まってもらえるようにしたい。湯治(とうじ)をするみたいに、毎日うちの漢方を飲んで身体の悪いところを治していってもらいたいんだよ」

漢方薬に即効性のあるものは少なく、効果を感じるまでに時間がかかるものが多い。生薬を煮出して作る煎(せん)じ薬は手間も時間もかかり、新規の患者は効果を感じ始める前に挫折してしまう人も多いのが現実だった。

「小樽は時間の流れがおだやかな街だからさ。都会の喧騒を忘れてゆっくり静養できるおやすみ処にしたいんだよ」

暁は結婚しても実家を出ず、夕も織江と暮らすことを承諾しているそうだ。年々小さくなっていく祖母の背中を心配していた旭にとって、それはなにより安堵する報告だった。

「改装が終わってオープンする日が決まったら教えて。そのときは僕も小樽に帰るから」

「……実は、旭にも店を手伝ってほしいんだ」

突然の申し出に、お茶を飲んでいた旭は咳き込んでしまう。

「ぼくは薬局、夕はカフェと、それぞれの仕事で手いっぱいになって宿泊所まで気が回らなくなると思うんだ。次の仕事が決まるまでの間でいいから、旭に部屋や宿泊客の管理を頼めないかな?」

「でも僕は料理ばかりで、宿のことなんてなにも……」

しかし旭は、観光地のホテルや旅館の厨房で働いたこともある。自分が入っていた相部屋の寮は宿泊所と同じような仕組みだろう。

宿代を安価にするためには、宿泊客が自分で身の回りのことを済ませなければならない。食事を希望するならば自炊だが、設計図を見る限りそこまではできなさそうだ。希望者には別料金で食事を提供することになるだろう。菓子を作る厨房でも十分事足りる。

「うちは部屋もたくさん余ってるし、旭の部屋はおばあがまめに掃除してくれてるから」

「新婚のふたりと暮らすのは気を遣うよ。どこかアパートを探さないと……」

「籍を入れるのは開店日って決めているの。わたしもぎりぎりまでホテルの仕事を続けたいから、小樽に引っ越すのはまだ先だわ」

「改装が終わるまではこの家に住めばいい。宿泊所には管理人室を作るから、旭はそこに寝泊まりするようになれば気を遣わなくて済むだろう?」

その用意周到さに、ふたりが前々から自分を口説くつもりだったのだと気付いた。

「旭はいろんな料理の勉強がしたくていまの生活を続けているんだと思う。でも、自分でもそれを終えるタイミングがわからなくなってるんじゃないか? 地元に帰ってきて、これからのことをゆっくり考えてみるのも大事だとぼくは思うよ」

旭は定期的に帰省していたが、仕事で忙しい兄とはすれ違うことが多かった。顔を合わせてゆっくり話すのは久しぶりであり、彼は彼なりに弟のことを心配していたらしい。

新しい店の営業が落ち着くまで。その条件付きで、旭は地元に戻ることを決めた。

改装工事には時間がかかるため、その間は小樽のホテルで調理の仕事をしながら宿泊業の勉強をした。夕はぎりぎりまで札幌に残り、店で出すケーキの研究に余念を欠かさない。暁はころ合いを見て病院を退職し、織江から常連客の薬歴を引き継ぐ。それぞれが役割を果たし、改装工事の期間はあっという間に過ぎていった。

工事が終わると次は内装を整える段階に移り、調度品や宿泊所のベッドのデザインまで夕が取り仕切った。彼女が作る洋菓子は見た目も趣向を凝らしており、その美的センスは内装にも妥協を許さなかった。織江が長年愛した店の調度品を限りなく残し、けれど新しい患者やカフェの客が来ても親しめるような、そんな思いを込めて店の内装が決まった。オープンはクリスマスの予定だった。忙しい年の瀬でも季節感を忘れないようにと、彼女はドイツ菓子のシュトレンを焼いた。

「オープンの日まで、毎週日曜日にこれを食べるの。結婚しても毎年シュトレンを焼くわ。そうしたら暁さんも結婚記念日を忘れないでしょう？」

式は挙げない予定だったが、ふたりは織江のためにと写真を撮った。できるだけ予算を浮かそうと、ドレスをレンタルして家の近くの教会で撮影してもらった。籍こそ入れていなかったが、長い付き合いのふたりはすでに夫婦のようなものだった。

「ホテルで働いていたころはクリスマスになにもできなかったけど、これからは毎年一緒に過ごせるようになるから。十二月はシュトレンを焼いて、クリスマスには苺の乗ったホールのケーキを焼くわ。ずっとずっと、そうしたいと思っていたの」

夕は最繁忙期であるクリスマスイブまで、ホテルに出勤することになっていた。毎週日曜日だけは休みをもらい、吾妻家に泊まりシュトレンを食べた。暁も年末で人手が足りなく、古巣の病院に呼び出されていたが、その日だけは彼女との時間を過ごしていた。

オープンまであとすこし。その段階で、ふたりが喧嘩をした。

「店は他の従業員を雇うつもりはないよ。旭もずっといてくれるわけじゃないけど、可能な限り、夕とふたりでまわしていきたいんだ」

「わたしは何度も、接客ができるアルバイトを入れてほしいって言ってるじゃない」

「いざとなったらおばあも手伝ってくれる。人を雇うと人件費もかかるし、店のコンセプトをわかってくれる人じゃないとお客さんにも伝わらないよ」

それは改装準備から何度も繰り返された話し合いだった。夕は暁の助手と店に出すお菓子作りに専念するため、接客を他の人に任せたいと言う。けれど暁は、夕にも店に立って欲しいと言う。旭がカフェを手伝うことを提案したが、兄はそれをよしとしなかった。

「わたしに接客は無理だわ。ホテルでも、ずっとケーキを焼いていただけなんだから」

「最初はすこしくらい間違えたっていいんだよ。時間が経てば慣れていくと思う」

「……無理よ。わたしに接客はできない」

夕が人前に立たない理由を、暁も旭もわかっている。彼女は顔にある大きな傷痕を気にしているのだ。

専門学校で就職活動をした際、夕は分業制のホテルではなく、焼成からデコレーションまでを身に着けられる個人店を志望していた。けれどどの店からも色よい返事はもらえず、アルバイト先の上司に誘われそのまま正社員になった経緯がある。

個人経営の店では、パティシエが接客を担当することも少なくない。販売専門のスタッフがいても、調理の様子が見れるようにガラス張りの内装をしているところもある。それらの店にとって、夕の顔に刻まれた傷痕は好ましいものではなかったのだ。

傷痕を化粧で隠すことはできる。しかし、繊細な洋生菓子を調理するにあたって、化粧品のにおいがつくのは禁忌とされている。衛生面を考えると、帽子や髪の毛で隠すこともできなかった。

「……別に無理に、夕に接客をしてもらう必要はないんじゃないかな」

オープンが目前に迫り、旭は店で晩酌をする晩にそう切り出した。

夕のホテルは最繁忙期に突入し、彼女は日曜日も小樽に帰って来れない。このままでは、ふたりの結婚記念日は苦い思い出になってしまうのではないだろうか。旭はそう心配していたのだが、暁は決して自分から折れようとしなかった。

内装も整い、彼は管理人室に泊まり込みで準備をしていた。自分の店を持つプレッシャーのためか、うまく眠れないようで、寝酒をあおっている姿をたびたび目にしていた。旭もまた遅くまで準備をしていたため、その日は自然と彼の晩酌に付き合っていた。

「夕はこわいんだと思うよ。個人店の面接ではっきり言われたことがあるらしいんだ。『君が店に立つとお客様がおびえるかもしれない』って」

「この店は洋菓子店じゃないよ。薬局だ」

「でも――」

「わかってる。別に意地悪を言いたいんじゃない。でも、ぼくからしたら夕の傷痕なんて全然気にならないんだよ。ただ、一緒に店に立ちたいだけなんだ」

酔いが回っているのか、彼は恥ずかしげもなくそう言った。聞いているこっちのほうが赤面してしまいそうで、旭はお酒をひと息に飲み干す。

「そういうことこそ、本人に言ってあげるべきだと思うけど」

「言いたくても言えないんだよ」

「でも、言わないと夕は兄さんの気持ちがずっとわからないままだよ」

どんなに長い月日を共に過ごしても、心の底から分かり合うことは難しい。お酒を飲んでくだをまく兄を、旭は根気強く諭した。

「……わかった。明日、札幌に行って夕に会ってくるよ。仕事が忙しいだろうけど、お茶をする時間くらいはあると思うから」

旭の説得が伝わったのか、暁はようやく首を縦に振った。

「明日は日曜だし、夕と約束したシュトレンを食べないとね」

そう言う顔は、お酒を飲みすぎたのか真っ青だった。首を動かすと頭に響くのか、彼は顔をしかめながら眉間に指先を寄せる。

「飲みすぎだよ。ほら、水」

「最近、頭痛が続いててさ。酒を飲んだらよけいひどくなったみたいだ」

身体の弱い兄にとって頭痛は日常茶飯事のようだ。旭は心配したが、彼は慣れたように痛み止めの薬を取り出した。

「旭、雪が積もる前に帰ったほうがいい。ぼくは今日、店に泊まるから」

「調子が悪いなら一緒に泊まるよ。どうせ部屋はいっぱいあるんだし」

「それだと明日の雪かきが大変だろう。おばあが転んで怪我でもしたら大変だ」

そう言われると帰るしかない。旭はしぶしぶうなずいた。

せめて管理人室に行くまで見守ろうと思ったが、彼は「まだやりたいことがある」とカウンター席から動こうとしなかった。外はしんしんと雪が降り積もり、長居すると帰り道で難儀しそうだった。

旭は兄を残し、ひとり帰路についた。

「——次の日僕が店に行くと、兄さんは同じカウンター席で眠っていたんだ」

揺り起こそうとして、旭はそこで異変に気付いた。

「急いで救急車を呼んだ。すぐに病院に運ばれたけど、もう手遅れだった。頭が痛いと言っていたのは、くも膜下出血の前兆だったたんだよ」

窓の外では、いつの間にか雪が降り始めていた。今日は気温も低く、雪の粒が細かい。結露した窓ガラスが寒さを伝え、織江がストーブの火力を強めた。

「連絡を受けた夕が駆けつけたころには、兄さんは息を引き取った後だった」

「……それから、お店はどうなったんですか？」

「クリスマスのオープンは中止。おばあがもう一度薬局をやることも考えたけど、身体のことを考えると難しかった。だから僕らでカフェとしてオープンすることを決めたんだ」

さらに改装工事が必要になったが、調理場を整えるだけだったためさほどお金はかからなかった。

店に立つと申し出たのは、彼女からだった。夕は気丈にも店の準備に参加し、年明けにオープンが決まった。

「宿泊所の営業はいったん保留にして、僕と夕のふたりでカフェをはじめた。当初はランチを作る予定はなくて、夕のケーキがメインだったんだ。それが評判になってたくさんお客さんが来てくれたんだけど、ある日を境に客足が途絶えるようになってね」

情報あふれる現代では、店の評判はインターネット上に書き込まれる。オリエンタルはホームページを作っておらず、誰もグルメサイトのことを気にしていなかった。

「店の口コミに、店員の顔が気持ち悪いっていう書き込みがあったんだ。夕の傷は古い火傷の痕だけど、そこには皮膚病のようだと書いてあった。そのレビューがきっかけで、店に客が入らなくなってしまったんだよ」

日向もグルメサイトを利用することはあるが、その投稿の存在は知らなかった。おそらく削除してもらったのだろうが、一定の期間人の目に触れる環境にあったのならば、それがサイトだけではなく、人の口の噂にも広がってしまったのだろう。

「夕は責任を感じて店に立たなくなった。僕はケーキだけでも作ってほしいと頼んだけど、それも断られてしまったんだよ」

日向はただ、彼の話を聞くことしかできなかった。

彼女はいったいどれほどの悲しみを乗り越え、店に立とうとしたのだろう。不安を圧し殺し、訪れる客に笑顔を作った。慣れない接客に神経をすり減らし、それでも、愛する人が遺した店を守ろうと頑張ったのだ。

彼女が心に負った傷は、日向とは比べ物にならないほど、深い。

『どうしてオリエンタルのメニューにはケーキがないんだろう?』

日向は彼女の前で無神経な発言をしてしまった。

夕が店に来なくなった原因は、自分にあるのかもしれない。

○　○　○　○　○

毎週水曜が定休日のオリエンタルだが、クリスマスが迫るころに臨時休業日を作った。

それは暁の一周忌法要のためであり、日向は休みを利用して札幌の街を訪れていた。

札幌駅に隣接する商業施設は、カップルや家族連れなどたくさんの人であふれている。

クリスマスの決戦に向けて若い女の子たちが熱心に服を眺めていた。その波をかきわけ、日向は地下にあるテナント街に向かった。

「二葉さん、お久しぶりです」

「待ってたわよ、日向ちゃん」

そこは日向が働いていた『Onyx』の札幌駅店だった。

辞めた職場には近づき難いものだが、二葉は十二月に大通店から古巣の店舗に戻っていた。日向は札幌駅店での勤務経験がないため、気負うことなく店を訪れることができたのだ。

「予約してたクリスマスの限定コフレ、取りに来ました」

オニキスで一番の売り上げを誇る限定商品が、クリスマスの限定セットだ。この売り上げの成績が、後の仕事に関わってくるのを日向はよく知っている。二葉にクリスマスパーティーの連絡をすると、出席の返事とともに限定品の宣伝が来たのだった。

「急に札幌駅店に戻ることになったから、予約が取れなくて困ってたのよ。売り上げに貢献してくれて助かるわ」

　予約は秋の段階から始まっていたため、大通店にいたときの成績も反映されるはずだ。むしろ札幌駅店に戻ったことでかつての顧客たちの予約も獲得したに違いない。口ぶりのわりに、二葉の表情は明るかった。

「クリスマスはいろんなメーカーで作るから、どこの店も客の取り合いで必死なのよね」

「新しい化粧品が欲しかったのでちょうどよかったです」

　受け取ったクリスマスコフレは、冬らしく雪がテーマになっていた。ポーチはシルバーがかった純白であり、チャームが雪の結晶を模している。なかはアイシャドウやリップグロスに、ミニボトルのスキンケア用品一式のセットで、どれも冬らしいデザインがあしらわれていた。

　オリエンタルや清掃のアルバイトでは、化粧は最低限にとどめていた。濃くする必要もなく、塗りすぎると店の雰囲気に合わないのがわかっていたからだ。けれど年明けから始まる新しい職場ではそうもいかず、残り少ない化粧品を買い揃えるいい機会だった。

「新しい仕事も美容関係なんだってね。うちとライバルになっちゃうのかな？」

「いえ。新しい職場は基礎化粧品だけで、ファンデーション類は作ってないので」

日向はいままで、化粧品は全てオニキスの商品で揃えていた。仕事を辞めてから手作り化粧水を使うようにはなったが、ファンデーションなどは使い慣れていたものが肌になじみ、新しいものを買う気になれないのだ。

「時間ある？　せっかくだし、お化粧直してあげようか？」

「それは嬉しいですけど、ほかのお客様は大丈夫ですか？」

クリスマス時期は掻き入れどきだ。他のスタッフが熱心に化粧品をすすめていた。半ば強引にメイクアップスペースに押し込まれると、服が汚れないようにケープを巻かれる。鏡に映る自分を見ると、ファンデーションがすこし浮いていた。真冬でも、暖房の効いた室内にいると汗をかいてしまうからだ。二葉は手早くメイクを落とし、手のひらで化粧水を塗る。お客様にメイクをすることをタッチアップといい、二葉の優しい手つきとぬくもりが気持ちよい。

「日向ちゃん、ニキビができてる」

「最近忙しくて。メイクをしたまま寝ちゃうこともあるから、それも原因だと思います」

清掃のアルバイトを辞めて時間ができたはずが、なにかと忙しい毎日を過ごしていた。

年明けの仕事に備えての勉強はもちろんだが、いまだ引っ越し先が見つかっていない。今日も札幌の不動産屋と市内のアパートを見て回ったが、気に入る物件がなく契約には至らなかった。

「いい加減引っ越し先を決めなきゃいけないのに、どこに住もうかまだ迷ってて……」

「冬は退去時にお金がかかることが多いから、いい部屋に住んでる人は動かないのよね。最初だけマンスリーの賃貸にして、後からゆっくり決めるのもありじゃない？」

「でも、せっかくお金を貯めたんだから、好きな家具を買って生活してみたいです」

会話をしながらも、二葉は手早くベースメイクを作っていく。彼女が使う化粧下地やファンデーションは日向が愛用しているものと同じで、べたつかず皮脂崩れしにくいのが特長だ。しっかりベースを整えてこそ、アイメイクやチークなど他の部分が活きるのだった。

「ニキビならうちの薬用シリーズをおすすめしたいところだけど、これからは新しい会社のものを使わなきゃいけないよね。最近出たメイク落としは毛穴の汚れを取りながらも保湿してくれるから、忙しいときのスキンケアにおすすめだよ」

「じゃあ、それを買っていきます。それと仕事用に新しいアイシャドウが欲しいんです」

「仕事用なら、いまのままブラウンがいいんじゃない？　お出かけの時にコフレのシャドウを足すだけで印象変わるよ」

二葉は日向の瞳の色を観察し、それに合った眉墨を選ぶ。眉を描く際は瞳とのバランスを考えながら描くのがコツだ。日向は目を開けたまま、鏡越しに店内の様子を眺めた。

背後のポスターに気付き、何気なくその内容を読む。オニキスでは新商品のほか、近日発売予定の化粧品やイベントも店内で告知する。鏡に映った文字は反転しており、新しいファンデーションの情報だと解読したところで、二葉がマスカラを塗った。

「新商品のプロモーショングループに、巽チーフがいるんだよ」

「そうなんですか？」

「本部に異動してからもばりばり仕事してるみたい。たまに店舗にも顔出してくれるんだけど、なんとなく印象がやわらかくなった気がするんだ」

愛子は紅葉の季節にオリエンタルを訪れていた。仕事が忙しく身体を壊してしまったが、話を聞く限り体調も安定しているようだ。再就職が決まったことを報告したい相手ではあったが、日向は仕事を辞めた際、彼女の連絡先を消してしまっていた。

仕上げにチークを乗せ、二葉がケープを外した。鏡に映る自分は、いつもと雰囲気が違って見える。いったい何が違うのか、考えてすぐに思い当たった。

「チークの色がいつもと違う」

「日向ちゃんはコーラルを使っていたけど、ローズ系も大人っぽくていいよ。アイシャドウを買うかわりにこっちにしたら？」

アイシャドウや口紅に比べればあまり注目されないチークだが、その色を変えただけで印象はがらりと変わる。オレンジを基調としたコーラルカラーは快活な印象を与えるが、二葉が選んだローズは大人の女性らしい落ち着きを感じさせる。

「クリスマスの日は仕事だけど、終わったら大急ぎで向かうから。わたしの分も料理残しておいてね」

「旭さんはたくさん作るって張り切ってるので、食べきれないくらいあると思いますよ」

二葉のダイエットはいまも継続されている。冬の制服はボレロを羽織るが、二の腕まわりもすっきりとして、初夏からの努力が着実に実っているようだった。


用事を終えると、日向の足は自然と小樽に戻ってしまっていた。

たまの休みなのだから、遅くまで札幌で遊ぶこともできただろう。ほんの一年前まで長く住んでいたはずの街だが、小樽に戻り潮風を感じたときに、ほっと安堵する自分がいた。

日の短い季節だが、夕暮れまでまだ時間がある。日向はまっすぐ帰宅せずに、坂道をのぼって水天宮を訪れていた。

吾妻家を訪ねた際、鳥居を見かけて気になっていた場所だった。権現造りの屋根は銅板葺きで、まるで空の色を映したかのような青みを帯びている。神社には人の気配がなく、日向はひとり、降り積もった新雪を踏みしめた。

高台に位置する境内から、小樽の街並みを見下ろすことができる。木々の間から小樽港を一望し、日本海が遠く広がっていた。西の空は日が暮れはじめ、かすかに茜色へと移ろいつつある。

その景色を前に、日向はただただ、立ち尽くしていた。

小樽にこんな場所があるとは知らなかった。メルヘン交差点の汽笛が時を告げ、それが風に乗って高台まで届くことに驚く。

「……小樽から離れたくないな」

そのつぶやきを、聞く人はいない。

この街が好きだ。眼下に広がる景色に、この一年の間に得た思い出がたくさん詰まっている。地図にしるしをつけるように、この景色に何か残せたらと思う。

堺町通り（さかいまちどお）商店街へと続く石段は外人坂（がいじんざか）と呼ばれているが、冬季の間は雪で閉ざされているようだ。急勾配の石段を覗き込んでいると、ふいに背後から声がした。

「日向ちゃん、危ないよ」

振り向くと、そこに夕がいた。

なぜ後ろ姿で日向とわかったのか。考え、頭にかぶる帽子に気付く。夕からもらった毛糸の帽子を大切に使っていたのだ。

暁の一周忌法要のため、旭と織江はいまも自宅にいるはずだ。なぜここにいるのか、日向が訪ねる前に彼女が口を開いた。

「お坊さんはもう帰ったから。すこし、外の空気を吸いたくて」

彼女は、日向が暁のことを知っているのを把握しているようだ。力なく笑いをこぼし、マフラーのなかに白い吐息を落とす。雲のない空から雪が降りはじめ、彼女の瞳がそれを追った。

「ここの景色、わたしも好きなの。ひとりでよく来ているのよ」

隣に並び、彼女は大きく伸びをする。その姿に、かつて快活に笑っていた彼女の姿が垣間見える。潮風を受けて長い髪が揺れ、前髪で隠した顔があらわになった。

かすかに、まぶたが赤らんでいる。日向の視線を感じたのか、彼女と目が合った。

「……この傷痕ね、病院で相談してもだめだったの」

彼女は傷痕を見ていたと思ったようだ。手袋のない指先が、乱れた前髪を整える。

「手術をしてもあまり良くならないと言われたの。下手にメスを入れるとその傷が治るまでに時間がかかるしね。お化粧で隠すこともできるんだけど、敏感肌だからファンデーションを塗るとすぐに荒れちゃうのよ」

傷痕を消すにはカバー力の強いファンデーションやコンシーラーを使う必要がある。なにより彼女は洋菓子に触れる際、化粧品のにおいが移ることを嫌っていたはずだ。もとからきめの細かい肌をしており、傷痕以外は無理に化粧をする必要も感じられなかった。

「……あたし、夕さんに無神経なことを言ってしまって、すみませんでした」

夕の来なくなったオリエンタルは、最後のピースが欠けたパズルのようだった。旭が仕事中、何度も彼女の席を見ていることを日向は知っている。

「わたしが店に行かないのは、日向ちゃんのせいじゃないの。気にしないで」

「でも……」

「命日が近づいて、店に行けなくなっちゃっただけ。今日で法要も終わったから、もう大丈夫よ」

空を舞う風花に手を伸ばし、夕は小さなため息をつく。十二月初旬は降ったりやんだりを繰り返していた雪だが、年の瀬に近づきいよいよ根雪になろうとしている。

「あの日、連絡が来てすぐにJRに飛び乗ったの。でも、雪のせいで電車が遅れて、暁さんの最期には立ち会えなかったのよ」

○　○　○　○　○　○

暁にはじめて会ったとき、夕は雷に打たれたような衝撃を感じた。

出会いはアルバイト先のホテルだった。その日は結婚式の披露宴が立て続けに入り、朝から休む間もなく働いていた。束の間の休憩時間に厨房から出ると、同じくコース料理の手伝いをしていた旭が誰かと話をしていた。

結婚式の参列者か、上品なスーツ姿の彼になぜか目を引かれた。旭は夕に気付くと、手招きをして彼を紹介してくれた。

「僕の兄なんだ。友達の披露宴だったらしくて、顔を出してくれたんだよ」

ふたつ上だという彼は、筋肉質な弟と違い華奢(きゃしゃ)な体つきをしていた。眼鏡をかけた顔立ちは理知的で、「こんにちは」と微笑むその表情に夕は胸を撃ち抜かれていた。

一目ぼれだった。

披露宴の仕事が終わってから、旭に頼み込んで彼との仲を取り持ってもらった。小樽に帰省する日があれば一緒についていき、暁に猛アタックした。彼は夕の熱意に負けたのか、専門学校を卒業してから交際が始まった。

暁が祖母の薬局を継ぐ気持ちがあることは早いうちから知っていた。いざその話が出たとき、店内で夕のケーキを出すカフェを作ろうと言われたのが事実上のプロポーズだった。改装資金を貯めようと、夕はより一層仕事に打ち込んだ。式を挙げるつもりはなかったが、織江に説得されて写真だけ撮ることにした。夕の両親は早くに他界しており、親戚とも疎遠になっていたため見せる人もいないと思っていたが、織江は写真を見ると涙を浮かべて喜んでくれた。

暁が倒れたと連絡があった日。大雪で遅れの生じたJRに一分一秒でも早く動くよう願った。降りしきる雪のなか、南小樽駅を出てもタクシーが捕まらず、必死に病院へと走った。

ベッドの上に、彼はいた。まるで眠っているようで、死んだなんて信じられなかった。

それ以降のことは、よく覚えていない。

葬儀が終わると、旭が今後のことを話し始めた。オープンが中止になった吾妻薬局をどうするか。高齢の織江では再び店を開けても長くは続けられないこと、薬剤師の免許を持つ人に頼んで店を継いでもらうかという提案。

「暁さんの店を人に譲るなんて絶対に嫌。わたしひとりでも店を守りたい」

「わかった。僕も店を手伝うから」

旭は夕の気持ちを尊重し、吾妻薬局をカフェとして営業することに決まった。

一日でも早く店を開けたいと、寝る間も惜しんで準備をした。暁との喧嘩の原因になった、接客の不安は頭から吹き飛んでいた。店のメインは夕が作るケーキであり、旭はあくまでもサポートに徹し接客をこなしていた。

最初の一週間は順調に人が訪れた。薬局時代の百味簞笥を活かした内装は好評で、薬膳の要素を取り入れた洋菓子の味も受け入れてもらえた。人手が足りず、夕がお客様にケーキを運んだ日もある。

開店ひと月を過ぎたころから、ぱたりと客足が途絶えた。インターネットのグルメサイトで、夕の容貌に関する口コミが書かれていたのを知った。

人前に立つというのに、傷痕を隠そうとしなかった自分がいけなかった。ファンデーションを塗って隠そうとしたが、お化粧に慣れていないこともあり思うようにならなかった。昔から肌が弱く、湿疹(しっしん)が出て逆に肌が荒れてしまった。偵察に来たとみられる同業者から、化粧品のにおいがうつると注意されたこともあった。

四十九日が迫るころには、客がひとりも来なくなってしまった。

「夕ちゃんのせいじゃない。自分を責めてはいけないよ」

織江は夕にそう言った。翌日に四十九日法要を控え、家を掃除しお坊さんが来る準備をしていたときだった。

四十九日に、暁の骨納めをする予定だった。

「納骨は四十九日が一般的だけど、一周忌法要や三回忌まで手元に置いておく家も多いの。私も旭も悩んだけど、明日の法要のときにお墓に入れてもらおうと思っているわ」

暁の葬儀の喪主は離れて住んでいる父がつとめた。結納の際に一度顔を合わせたきりだが、夕が親族席に座れるよう配慮してくれたのは彼だった。

「いま、これを夕ちゃんに言うのは酷かもしれないけど、あなたはまだ若いわ。いつか暁のことに気持ちの整理をつけられる日が来たら、そのときはあなたの人生を歩んでくれて構わないと思うの。だから、暁のお骨は早めにお墓に入れてもらおうと思ったのよ」

それは決して、夕を追い出す言葉ではなかった。暁が亡くなった後も、織江は夕を吾妻家に住まわせてくれた。旭はオリエンタルに泊まり込みでほとんど帰ってくることはなかったが、時おり家に顔を出しては夕のことを気にかけていた。

「わたしには暁さんしかいません。もう、あのお店しか残っていないんです」

「わかってる。あのお店は私たちにとっても大切なものだわ。でもね、夕ちゃんがあのお店に縛られてがんじがらめになるのは、暁も望んでいないと思うのよ」

客足の途絶えた店で、夕は人を呼び戻そうと躍起になっていた。チラシを作って近隣の家にポスティングをし、デリバリーを考え、なんとしてでも立て直さねばと必死だった。

家の人が寝静まった深夜。夕はひとり、仏壇の前にいた。

明日には家からなくなってしまうお骨。それを抱きしめて眠りたいと思った。

箱から取り出すと、小さくなってしまった彼がそこにいた。火葬場の炉に送られるとき、夕は気を失い、お骨を拾うことができなかった。

お骨を手のひらに乗せても、もう、ひとかけらのぬくもりも残っていなかった。

「……暁さん」

仲直りもできぬまま、彼は逝ってしまった。

夕にも店に立って欲しいと、彼は何度も言っていた。ふたりで店をやっていきたいと、その気持ちは痛いほどよくわかっていた。けれどそれを受け入れる勇気がなく、かたくなに拒み続けてしまった。

彼はただ、いつも夕と一緒にいたかっただけなのだ。

葬儀の後、夕は店に立つことを決めた。暁が望んでいたことを叶えたいと思った。けれど現実は甘くなく、自分の容貌のせいで恐れていた事態になってしまった。

「暁さん、どうして死んじゃったの……」

写真だけの結婚式をした日。牧師も誰もいないチャペルで、暁は夕に誓いの言葉をささやいた。

『良いときも悪いときも、富めるときも貧しきときも、病めるときも健やかなるときも、死がふたりを別つまで、愛し慈しみ貞節を守ることをここに誓います』

その死がふたりを別つのが、あまりにも、早すぎた。

毎年、彼のためにシュトレンを焼くと決めていた。子どもが生まれたら、大きなホールケーキを焼いてみんなで囲もうと思っていた。両親を亡くした夕にとって、暁だけが、ただひとりの家族だった。

シュトレンの約束は守られなかった。

暁は戻ってこない。彼とともに生きる日はもう二度と来ない。納骨の日が来れば、こうして、彼を抱きしめることもできない。

「暁さん……」

夕は小さな骨のかけらを口に含んだ。

彼を食べれば、それが自分の血となり、肉となり、身体の一部になる。暁といつまでも、一緒にいることができる。

その思いで、夕は口のなかのかけらを飲みこんだ。

「あの日から、食べ物の味がわからなくなってしまったの」

吹きつける潮風に、夕が小さく身をふるわせる。太陽が刻一刻と沈み、気温がすこしずつ下がり始めていた。

「いつもの通院はね、味覚障害を診てもらっていたのよ」

彼女はいつも、オリエンタルで飲み物を頼んでいた。言われてみれば、夕が店で口にした食事はシュトレンただひとつ。毎日のように顔を合わせていたはずだが、日向はそれに気付くことができなかった。

「洋菓子はあらかじめレシピが決まっているから、味がわからなくても作ることはできるの。作った後に、旭に味見を頼めばいいことなのに、お菓子を作るのが急にこわくなってしまったの……」

そして夕は店に立つことをやめた。旭は簡単な焼き菓子のメニューを引き継いだが、それだけでは売り上げにならず、ランチメニューをはじめた。

彼の料理のおかげで、徐々に客足が戻ってきた。店が忙しくなると手伝わねばと思ったが、足がすくんで、カウンター席の隅で座っていることしかできなかった。かつて、最愛の人が最後の夜を過ごした席だけが、夕の居場所だった。

「病院で、なにか治療はされてるんですか？」

「心因性と言われて、薬の処方はないの。カウンセリングを続けるうちに戻るかもしれないと言われているけど、このままじゃお店を手伝えるかどうか……」

冬の間は閑散期に入るオリエンタルも、雪解けの季節を迎えればまた忙しくなるだろう。そのとき、日向はもう、いない。

「日向ちゃんが来てくれたおかげで、店にもお客さんが戻ったわ。でも、わたしが店に立つとまた離れていってしまうかもしれない。もうこのまま、お店は旭に任せてしまったほうがいいのかも……」

「それはだめです」

思いの他大きな声が出て、日向は口に手を当てた。

「もとは、暁さんと夕さんのお店なんでしょう？　旭さんも織江さんも、きっと、夕さんが戻ってくるのを待っているんだと思います。あたしが辞めるのはただのきっかけで、ずっとずっと、夕さんと一緒にお店をやっていきたいと思っているんですよ」

あれほど胸に渦巻いていた嫉妬が、日向の心から消えていた。

夕と旭との関係を知って心が軽くなった自分をさもしく感じていた。彼に恋心を抱えた他者が吾妻家のことに口をはさんでよいのか、迷う気持ちもあった。しかし、目の前で表情を消している夕を前に言葉が止まらなかった。

誰よりも辛い思いをしているのは、彼女だ。

「あたしはもうすぐオリエンタルを辞めてしまうけど、引っ越しても店に通いますから。いつか……いつかきっと、夕さんのお菓子を食べられる日が来るのを、待ってます」

「日向ちゃん……」

「夕さんが座るあの席、いまもずっと空いているんですよ」

日向は彼女の特等席を守りたいと思ったが、旭はその席に予約の札を置こうとはしなかった。しかし混雑する日があっても、不思議とその席には誰も座ろうとしなかった。

ある日、団体客が入りテーブル席が満席になった日があった。カウンター席も大半が埋まり、そのときにオリエンタルをご贔屓にしている常連客が来店した。

旭は夕の席に座るようにうながしたが、その人は首を横に振った。

『その席は、あのお姉さんの席でしょう？　いつかまた、店のメニューにケーキが戻ってくるのを待っているのよ』

オリエンタルには、オープン当初から通い続けてくれる人がいたのだった。

「みんな、夕さんが戻ってくるのを待っているんですよ」

日向がそれを伝えると、夕の瞳がかすかに揺らいだ。

「味がわからなくても、ケーキを作れなくても、お店に立つことはできます。もしかしたら、お客さんと触れ合ううちになにか変化もあるかもしれない。あたしも、休みのたびに小樽に通いますから」

はたして、日向の言葉は彼女に届いているだろうか。夕は揺れる瞳を隠すようにまぶたを伏せてしまった。長いまつげの影が白い肌の上に落ちる。

いま、彼女に必要なのは、自信を取り戻すことだ。けれどそのきっかけを、夕自身では見つけることができないようだった。

自分に何かできることはないか。日向はそれをずっと考え続けていた。

○　○　○　○　○　○　○

クリスマスパーティー当日。オリエンタルにはたくさんの人が訪れた。

テーブル席を店の中央に集め、そこに料理を並べた。自分で食べたいものを選ぶビュッフェ方式にすれば、旭は都度減った料理を作り足すだけで良い。会費を先払いにすることで会計をする負担も減り、日向は配膳や飲み物の補充に気を配ることができた。

ツリーやリースなどの飾りつけはしなかったが、常連客が持参する手土産は花束が多かった。ポインセチアのアレンジメントが飾られるだけで、店内の季節感がぐっと増す。ラジオからはクリスマスソングが流れ、テルはいつもと違う雰囲気に興奮して一階に降りていた。サンタクロースの帽子をかぶった姿に、訪れた人々がしきりに写真を撮る。

パーティーのため早めに閉店し、準備時間を経て貸切オープンに至ったが、日向は朝から出ずっぱりだ。開店して間もなく多くの常連客がつめかけ慌ただしかったが、しばらくすると波も落ち着き、ひと息ついたころで店の扉が開いた。

「メリークリスマス！　本日はお招きいただきありがとうございます」

おめかしをして現れたのは美波だった。

「今日もご馳走だね。さすが旭さんだわ」

外はホワイトクリスマスのようで、ハンガーにかけたコートに溶けたしずくがついていた。美波は今日も仕事だったらしく、お腹をさすりながら店内の料理を眺めている。

「いっぱい作ったから、遠慮なく食べていってね」

「もちろん。お腹空かせてきたもの、しっかり食べて帰るわよ」

旭は様子を見て料理を作り足しているが、時間が空くとカウンターから出て常連客と談笑している。ランチタイムはパーティーの準備と並行で忙しそうだったが、見知った顔ぶれが集まる夜の時間はいつもよりリラックスできているようだ。

今日はクリスマス限定のパーティーメニューだ。大皿に盛られたご馳走を見て、美波が黄色い声をあげた。

ブロッコリーを使って組み上げたポテトサラダが、クリスマスツリーさながらにテーブルの上にそびえ立っている。ローストビーフや白身魚とサーモンのマリネに、トマトとモッツァレラチーズのカプレーゼ。野菜がぎっしりと詰まったラザニアはあっという間に完売してしまっていた。

旭が用意したのは一見普通のパーティー料理だが、食べると味の違いが明確だった。常連たちが箸を握ったまま、旭を質問攻めにしている。

「このマリネに使っているスパイス、ムニエルと同じですよね。いろんな香りがするけど、旭さんが調合しているんですか？」

「これはオールスパイスを使っているんです。百味胡椒（ひゃくみこしょう）や三香子（さんこうし）とも呼ばれていて、シナモン、クローブ、ナツメグをミックスしたような香りがしますよね。肉料理にも魚料理にも使えるのでお家にあると重宝しますよ」

今日も彼の解説は健在だ。いつもはカウンター越しでしか話せない彼を、女性客が取り囲んでいる。日向もその輪に入りたかったが、ドリンクがすぐに減ってしまうため何度もピッチャーを補充していた。

お腹を空かせた美波が真っ先に飛びついたのはローストビーフだ。口に含むその瞬間を、日向はわくわくしながら待つ。

見る間に、彼女の瞳に涙が浮かんだ。

「——ちょっと、これ、わさびが入ってるの？」

「今日はね、ソースに山わさびを使っているの」

山わさびはお寿司で見かける緑色のものと違い、根茎も細く色は黄色に近い。辛(から)さは本わさびとは比にならず、仕込みを手伝った日向はおろし金でするだけで涙を流した。

「わさびがからい理由って、すりおろしたときにわさびの細胞が壊れてからし油が出るからなんだって。わさびに含まれる成分にはポリフェノールよりも高い抗酸化作用があって美容にも良いし、抗菌作用もあるから生ものを食べるときの食中毒を予防するんだよ」

今回のパーティーで旭がかけたひと手間は、手作りの調味料だった。

「カプレーゼにかけているのはバジルソースじゃなくて、紫蘇(しそ)と松の実とニンニクとオリーブオイルで作ったソースなの。紫蘇の葉には強い抗菌・防腐作用があるから、昔から薬用としても使われていたんだよ」

「……日向、その話しかた旭さんにそっくりだね」

ラザニアは王道のトマトソースではなく、ごま油に長ネギや花椒(かしょう)、シナモン、陳皮(チンピ)などを混ぜた特製のラー油を使って中華風のアレンジをしている。カウンターにはドリンクと一緒に調味料の瓶が並び、美波はそれをしげしげと眺める。

「旭さんって、こんなにいろんな料理を作れるのにどうして独身なんですか？　料理男子って女子からもポイント高いんですよ」

アルコール類は提供していないはずなのだが、場の勢いに乗じてずばりと尋ねる。その瞬間、店の空気が静まり女性陣の視線が一斉に注がれた。

「……僕はきっと、こだわりが強すぎるんだと思うよ」

弱々しく旭が言い、その言葉に一同が納得した。オリエンタルのメニューはすべて彼のこだわりでできている。それを恋愛に持ってこられると、確かに厄介かもしれない。

「旭さんに料理を出すのって緊張するかも。味の採点とかされそうで」

「僕は別に、自分が食べるぶんにはなんでもいいんです。忙しいときはカップラーメンで済ませることも多くて」

「え、以外。インスタントはいっさい摂らないと思ってた」

ここぞとばかりに質問攻めにされ、旭は戸惑いながらも答えている。その様子を見て笑っているのは織江であり、彼女はカウンター席に座ってのんびりと賑わいを眺めていた。

いつもの席に夕がいる。パーティーに来ないのではないかと心配していたが、杞憂に終わった。壁の花状態になってはいるが、彼女がいるとやはり店内が華やぐ。

「織江さん、なにか料理をとってきましょうか?」

「ありがとう。さっきから誰も手をつけていないお鍋が気になっていたの」

テーブルの中央に、大きな鋳物の鍋が置かれている。なかにはたっぷりの魚介類が入っているのだが、丸ごと入ったエビやムール貝が食べづらいのかあまり人気がない。器に手を伸ばす日向を見て、美波が料理を覗き込んだ。

「日向、その料理はなに?」

「しりべしコトリアードだよ。今日の目玉料理なの」

聞き慣れない料理の名前に、彼女が首をかしげた。

小樽・ニセコ・余市などを含んだ地域を後志と呼ぶ。しりべしコトリアードは、フランスのブルターニュ地方に昔から伝わる魚介スープ『コトリアード』をヒントに、後志地域で獲れた魚介類、野菜、果物、乳製品など地元食材を使用した「食べるスープ」だった。近年作られた郷土料理のため、地元の人でも知らないこともある。

「冷めちゃったかな？　一度、温め直そうか」

旭が気付き、重たい鍋を軽々と持ち上げる。鱗友朝市で下見をした際、新鮮な魚介類を見てこの料理を作ることを思いついたそうだ。その他の料理の調味料を作り置きすることで当日の手間を減らし、昼間からこのスープを仕込んでいたのだが、あまり人気がないことに内心しょんぼりしているに違いない。

「旭さん、後でシメのリゾットにしましょうよ。あたしそのスープ大好きです」

日向は味見をしていたため、そのおいしさはよくわかっている。おそらく、立食パーティーで出したのがいけなかったのだろう。彼が調理台で温め直すと、店内に漂う香りに反応する人が続々と現れる。

ふいに、来客を告げるベルが鳴った。遅れて到着すると予告していた二葉だった。

「メリークリスマス、仁志さん。外、吹雪いてて大変だったよ」

彼女の大きな通勤用鞄が、雪にまみれて真っ白になっている。豪快なホワイトクリスマスに身体が冷えてしまったのか、彼女は大きなくしゃみをした。

「二葉さん、よろしければこちらをどうぞ」

温め直したスープを器によそい、旭が手渡す。二葉は挨拶もそこそこに、スプーンも使わず器に息を吹きかけて冷ます。

乳白色のスープには魚介の旨味が溶け出している。その香りに誘われるように、二葉は唇をつけた。

「……あったかい」

吐き出した息とともに、そうつぶやく。凍えた身体にあたたかいものが沁みるのだろう。命の水を得たような彼女の表情を見て、他の客たちが我先にと集まった。

これでしりべしコトリアードも完売するだろう。安堵の息をつく日向に、二葉がぱんぱんに膨れた鞄をあさった。

「仁志さん。これ、頼まれてたもの」

二葉が取り出したのは、何の変哲もない黒地のビニールポーチだ。もうひとつは、海苔巻きのようにぐるぐるに収納されたメイク用のブラシ。さらには携帯用のヘアアイロンまで入っており、二葉の私物に違いない。

「アイシャドウのサンプルとか、持ってこれるだけ持ってきたから」

試供品がどっさり入った紙袋にはオニキスのロゴが入っている。鞄が重そうだったのはこのためだ。

「新商品のファンデーションのサンプル、もらうの大変だったんだからね」

クリスマス限定コフレを買った日。店内で告知されていたポスターには、赤ん坊を抱いた女性の姿が写っていた。

『赤ちゃんに頬ずりできる素肌のようなファンデーション』

そのキャッチコピーが印象に残っていた。商品としての発売は来年初春の予定だが、サンプルはもう作られているだろう。そう見込んで連絡した日向のお願いを、二葉は快く引き受けてくれたのだった。

「ただ本社にお願いするだけじゃ、サンプルはもらえなかったと思う。巽チーフがプロモーショングループにいてよかったわ」

「二葉さん、チーフに連絡してくれたんですか？」

「コフレのノルマチェックに来ていたから、そのときにお願いしたの。日向ちゃんがどうしても使いたがってるって言ったら、本部に内緒で持ってきてくれたのよ」

サンプルのパウチには何のロゴも入っておらず、内々で使われているものだと見て取れる。ファンデーションの他に、肌の色味を補正する化粧下地も作られているようだった。

「チーフがこの商品に関わってるって、なんか意外だよね」

「そんなことないですよ。チーフはとても優しい人ですから」

長年、現場で女王様として君臨していた愛子だが、その実とても繊細な人であることを日向は知っている。彼女はきっと、この商品を必要としている人たちのために動いてくれるに違いない。

「仁志さんの再就職のこと話したら、おめでとうって伝言を預かったよ」

「本当に?」

サンプルを握る日向に、二葉が親指を立てた。

「タッチアップ、ひとりで大丈夫? 私も手伝おうか?」

「ありがとうございます。でも、あたしひとりでやってみます」

ポーチを抱きしめながら言うと、二葉はそれにうなずいた。身軽になったところで、空腹の胃を鎮めるべくテーブルに走っていく。旭が腕によりをかけて作った料理はまだまだたくさん残っていた。

旭がしりべしコトリアードを配り、織江がそれを手伝っている。夕はひとり料理をつまんでいたが、日向の近付くと気さくに微笑んだ。

「今日のパーティーは賑やかでいいわね」

笑みを浮かべてはいるものの、その瞳の奥に緊張の色が浮かんでいるのを日向は見逃さなかった。

「あたし、前職は美容部員で、お客さんのメイクをさせてもらっていたんです。よければ夕さんに、クリスマスプレゼントとしてお化粧をさせてもらえませんか?」

今日も彼女の顔は素肌のままだ。額の傷痕はかたくなに髪の毛で隠されている。

「ありがとう。でも、わたしの顔はコンシーラーとファンデーションをたくさん塗らなきゃいけないの。もともと肌が弱いから、荒れてしまうかもしれないし」

「このファンデーションは大丈夫です。傷を完全に隠すのは難しいかもしれないけど、目立たなくすることはできると思います」

サンプルを見せて、日向は丁寧に説明する。

肌に優しい成分にこだわり、敏感肌の人にも使えるよう何十ものアレルギーテストを繰り返して開発された無添加ファンデーション。赤ん坊に触れる母親が安心して使える——つまり、口に入れても安全なもので作られているということ。香料を使用していないため、コックやソムリエなど、食品を扱う人たちの仕事の妨げにもならないだろう。

「アイシャドウも口紅もいろいろ種類があるので、夕さんの好きなものにできますよ」

紙袋から取り出す試供品はすべて一回使い切りだが、そのぶん様々な組み合わせができる。夕はパール系のアイシャドウを手とり、興味深げに日向の顔を見た。パーティーのため、今日の日向はいつもより化粧が濃い。

「それなら、日向ちゃんと同じ色がいいな」

「これはクリスマスコフレの限定のアイシャドウなんですよ。この色にしましょうか」

日向の提案に、夕は大きくうなずいた。

カウンターまわりの食器を片付け、鏡を置いて即席のメイクコーナーを作った。服が汚れないよう、ケープのかわりに大判のストールを使う。店の一角にオニキスの雰囲気がよみがえり、日向はかつての職場を思い出した。

ふるえる手を握りしめ、大きく深呼吸をする。

大丈夫だ、ここにはみんながいる。美波が、二葉が、織江が。

そして旭が。

「では、はじめますね」

夕の肌は相変わらずきめが細やかだ。織江直伝のハトムギローションを使っているのか、吸い付くようにもっちりとしていた。毎日オリエンタルのブレンド茶を飲んでいるため、内側からも外側からも肌に良い成分を取り入れているに違いない。

額を隠す前髪をクリップでとめると、痛々しく残る傷痕があらわになる。鏡越しにそれを見て、夕が表情を曇らせた。彼女の顔立ちが美しいからこそ、傷痕の禍々(まがまが)しさが際立つのだろう。赤みの残る皮膚がひきつり、表情を作る邪魔をしている。

化粧水と乳液でしっかりと保湿をしてから、化粧下地を肌になじませる。夕はまぶたを閉じ、日向にすべてを任せていた。

誰かの肌に触れるのは久しぶりのことだ。仕事を辞めてから、メイクは自分の顔にするだけだった。ふるえる指先をこらえ、日向はファンデーションを手のひらに乗せる。

無添加ファンデーションは、市販のものと変わらないさらりとしたテクスチャーだった。指先で伸ばすとすんなりと肌に乗る。ブラシやスポンジでなじませようと思ったが、あえて手を使って伸ばしていった。緊張のためか、夕の肌はとても冷たく、自分のぬくもりをすこしでも分けてあげたいと思った。

傷痕に触れると、眉がぴくりとふるえる。そこに触れられるのは誰だって嫌だろう。

普段は髪に隠れて見えないきりりとした眉。目鼻立ちがはっきりしている彼女は、目元をいじると印象がきつくなってしまう。アクセントカラーのアイシャドウは日向と同じクリスマス限定色であり、それを塗るだけで二重まぶたがぱっと華やいだ。

雪の色を模したホワイトに、ラメ入りのゴールドがあたたかみを加える。その透明感のあるまなざしが見る人の視線を集め、額の傷をさらに目立たなくする。

「マスカラを塗りますから、目を開けてもらってもいいですか」

うながされて開いた瞳は、闇をたたえたような深い漆黒だ。いつの間にかギャラリーが集まっており、それに気付いた夕はおびえた表情を見せる。

「夕さん、今日の料理はどうでしたか？」

「いつもは何を食べてもわからなかったけど、今日は雰囲気のせいかな、食事が楽しいと思えたわ」

会話をして彼女の不安を和らげ、日向は前髪のクリップを外した。携帯用のヘアアイロンをあたため、顔まわりの髪を軽く巻く。

鏡を見せると、彼女は食い入るように自分の顔を見つめた。

「……傷がなかったら、わたしはこんな顔しているのね」

ファンデーションで完全に隠すことはできなかったが、傷の赤みが消えさえすればよほど近くで見ない限り目立たないだろう。

「前髪を短くすると顔まわりの印象も変わると思います。調理をするときは髪の毛も気をつけないといけないけど、接客のときはそこまで神経質にならなくて大丈夫ですよ」

夕は儚(はかな)く繊細な目元をしている。いつもは長い前髪が隠してしまっていたが、目元が見えるだけでその美しさが際立っていた。

「いま、織江さんと旭さんが来ますよ」

メイクが終わったタイミングで、二葉が食事をしていたふたりを呼ぶ。夕は緊張の面持ちで顔を見せ、真っ先に声をあげたのは織江だった。

「あらあら、日向ちゃんに綺麗にしてもらったのね」

手ばなしで喜ぶ織江に、誰よりも安堵したのは日向だった。

「このファンデーションは汗や皮脂にも強いから、忙しい時間にお化粧が落ちてしまう心配もないですよ。夕さんは目鼻立ちがはっきりしてるので、あまりいじる必要もないです。マスカラもコツさえつかめば簡単ですから」

「……そうね。これなら、わたしにもできるかもしれない」

鏡を見ながら、彼女は言う。日向はそれにほっと胸を撫でおろしたが、旭は無言のまま夕を見つめていた。

その表情はいままで見たことがなく、日向には怒っているのか驚いているのかもわからない。彼は無言でカウンター内に戻ると、最後の料理を持って戻ってきた。

それは彼が作ったクリスマスケーキだった。

「やっぱり僕は、ケーキだけは上手に作れないんだ。見てよこのブッシュ・ド・ノエル」

丸太を模して作られたブッシュ・ド・ノエルはクリスマスの定番ケーキだ。ベースはロールケーキであり、生チョコレートのクリームを塗って木の色に見立てている。切り落とした端を上に乗せ、クリームに模様をつけると丸太の質感が増すのだが、旭が作ったものはお世辞にも丸太には見えなかった。

「せっかく日向ちゃんのリクエストだったのに、これだけはうまくできなくてさ。やっぱりケーキは夕が作ったものじゃないと」

「でも、わたしは……」

「また来年、クリスマスパーティーをするから。そのときのケーキは夕が作るんだよ。日向ちゃんのリクエストの、苺がたくさん乗ったホールケーキをね」

彼のその言葉に、夕の唇がふるえた。

旭はブッシュ・ド・ノエルをカウンターに置くと、腰を屈めて彼女と視線を合わせた。

「夕、これだけは忘れないで。僕もおばあも、顔の傷なんて全然気にしていないんだよ」

日向が施した化粧をまじまじと見つめ、小さく息を整える。

彼女が膝の上で手を握りしめる。旭はそれに自らの手を重ねた。

「兄さんはさ、きっと、夕の傷なんて全然目に入っていなかったと思うよ」

「……嘘」

「嘘じゃない。あの晩、兄さんは酔っぱらった拍子に、どれだけ僕に夕のことを話していたと思う？」

暁が倒れた前日、この店で旭と晩酌をした夜。そのときの様子を、旭はおもむろに話しはじめた。

店の営業について夕と喧嘩をしてしまったことを、暁はずっと気にしていた。はじめはそのことばかりをこぼしていたが、酔いが回るにつれ、話はだんだんと夕との出会いへと変わっていった。

『結婚式で、旭がバイトをするホテルに行ったことがあるだろう？　披露宴のときに席を立ったら、たまたま、料理を運ぶ夕を見たんだよ。配膳が間に合わないみたいで、給仕の人たちに渡すまでの間、ケーキが崩れないように見守る横顔が綺麗だなって思ったんだ』

彼女はそれに思い当たるふしがあったらしい。唇が言葉なく動く。

『披露宴が終わって旭に会いに行ったら、その人が知り合いだって言うじゃないか。綺麗な人だと思っていたけど、笑う顔が子どもみたいにかわいくなって、それでいっぺんに好きになった』

あの日、暁もまた、夕に心を奪われていたのだった。

『いまも夕の笑顔を見るたびに、胸がどきどきするんだ。傷痕なんて、なんであんなに気にするのかわからない。夕の笑った顔は、それだけでかわいいし綺麗なんだ。ずっと、ずっと、ぼくの隣で笑っていてほしいんだよ』

彼女の話をする暁は、まるで恋をする少年のようだったと、旭は言う。

「そんな話を延々と続けたんだよ。同じ話を何回も何回も繰り返して、僕が話を変えようとしてもやめなくて。あんなに元気だったんだ、誰が死んじゃうと思うんだよ」

旭もまた、兄の病に気付けなかった後悔を背負っている。けれど、兄弟で晩酌をした夜のことを話す彼は、どこか嬉しそうな顔をしていた。

「兄さんはさ、夕のことが大好きだったんだ。だから、仕事のときも、ずっと一緒にいたいと思っていたんだよ」

「……わたしばっかり、暁さんのことが好きなんだと思ってた」

一目ぼれをして、猛アタックした夕。彼女は旭の話に、首を横に振るばかりだ。

「兄さんはああ見えて恥ずかしがり屋だったからさ、その気持ちを素直に話せなかったんだと思うよ」

「そうよ。ウエディングドレスの写真なんて、何度私に見せびらかしてきたことか」

見守っていた織江が、そっと会話に加わる。彼女もまた、夕の手に自分の手を重ねた。

「夕。あなたはね、暁の大事な大事なお嫁さんなの。家族の大切な人は、私たちにとっても大切な人なのよ」

「オリエンタルは兄さんと夕の店だよ。僕も手伝うから、もう一度店に戻っておいでよ」

その言葉に、彼女の伏せたまぶたが動いた。

長いまつ毛から、ひと粒、しずくが落ちる。

「……わたし、この店にいていいの？」

それを手の甲に受け、織江が彼女を抱きしめた。

「当たり前よ。いつでも戻っていらっしゃい。あなたは私たちの家族なんだから」

「おばあ……」

堰(せき)を切ったように、彼女の瞳から涙があふれた。

日向が塗ったマスカラは、あっという間に落ちてしまった。目をぐちゃぐちゃに泣き腫らし、彼女はいつまでも織江の腕に抱かれて泣いていた。

けれどその泣き顔は、いままで見たなかで一番綺麗だと、日向は思った。

パーティーがお開きになると、夕は織江とともに自宅へと帰っていった。

招待客も三々五々解散していき、残る後片付けは日向と旭だけで済ませた。テーブルをもとの位置に移動すればオリエンタルの日常が戻ってくる。料理はすべて完食で、洗い物をするのがとても気持ちいい。みんなが喜んで食べてくれた証拠だった。

「なんだかんだであっという間の時間だったね。日向ちゃん、ちゃんと食べた?」

「しっかり食べましたよ。しりべしコトリアードが絶品だったけど、旭さんのケーキが一番おいしかったです」

「……見た目はともあれ、味はよかったようで安心したよ」

布巾で拭いた食器を棚に戻せば片付けは終了だ。時計を見ればクリスマスはまだすこし時間を残している。美波と二葉は翌日も仕事があるため、いまごろ帰宅して就寝準備をしているだろう。

静かな店内に、パーティーの余韻が残る。瓶詰めの調味料もほとんど空になっていた。

今日のために彼がこつこつ仕込んでいたのは知っていたが、口に入ってしまえばあっという間だった。

「瓶詰めの調味料ってかわいいですよね。作り方も簡単だったし、あたしも自分でいろいろ試してみようかな」

いますぐ作りたいと思うのは特製のラー油だ。あれがあればご飯もどんぶり三杯は難(かた)くない。何よりも白米が大好きな日向にとって、ご飯の友は食卓に欠かせなかった。

「実はね、店には出せない瓶詰めがここにはたくさん眠っているんだよ」

秘密基地を作った子どものように、旭の瞳がきらりと光る。

彼の視線の先にあるのは、調理場の床に拵(こしら)えた収納だった。じゃがいもなど陽(ひ)の光に当たると味が落ちるものはすべてここに保管されている。

床下収納の蓋を開け、彼が取り出したのは色とりどりの液体が入った瓶だ。蓋はプラスチックでできており、梅酒でよく見かける熟成用の瓶だった。

「オリエンタルは届け出をしていないからお酒の提供はできないんだ。だからこれは僕のひそかな楽しみなんだけど、家にあるとついつい飲んじゃうからね」

なかに漬け込まれているのは、さまざまな種類の生薬だった。

手渡された瓶はとても重い。底にレモンの輪切りが沈んでいる。薄黄色の液体の上には何かの実がたくさん浮いているが、普段見慣れている生薬は百味箪笥の乾物ばかりで、お酒を吸ってふやけたそれが何なのかわからない。

「それはなつめ酒。皮を剝いたレモンと大棗を瓶に入れて、氷砂糖とホワイトリカーと紹興酒を入れて漬けたんだ。梅酒と同じ作り方だから簡単だし、甘くておいしいよ」

効能は疲労回復、貧血解消。興味深げに見る日向に、彼が他の瓶を渡しながら言った。

「もう店も閉めたし、よかったら飲んでみる？」

「いいんですか？」

旭が今日一番の笑みを見せる。やはり彼は、自分が作ったものを味わってもらうのが好きなのだ。

ラジオから流れる曲はクリスマスバラード。あと数時間で終わってしまうが、聖なる夜はまだ続いている。煙突にもぐるサンタクロースのように、旭は床下収納に頭を突っ込んで瓶を探していた。

「この蜜柑の皮みたいなのが入っているのは何ですか？」

「百合根陳皮酒だね。陳皮は蜜柑の皮を乾燥させたものだよ。イライラや不眠に効果があって、百合にも同様に精神安定の効果があるんだ」

蓋を開けて香りを確かめたいところだが、キャップが固く開けづらい。日向が悪戦苦闘していることにも気付かず、旭は最後の瓶を手に取った。

彼はしばしの間、それを見つめた。それにも生薬が入っているが、中身が沈殿してしまってよくわからない。

「……飲むの、これでもいいかな」

「もちろんです」

日向が返すと、彼はようやく立ち上がった。服についた埃をはらい、流し台で瓶についた汚れを落とす。中身は半分ほど減っており、何度も飲まれていたのだとわかる。

「カウンターに座って待ってて。せっかくだし、ゆっくり飲もう」

うながされるままに席に座ると、旭が瓶をどんと置く。グラスをふたつ用意し、エプロンを外すと日向の隣に腰掛けた。

なかの生薬ごとお酒をすくい、それぞれのグラスに注ぐ。店では出番がないが、ロックグラスを隠し持っていたらしい。

「それじゃあ」

杯を傾け、ふたりでかちりと鳴らす。

「日向ちゃん、いままでありがとうね」

そのねぎらいの言葉に、日向ははっと顔を上げた。

「送別会のはずだったのに、忙しくさせちゃってごめんね。僕だけでも、日向ちゃんのことをきちんと送りだしてあげないとね」

「ありがとうございます」

クリスマスの空気に忘れてしまいがちだが、パーティーは日向のために開かれたものでもあるのだ。それを思い出し、切なくなる気持ちをごまかそうとグラスに口をつける。

「……おいしい」

生薬の香りに身構えていたが、意外にも飲みやすかった。甘みが強く、いくらでも飲んでしまえそうだ。けれどアルコールの度数は強く、胃が焼けるように熱くなった。

「これは八宝茶をアレンジしたお酒なんだ。菊花・枸杞子・陳皮・大棗・金銀花・胖大海・蓮子心を、氷砂糖とお酒で漬けたもの。いろんな効能のある生薬を混ぜているから身体にいいし、やわらかくなった生薬も全部食べられるよ」

瓶の中身をかき混ぜると、まるで花畑のように、色鮮やかな生薬が踊った。

いつもはおいしい料理とスイーツを食べる店だが、間接照明に絞るとまるでバーのような雰囲気があった。旭はチェイサーのお水を用意する気配りも忘れない。

「兄さんが好きだったお酒なんだ。あの日の夜も一緒にこれを飲んでいたんだよ。兄さんが遺したものだから、最後まで飲んでしまいたくて」

「あたしでよければ、お供しますよ」

日向はザルだ。飲んでも飲んでも顔に出ない体質で、悪酔いしたこともない。飲み会では酔いつぶれた人を介抱する側の人間だった。

彼とお酒を飲むのははじめてのこと。ボリュームを絞ったラジオの音がかすかに聞こえる。仕事のときは同じカウンターに入り、すぐそばを通るのは当たり前のことだった。

けれどいま、隣に座るその距離がとても近い。冷たいお酒を飲んでいるはずなのに身体が熱いのは、生薬のせいか、それとも高鳴る胸の鼓動のためか。

「パーティーの準備で全然話せていなかったけど、引っ越しの準備は順調？」

「もう荷造りも終わって宅配便で送りました。まさかぎりぎりまで引っ越し先が見つからないとは思わなかったけど……」

十二月は物件探しに明け暮れたが、気に入る部屋はついぞ見つからなかった。開き直った結果、札幌で家具家電付きの部屋を借りることになった。社宅時代とたいして変わらないと思うが、ここまで来ると妥協したくないと思ってしまうから仕方ない。

「春になったら人の移動で物件が空くだろうから、それまでの仮住まいです。会社にも小樽にも通いやすいように快速が停まるJR駅の近くにしました」

日向の持ち物は衣服と日用品だけのため、引っ越しは宅配業者に頼むほうが安く済んだ。明日、札幌のアパートで受け取ってから実家に帰省する予定だ。

「新しい会社に行っても、人間関係をうまくやれるように頑張ります。オリエンタルでたくさん勉強したんだから、大丈夫です」

「……本当に？」

酔いでとろりと溶けた瞳で、旭は日向を見つめた。

「本当に？　無理はしてない？」

その瞳に見つめられると、素直な気持ちがあふれてしまうのはどうしてだろう。

「……本当は、新しい仕事が、とてもこわいです」

誰にも言えない悩みを、日向はずっと抱えていた。

自ら望んで選んだ再就職だった。やりたいと思った仕事にもう一度就くことができた。

面接の感触もよく、向こうも日向が来るのを待っていると感じていた。

しかし、日増しに、不安に思う気持ちが強くなっていた。

「新しい会社で、またうまくいかなかったらどうしよう。すぐに辞めてしまったらどうしよう。そう思うと、こわくて……」

癒えたと思っていた心の傷が再び疼きだす。夢のなかで前の職場が登場し、うなされる夜が何度もあった。これから先のことを考えると、こわくてこわくてたまらない。

気付かぬうちに酔いが回っていたのか、日向の目に涙が浮かぶ。それを見られまいと、お酒をあおる。もっと酔えば大丈夫だ。思考力が弱まれば、不安も何もかも洗い流すことができる。

「大丈夫だよ、日向ちゃん」

新しい酒を注ごうとした手を、旭が止めた。

「日向ちゃんなら大丈夫。このお店で頑張ってくれたこと、僕は知っているから。新しい会社でも、日向ちゃんは日向ちゃんらしくやればいいんだよ」

もし、小樽の地を訪れることがなかったら。焦る気持ちで適当な会社に再就職していたら。きっと、同じ道を辿っていたことだろう。

弱っていた日向に救いの手を差し伸べた織江。仕事の自信を取り戻すきっかけを与えた夕。旭は、数えきれない場面で日向を支えた。いつも優しく見守ってくれる彼がいたからこそ、いまの自分があるのだと思う。

「……もし辛くなったら、いつでも戻ってきていいからね」

日向を見つめながら、彼は言った。

「頑張り屋さんだから、またいろいろ無理しちゃうだろうしさ。新しい職場がどんなところかは働いてみないとわからないし。僕たちに気を遣って合わない会社でも頑張ろうとしてしまうかもしれない。いざというときの逃げ場があるのも、人間、大事だと思うよ」

その優しい声音に、日向はグラスを握りしめる。

「僕は長い間いろんな土地を転々としたけれど、この店は、兄さんが遺してくれた僕の居場所のようなものなんだ。だから日向ちゃんも、いつでもここに帰ってきていいんだよ。今度は僕が待っている番だから」

底に残る生薬の香りが、手のひらの熱で温まり立ち昇っていく。間接照明のほの白い光を浴びてきらめくお酒に、日向は心のなかで願う。

時間が止まればいいのに。

このままずっと、彼のそばにいられたらいいのに。

「……新しい仕事を頑張るために、自分に、ご褒美を用意しようと思うんです」

「それは大事だね。三日後とか、一週間後とか、自分の楽しみを入れておくとそれがモチベーションにつながるよ」

「新しい仕事を始めて一ヶ月が経つと、雪あかりの路があるんです」

小樽雪あかりの路。日向がはじめてこの地を訪れた日に開催されていたイベントだった。

「前はひとりで回ったけど、今度は一緒に歩く人がいてほしいんです。あの幸せそうな時間を、分かち合う人が欲しくて」

日向の記憶には、ひとりぼっちで歩いた寂しい記憶ばかりが残っている。けれどそれは、周囲の人々が、家族や恋人とともに歩いていたから。自分もそちら側に立てば、きっと、幸せな思い出になるに違いない。

「旭さん、一緒に行ってくれませんか?」

勇気を振り絞って、日向は言った。

「そうだね。お店が終わった後に、みんなで行こうか。おばあと夕と……美波ちゃんも誘ったほうが賑やかになるね」

旭は気付いていない。酔いでとろけたまぶたはいまにも眠りに落ちてしまいそうだ。日向は小さく深呼吸をして、再び、唇を開いた。

「旭さんと、ふたりがいいんです」

隣にいる人は、彼であってほしい。

日向の言葉に、旭は閉じかけていたまぶたを開いた。

伝わっただろうか。早鐘を打つ心臓をこらえ、日向はぎゅっと目をつぶる。

彼は何も言わない。沈黙が途方もなく長く感じる。じっと、返事を待った。

ややあってから、旭が動く衣擦れが聞こえた。

まぶたを開くと、彼の手が日向に伸びた。その大きな手のひらが、ぽんぽん、と、頭を撫でる。

その表情を見ることができない。日向は視線を伏せたまま、懸命に言葉を紡いだ。

「あたし、頑張ります。もっと、仕事を頑張ります。自分の足で立って、歩いていけるように、もっともっと、頑張ります」

「日向ちゃんはもう十分頑張っているよ」

「もっと頑張らないと、旭さんに追いつけないから……!」

顔を上げた先に、彼の優しい微笑みがあった。

いまのままの自分ではだめだ。彼のそばにいては甘えが出てしまう。彼に守られるばかりで、成長できない。

弱くて幼い自分を、変えたいと思う。

「あたし、旭さんが好きです」

彼の隣に、胸を張って立っていられる自分になりたい。

エピローグ

小樽駅のひとつ手前、地元の人が「なんたる」と呼ぶ南小樽駅の近くに『café Oriental』はある。

時刻は午後二時。路面にはまだ雪が残っているが、道端ではフキノトウが顔を出していた。メルヘン交差点から吹き抜ける春疾風が、蒸気時計の音を運ぶ。

それに耳を澄ませ、日向は扉を開いた。

「――いらっしゃいませ」

おだやかな声が出迎える。ランチタイムが終わるころだが、店は満席に近かった。テーブル席はすべて埋まり、観光客とおぼしき若い女性たちが談笑しながらご飯を食べている。

日向が座ったのはカウンター席の一番奥。そこはかつて、ひとりの女性の特等席だった。

「日向ちゃん、いらっしゃい」

その女性がお冷を置く。額にかかる前髪を斜めに流し、理知的な眉と儚げなまなざしが彼女の美しさを引き立てている。

その下に傷痕があったことを知る人は少ない。本格的に発売が始まった無添加ファンデーションのおかげで、彼女は明るい笑顔を取り戻していた。

「夕さん、調子はどうですか？」

「まあまあかな。接客は難しくてよく失敗するけど、そこは旭がフォローしてくれるし」

彼女——夕はグラスを乗せていたトレイを抱きしめながら話す。店に立って積極的に仕事をするようになってから、人前に出る恐怖心も和らいできたらしい。日向が来ると、必ず彼女から声をかけてくれた。

「ファンデーションの発売日まで、モニターに推薦してくれてありがとう」

「チーフにつないでくれた二葉さんのおかげです。チーフもきっと、商品を必要としている人の声を知りたいと思っていたはずですから」

「日向ちゃんの仕事はどう？　もう慣れた？」

カウンターのなかにいる旭は相変わらず忙しそうだ。日向が来ていることに気付いてはいるが、声をかける暇がないらしい。逞しい腕でフライパンを操り、店内はおいしそうな香りに満ちていた。

「毎日覚えることがたくさんだけど、楽しいです。今日は試供品をいろいろ持ってきたので使ってください」

シュガースクラブの新フレーバーはハマナスの香りだった。夕はそれを受け取り、蓋を開ける。香りを確かめるしぐさに、パティシエの顔が見え隠れした。

「口に入っても安全なオイルを使っているので、お肌にも優しいはずです。もし心配なら、皮膚のやわらかいところでパッチテストを——」

日向が言うよりも早く、彼女はその砂糖を舐めた。

「甘い。本当にお砂糖なんだね」

「……夕さん！」

驚きの表情を浮かべる日向に、彼女は小さく微笑んだ。

「すこしずつ、味がわかるようになってきたの。ブランクがあるからすぐには作れないけど、夏くらいには、メニューに洋菓子を出せたらいいなって思ってるのよ」

「そのときは、絶対、食べに来ます。夕さんが作るケーキ楽しみです！」

日向のまっすぐな言葉に、夕が照れ臭そうに笑う。彼女はまだ話し足りない様子だったが、注文に呼ばれ客のもとへと向かった。

「せっかく来てくれたのに、お構いもできずにごめんね」

「いいんです。あたしが忙しい時間に来たのが悪いんですから」

調理の手を止めず、旭が言う。冬は減っていた客足だが、春の声が届きはじめたころから徐々に人が戻ってきたようだ。カウンターのなかでは織江が食器を洗っていた。

「日向ちゃん、今日はお休みなの？」

「いえいえ、ちゃんとお仕事ですよ」

コートを脱いでスーツ姿を見せ、日向は誇らしげに胸を張る。新しい会社には制服がなく、シンプルなデザインのスーツを着るよう指定されていた。大学時代のリクルートスーツはいまだ現役だ。

「ずっとデパートで販売をしているわけじゃなくて、営業の仕事もしているんです。今日はうちで作っている石鹸や化粧品をいろいろ持ってきていて……」

新しい会社は、新人の日向にも積極的に仕事を任せていた。鞄のなかには商品のサンプルやパンフレットがつまっている。それを見て目を丸くする織江に、旭が調理の手を止めずに言った。

「春から、本格的に宿泊所の営業を始めるでしょう？　備え付けのアメニティーを、日向ちゃんの会社の商品にできたらいいなと思っているんだ」

「うちの商品は野菜や果物から成分を抽出しているんです。いま、オーガニックのハーブを使った入浴剤も開発中で、実はあたしもそれのお手伝いをしていて」

いまだ勉強中の身であるが、会社からはオニキスでの経験や、オリエンタルで得た知識を必要とされる場面が多い。入浴剤はバスポプリであり、乾燥させたハーブのなかには柑橘の皮――陳皮を使った商品も検討されている。

「午後から日向ちゃんと打ち合わせで来てもらったんだ。おばあと夕にも意見を聞くから、よろしくね」

声をかける旭に、織江が安堵の表情を見せた。

「仕事でも、また日向ちゃんと関わっていられるのね」

「あたしも嬉しいです。ここに泊まるお客様に、喜んでもらえるようなものを選びます」

オリエンタルを辞めれば疎遠になってしまうと思っていたが、そうでもなかった。ご縁があれば、細く長く、続いていくものだと日向は実感する。

「札幌の生活はどう？　やっぱり都会は便利でいいでしょう」

「小樽に慣れていたから、人の多さに驚きます。職場も札幌駅の近くなので、ＪＲ沿線でアパートを探そうと思っていて……実は南小樽や小樽も検討中です」

「あら、それなら私の知り合いに部屋がないか聞いてあげるわよ」

「せっかく送りだしてもらったのに、戻ってくるのはちょっと恥ずかしいけど」

視線を落とす日向に、織江は「そんなことないわよ」と返した。

「仕事は大事だけど、自分が生活しやすいところに住むのが一番よ。どうせならうちの近くに部屋を借りなさい。毎日みんなで晩ご飯を食べましょう」

店を辞めてもなお、彼女は日向のことを気にかけてくれる。まるで家族のようだった。

「日向ちゃん、お昼ご飯食べた？　まだなら何か作るよ」

「ランチタイムは終わっちゃったけど、いいんですか？」

今日のメニューは何だろう。黒板を見ると、旭の丁寧な字が並んでいる。長い冬の終わりが見えてきた三月の限定メニューを見て、日向は声にならない吐息を漏らした。

『雪の下キャベツのミルクリゾット』

それは日向がはじめてオリエンタルで食べた思い出の一品だ。

注文をしようと口を開く。けれどそれよりも早く腹の虫が鳴った。

ぐう、と大きな音はカウンターの向こうにも聞こえたらしい。フライパンを握る旭がこらえきれずに噴き出した。

「……ミルクリゾットをお願いします」

顔から火が出そうだ。一年前から、自分の腹時計はちっとも変わっていない。

「かしこまりました。急いで作るからもうちょっと我慢してね」

カウンターの向こうで笑う彼は、いつもと変わらぬ様子で調理を始める。

「日向ちゃん、今日は雰囲気違うね。働く女の人って感じ」

言われ、日向は考える。それに織江がつけ加えた。

「綺麗だねってほめてるのよ。お仕事のときはお姉さんぽくて素敵よ」

「これはまあ、仕事柄……」

自分としてはオニキスにいたころと変わらないのだが。頬に手を当てる日向に、旭がリゾットを作りながら言う。

「日向ちゃんの新しい一面を見れて嬉しいよ」

その言葉に、日向は心のなかでこっそり笑った。

雪あかりの路（みち）は彼と一緒に回った。けれど、それ以上の進展はない。いまはそれで良いと、そう、思う。

旭は日向のすこし先で待ってくれていた。

彼を追う毎日は、いつもやわらかな刺激に満ちている。

END

【参考文献】

『薬膳のための漢方スパイス40』監修／根本幸夫・金森養斎 料理／高橋恵喜子（同文書院）
『薬膳美人 スーパーマーケットの食材で作る、カンタン薬膳』著者／杏仁美友（マガジンハウス）
『癒食同源』監修／早崎知幸・花輪壽彦（角川書店）
『おうちでできる漢方ごはん』監修／薬日本堂（河出書房新社）
『養生訓』編著者／帯津良一（ナツメ社）

本作品は書き下ろしです。

本作品に関するご意見、ご感想などは
〒101-8405
東京都千代田区神田三崎町2-18-11
二見書房 サラ文庫編集部 まで

小樽おやすみ処 カフェ・オリエンタル
~召しませ刺激的な恋の味~

著者 田丸久深

発行所 株式会社 二見書房
東京都千代田区神田三崎町2-18-11
電話 03(3515)2311 [営業]
03(3515)2314 [編集]
振替 00170-4-2639

印刷 株式会社 堀内印刷所
製本 株式会社 村上製本所

ISBN978-4-576-20136-8
https://www.futami.co.jp/